# CARLOS SAMPAYO
# EL LADO SALVAJE DE LA VIDA

SERIE B

1.ª edición: marzo 1992

La presente edición es propiedad de Ediciones B, S.A.
Calle Rocafort, 104 - 08015 Barcelona (España)

© Carlos Sampayo, 1992

Printed in Spain
ISBN: 84-406-2892-7
Depósito legal: B. 9.200-1992

Impreso por PURESA, S.A.
Girona, 139 - 08203 Sabadell

Diseño de la cubierta:
Miquel Llargués

CARLOS SAMPAYO
# EL LADO
# SALVAJE
# DE LA VIDA

Walk on the Wilde Side.

LOU REED

# INTRODUCCIÓN

Desde su ventana, Reneé Ordaz vio el encuentro entre su vecino de enfrente y el hombre pálido. Para ella fueron nada más que dos figuras que se movían en el vecindario y las olvidó inmediatamente.

# 1

# LA CABEZA

Aquel día Julio Antúnes fue abordado por el desconocido; había estado tratando de olvidarse de Gloria D'amico sin lograrlo. Sólo los síntomas de su ansiedad le cancelaban provisoriamente la angustia, dándole otra. Hasta el momento aquello nunca se había presentado en público, aunque la sospecha de que era esclavo de algún vicio aberrante pudo haberse albergado en algún conocido. Julio no tenía amigos íntimos. Él mismo pensaba, poniéndose en lugar de alguien hipotético que tuviera la oportunidad de una cercanía con su persona, que le sería difícil no sospechar que algo en su equilibrio jugaba en contra.

Julio Antúnes padecía lo que él creía que era una forma grave de bulimia, aunque padeciera bulimia a secas, y nada en su contexto daba evidencia de los atracones, dado que peso y altura se correspondían con las equivalencias establecidas en las tablas de la salud perfecta, basadas en el sentido común. Un observador interesado podría darse cuenta de que la crisis se avecinaba porque en los momentos previos los ojos de Julio, al menos eso suponía él, daban la sensación de que algún ímpetu febril lo acosaba desde el interior, y de que además era incontrolable.

Pero Julio se retiraba a calmarse en soledad. Aquel día, como otros tantos perdidos en una memoria que no quería recordar ni ser recordada, había visitado varios bares y pastelerías cuidándose muy bien de que no lo vieran llevar a cabo su rito. Nadie que lo hubiera visto, ni camarero ni contertulio, pudo haber pensado que comía de más porque ignoraría que venía de comer y que de allí se iría para seguir comiendo en otro lugar y aún en otro. En los excusados vomitaba para dar lugar a nuevos introitos. Cuando, superadas las dosis parciales, el agotamiento daba por terminada la general, tenía que apoyarse en alguna pared y tomarse un respiro. Primero el aliento era breve y entrecortado y después llegaba a convertirse en un ritmo respiratorio aceptablemente profundo. Para este eslabón sereno en la larga cadena de ansiedades buscaba el amparo de la sombra o la soledad de los lugares.

No aceptaba ayuda. «No gracias, no es nada más que un mareo», decía.

El ataque podía aparecer en cualquier momento y desde los primeros avisos hasta la primera ingestión no debían pasar más de tres minutos, si no se desmayaba. Una vez habían creído que era epiléptico, y algunas otras que estaba borracho. Pero Gloria D'amico era difícil de olvidar.

Cuando llegó a casa eran las nueve de la noche y todavía había un poco de luz. Estaba sudoroso, temblaba y se sentía infeliz y mezquino. Un hombre lo esperaba junto a la puerta, fumaba y miraba el humo con deleite cercano.

—Julio Antúnes —afirmó el hombre. Era pálido, tenía cara de caballo y sus carnes parecían carecer de solidez.

—No tengo el gusto.

—Ya lo va a tener, se lo aseguro.

—No entiendo.

Julio estaba un poco extrañado, sin llegar a la inquietud.

—Hace como veinte años que no nos vemos —dijo el pálido con seguridad. Parecía contento.

—Pero si yo a usted no lo conozco. Nunca lo vi. Me está confundiendo con otra persona, seguro.

El otro sonrió, tosió, se tragó una flema y empezó a reírse a carcajadas. Lo señaló con un dedo como si fuera un payaso.

—«Yo a usted no lo conozco»... ha... ¡Habráse visto! —gritó.

Julio pasó frente al intruso, puso la llave en la cerradura y sintió la mano poco amistosa en su hombro, una presión débil pero desagradable.

Se volvió. Estaba empezando a irritarse, pero el asco que sentía por sí mismo le impedía manifestar el rechazo hacia otras personas. Así que simplemente dijo:

—A ver, amigo: quíteme la mano de encima y váyase a joder a otra parte, ¿vale?

El otro apartó la mano sin dejar de reírse y comenzó a alejarse mirando hacia atrás, la cabeza vuelta hacia el objeto de sus carcajadas. Parecía sincero en su diversión. Después se volvió y siguió andando mientras negaba con un gesto, como para sí mismo. No parecía un loco; la suya era la expresión de una persona a quien le ha ocurrido algo muy gracioso. En la esquina desapareció.

Julio entró en la casa, un chalet adosado de tres plantas donde aún se advertían los rastros de una mudanza reciente. Hubiera podido pensarse que Julio estaba allí desde el día anterior: muchas cajas todavía no habían sido abiertas. Su primer gesto fue el de siempre: escuchar el contestador automático.

Había un solo mensaje, muy escueto.

—«Julio, soy Gloria D'amico. Necesito ponerme en contacto contigo. Llámame mañana al despacho.»

Durante casi dos meses había querido escuchar esa voz. Ahora estaba allí grabada, evidente, el tono se hacía distante, casi como si el mensaje proviniera de una persona desconocida y no de la causante de sus desventuras. *Desventuras ¡Qué palabra de mierda! Como si yo tuviera aventuras.* Se preguntó qué haría hasta la mañana siguiente. Estaba exhausto de tanto comer y vomitar, le dolían los abdominales, la garganta y, como cada vez que sufría un ataque, lo afectaban un insomnio implacable y una larga lista de irritaciones retrospectivas.

Encendió el televisor. En la última edición del telediario informaban sobre tres fusilamientos en China: un tiro en la nuca con bala explosiva. No decían si los hechos se habían desarrollado en público, en un estadio de fútbol frente a treinta mil espectadores entusiastas y dispuestos a absorber el mensaje aleccionador, como era habitual, o en una piadosa privacidad. No tuvo tiempo de pensar en la muerte porque cambiaron de noticia y de talante: ahora hablaban de las obras de la autopista donde él mismo trabajaba como ingeniero jefe: «Los trabajos se desenvuelven con diligencia y fuentes de la empresa se muestran muy optimistas en cuanto a su conclusión, asegurando que es posible que pueda inaugurarse con un mes de anticipación sobre el plazo previsto para la finalización de las obras, a pesar de que una comisión de especialistas, encargada por la judicatura, está investigando sobre la idoneidad de las medidas de seguridad, con motivo de los frecuentes accidentes que se han producido entre los trabajadores. Los sindicatos mayoritarios, que son quienes presentaron la denuncia, opinan que no debe olvidarse que, desde que comenzaron las obras, tres operarios perdieron la vida como consecuencia de accidentes de trabajo. La comisión deberá establecer si...» *Siempre ocurre que al final se ahorra en seguridad, al fin y al cabo se trata de una obra pública, joder. No debe olvidarse, no debemos olvidar, no olvidemos.* Julio se puso a pensar en el tipo pálido que lo había increpado en la puerta de su casa, «hace como veinte años que no nos vemos». Si él ahora tenía treinta y nueve, tendría unos diecinueve en el momento de la última entrevista, sin tener en cuenta un elemento de fundamental consideración: esa entrevista no se había producido nunca. El tipo era un demente o lo había confundido con otra persona, aunque Julio Antúnes fuera efectivamente él.

Abrió la guía telefónica en A. Antúnez con zeta había treinta y cinco. Antúnes con ese sólo uno y se llamaba cómicamente Otto: Otto Antúnes da Silva. Su propio nombre no figuraría hasta la edición del año próximo. Luego, en la ciudad y alrededores no había ningún Julio Antúnes, al menos abonado al servicio telefónico y poseedor de un contestador automático.

«Necesito ponerme en contacto contigo. Llámame mañana al despacho.» No era lo mismo que «tengo ganas de verte» o «te echo de menos pero esperemos todavía un tiempo», pero tampoco era un definitivo «no quiero verte más», o algo peor: el silencio que lo había martirizado durante todo ese tiempo provocándole seis ataques profundos y unos cuantos superficiales. La nevera estaba vacía como medida de precaución porque sabía que la abundancia de víveres le podía estimular los síntomas. Si se presentaba el enemigo prefería rendirse fuera de casa. La presencia de testigos atenuaría la incontinencia y daría alguna mesura al oprobio. «Necesito ponerme en contacto contigo» traducía definitivamente algún problema, no una necesidad de verlo. Pero, ¿qué podía haberle pasado a Gloria para que ahora tuviera que recurrir justamente a él?

Sonó el teléfono.

—Soy Gloria, ¿escuchaste mi mensaje?

—Sí.

—Ha pasado algo extraño, algo que... mira, ha pasado algo que tiene que ver contigo.

—¿Sí? —Julio no conseguía más que decir «sí» o preguntar «¿sí?».

—Tuve una visita... desagradable. Un hombre que dice que te conoce pero que hace como veinte años que no te ve.

—¡Espera! Espera, ¿cuándo?

—Hoy, esta misma tarde, vino al hotel.

Dos minutos de silencio. Se volvió a oír la voz de Gloria.

—¿Estás ahí?

—Sí... y no sé qué decirte —Hubiera querido decirle que valdría la pena intentarlo otra vez, que si hasta entonces había podido sortear al marido, no veía por qué no. Además, con el hotel a mano habían tenido, y todavía podrían tener, resuelto un problema que otros no...

Otra vez la voz de Gloria interrumpía sus especulaciones.

—Julio, me parece que tenemos que encontrarnos y hablar de esto. El hombre ese se portó en un modo muy raro, te juro, me dio miedo y tengo miedo, no sé por qué. Más que miedo me dio terror y no sé por qué.

—¿Terror?

—Te espero mañana temprano en el hotel. Ahora estoy en casa y no puedo hablar. Adiós.

Colgó.

El hotel era un edificio moderno de ocho plantas que erguía su mole estilísticamente inoportuna en un bulevar céntrico de elegancia antigua. Antúnes estuvo merodeando antes de entrar: sus sentidos buscaban al hombre pálido a quien su razón ya tendía a calificar como bromista pesado, un psicópata de la misma categoría que los exhibicionistas o los hinchas de fútbol que rompen escaparates, incendian coches y producen avalanchas con muertos y heridos. Cuando creyó que ya estaba por definir completamente al personaje, se retrajo como siempre que se veía tentado de abrir un juicio sobre el prójimo. El pálido no estaba en los alrededores. ¿Volvería a aparecer o sería uno de esos sujetos que actúan por impulsos y abandonan sus planes toda vez que se ven impelidos a aplicar un sistema?

—La señora D'amico, por favor. Me está esperando.

El conserje le dedicó la misma mirada vacía de siempre. Julio había preguntado por la directora.

—Un momento, señor. —Dijo señor sin separar los dientes.

En el hall deambulaban ejecutivos nacionales y extranjeros, turistas japoneses y había dos jóvenes muy altos, integrantes de un equipo de baloncesto, que bebían zumos de naranja. Uno se estaba reventando un grano en la mejilla y Julio reprimió una arcada.

—Pase, por favor, la directora le está esperando —dijo el conserje como si no hubiera oído sus palabras.

Gloria había heredado la decoración del despacho del director anterior, muerto suicida en su mesa de trabajo. Parecía una notaría de provincias.

—Gloria...

—Siéntate. —El tono usado por la mujer era distante y formal, como si Julio fuera un primo lejano.

—Anoche me dijiste que habías tenido una visita.

Julio fingió concentración en el argumento, pero sus ojos recorrieron el cuello y los brazos de Gloria. Hubiera querido saltarle encima y morderla. Si tragaba un trozo de su carne no lo vomitaría, porque sería fruto de un impulso pasional, en todo caso decidido por él mismo, y no un síntoma.

—Ese hombre se presentó a las seis de la tarde, trajeado y

con corbata negra. Estaba peinado a la gomina y con raya al costado. Es pálido, blanco como este papel, tan pálido que causa impresión, como si no tuviera piel —tragó saliva—; tiene el pelo negro y una mirada espantosa. Sabes que no recibo a los clientes directamente, pero fingió venir de una agencia de viajes y engañó a los conserjes. Lo invité a sentarse en ese sillón donde estás tú y apenas se sentó sacó una pistola y la apoyó sobre la mesa, con el cañón apuntándome. Dijo que le perdonara el abuso de confianza, pero que como con el calor le pesaba mucho debajo del brazo tenía que...

—¿Una pistola?

—Sí, y dijo que cada vez que se sentaba en un lugar que le inspiraba confianza y con personas de su confianza, la ponía sobre la mesa para aliviarse del peso, pero también, dijo que lo hacía para poner las cosas en claro desde un primer momento.

»Me pareció que era un atracador y que había caído en una trampa. Me armé de coraje y le dije que no tenemos efectivo y que lo poco que habría estaba en una caja con apertura retardada, es cierto, hay poco dinero en conserjería, mira, le dije con toda tranquilidad que no podía complacerlo y hasta creo que dije que lo sentía mucho. Una no sabe como se manifiesta en momentos así, seguí hablando y se me ocurrió que podría llevarse el dinero del bar, que no sería mucho pero tampoco poco. Te parecerá raro pero no tuve miedo hasta ese momento, como si me lo estuviera reservando para cuando me quedase sola. Estaba pensando en que no tenía miedo y entonces se puso a hablar y me largó que conocía perfectamente mis "relaciones con el ingeniero Antúnes". Allí me vino el miedo y me quedé paralizada, sin saber qué decirle, y entonces empezó con datos precisos: cuándo, dónde y cómo nos conocimos, cómo empezamos a frecuentarnos, y hasta tenía un papelito con las fechas apuntadas, con los días que venías al hotel y te alojabas.

»Sabía perfectamente que tu alojamiento era lo que era, porque viviendo a dieciocho kilómetros de aquí no tenías ninguna necesidad de quedarte, sobre todo por las tardes. Entonces cambié registro y pensé que lo que estaba haciendo era chantaje y le dije que me daba perfecta cuenta de adónde quería llegar y fue cuando le dio una especie de ataque de risa. Fue algo muy ofensivo, te lo juro.

Gloria hizo una pausa, respiró profundamente y cerró los ojos. Antúnes interpretó que necesitaba expresar con fidelidad lo que había sentido. Siguió:

—Empezó a señalarme con el dedo y a echarse para atrás mientras se le llenaban los ojos de lágrimas y de veras parecía no poder contenerse con las carcajadas. Se reía tanto que por un momento me contagió pero supe disimular y me mantuve seria, esperando que terminara.

Julio se miró las uñas y se acarició las yemas de los dedos. Gloria agregó:

—Entonces me dijo que yo era una puta presuntuosa, que en realidad no sabía nada, que lo único que podía llegar a saber en mi estupidez, porque era evidente, era que estaba en sus manos y que ese mismo día él podía irle con el cuento a mi marido; dijo: «al paralítico impotente de su marido.» Sí, me trataba de usted, pero como se hace con un nene o con un subalterno. Dijo que podía elegir entre pedirme dinero, la cantidad que él quisiera, o algo más interesante, hacer que... se la chupara ahí mismo o «que me dé su lindo culito, que rompería con mucho gusto», pero que no iba a hacer nada de eso, que para cada cosa hay un tiempo y que «hay que saberse ubicar», que lo único que quería era que te transmitiera una noticia.

—¿A mí?

—Sí. Que te dijera que estaba aquí y que iría a visitarte.

—¿Cómo se llama, o qué nombre te dio?

—Cuando se lo pregunté empezó otra vez con la carcajada y a señalarme con el dedo y echarse para atrás, pero te juro que esta vez no me contagié. Se reía con espasmos, como si no pudiera controlarse. Al final dijo que tú sabías perfectamente quién era, que te dijera que hace como veinte años que no te ve, pero que muy pronto y cuando menos lo esperes te va a hacer una visita. Me recomendó que no me olvidara de contarte lo de la pistola y en ese momento empezó a acariciarla como... como si la masturbara. Cerró los ojos y se relamió como si estuviera gozando; esa pistola parecía una parte de su cuerpo.

»Yo le dije que ya no te frecuentaba y lanzó una risita, después se puso muy serio. Parecía que gritaba pero sin levantar la voz, fue algo muy horrible. Me dijo que no se lo contara a él, que lo sabía perfectamente, que si me creía que era un imbécil. Y allí agregó que tenía algunas fotos de nuestros encuentros, dijo «entrevistas». Yo creo que no es cierto, a no ser que tenga una red de espías dentro del hotel. Además aquí no hay espejos falsos, al menos creo.

»Agarró la pistola, retiró el pestillo ese que tienen atrás en la parte de arriba y me apuntó diciéndome que ninguna amenaza era tan peligrosa como la de un arma en manos de un hombre como él, que si se enteraba de que no te advertía de su visita me iba a volar la cabeza de un tiro. Me animé a decirle que me parecía un castigo desproporcionado, y que te lo comunicaría, que no tenía ningún inconveniente en decírtelo. Me contestó que en otras circunstancias él sabía comportarse como un *gentleman*, pero que en las actuales se veía obligado a rodearme de amenazas. Las palabras exactas fueron «obligado a rodearla de amenazas» y ahora me pregunto qué habrá querido decirme con eso.

—Es uno de esos tipos que usan un lenguaje pretencioso, eso es todo. No te preocupes, Gloria, ya me ubicó.

La mujer se quedó en silencio, mirándolo. Antúnes hubiera jurado que la momentánea debilidad de ella ofrecía intersticios a través de los cuales podía penetrarse en su persona, pero inmediatamente volvió a advertir la distancia.

—Pero no es todo —agregó ella—, también recalcó que el hecho de que tú supieras que me había visitado no era suficiente, que como en ese momento estaba allí volvería a estar mil veces hasta que consiguiera lo que estaba buscando. Dijo que lo único que le sobraba era la paciencia.

—¿Y no te aclaró qué era lo que estaba buscando?

—Si me lo hubiera aclarado no te hubiera contado casi palabra por palabra lo que dijo aquí: te lo hubiera contado inmediatamente, ¿no te parece? —hizo una pausa—. Estoy muy asustada, Julio, y no quiero líos. ¿En qué te metiste?

—Gloria: sé que es difícil de creer, pero te juro por mi vida que no tengo la más remota idea de quién pueda ser el tipo ese. Anoche me lo encontré en la puerta de mi casa y me hizo el numerito de «hace como veinte años que no nos vemos», después de haberme llamado por nombre y apellido. Le dije que no lo conocía y empezó a reírse tal como me contaste que hizo aquí. Se fue señalándome con el dedo y riéndose pero no sacó la pistola. Se ve que en la calle no la muestra. Debe ser un tipo escrupuloso.

Gloria lo estaba mirando con los ojos fijos. Julio sintió un poco de vergüenza. Ella asintió y siguió hablando:

—Hay más: después agarró el arma con las dos manos. Separó las piernas porque se había puesto de pie, y me apuntó a la frente. Apretó el gatillo pero no tenía bala. A continuación me dijo: «Una reacción interesante. Cuando el condenado está a punto de crepar rara vez patalea, aunque a veces se caga encima o se mea. ¿No le habrá pasado alguna de las dos cosas, señora?». Guardó la pistola, me señaló con el dedo y agregó en voz muy bajita, simulando un tono cariñoso: «no se olvide de comentarle a nuestro amigo mi visita.» Después se fue.

—¿Así, sin más?

—Sí, me quedé paralizada no sé cuánto tiempo. No podía pensar en nada, hasta que me di cuenta que el hombre ese tenía razón: me había hecho pis encima.

Julio insinuó una sonrisa. Ella también.

—Espero que nunca te pase algo así, quiero decir que te apunten con una pistola y hagan como que disparan. No se lo deseo ni al peor enemigo.

—¿No soy tu peor enemigo?

—No seas idiota.

—No, como dijiste que...

—Julio, estamos aquí para tratar sobre un asunto preciso y delicado. Ya sabes que se terminó todo.

Durante un momento él dudó. Después dijo:

—Nunca voy a entender por qué. Sabes que me gusta hablar de las cosas, lo sabes muy bien. Soy un hombre razonable y tuviste la oportunidad de...

Gloria lo interrumpió.

—Julio, me gustaría saber qué vas a hacer. ¿Vas a llamar a la policía o a hacer una denuncia o algo así?

—No. Tu marido se enteraría de todo.

—No tendría por qué creerle. Es un delincuente y un loco.

—¿Estamos tan seguro de que es un loco? —preguntó él.

—Al menos estamos seguros de que es un delincuente —dijo ella—, las personas decentes no amenazan con pistolas.

—Las personas decentes no traicionan a un paralítico aprovechándose de que no puede moverse.

Julio no supo por qué había dicho eso.

—¡Hijo de puta! ¡Fuera de aquí!

—No quise...

Gloria sollozaba:

—No sé cómo pude, con un hombre como tú.

Él arremetió:

—Podías haberte dado cuenta antes, soy bastante transparente —mintió.

—Ésa es tu pretensión. Yo no creo que seas transparente para nada —ahora Gloria parecía calmada—, creo que tienes cosas guardadas. Eres de... hasta podría llegar a creer que conoces perfectamente a ese degenerado y no me lo quieres decir, o no quieres reconocerlo. Porque al final, ¿quién soy yo para que me confíes tus cosas? Completamente nadie.

—Bueno: estuviste en la cama conmigo más de una vez.

—Sí. Y sé de ti nada más que los datos que podría averiguar cualquiera, los que aparecen en una ficha de trabajo, por ejemplo.

—No te habrás molestado en saber un poco más —replicó Julio con necedad.

—¡Estás queriendo decirme que no fui capaz o no supe hacerlo! ¡Es que eres tan interesante que hay que rascar mucho para que tus misterios salgan a la superficie! No me hagas reír, amigo. Sé muy bien por qué me lié contigo y te lo puse en claro desde un primer momento: algo exclusivamente físico. Quiero a Francesc y... ¡pero bueno!: no voy a hablar más de eso, ¡mierda! No quiero y me estás llevando a tu terreno.

—Yo sólo te pregunté que...

—Tú no me preguntaste nada. Te limitaste a insultarme.

Gloria abrió un cajón y sacó un pañuelo, se sopló nariz y se miró la punta de un zapato. Tenía las piernas cruzadas y las movía con inquietud. Siguió hablando:

—Al final no pierdo nada. Te lo voy a decir para que te quedes tranquilo y también para que me dejes en paz: remordimientos para con Francesc. Ya no podía soportarlo. No podía volver a casa y fingir que no me había ocurrido nada más interesante que llevar las gestiones del hotel. No soportaba sus miradas de comprensión, era más fuerte que mi necesidad de otro cuerpo caliente. Además, no te quiero. No siento el menor afecto por tu persona. Te confieso que al principio me encariñé, pero después no hubo respuesta de tu parte o no sé qué pasó, pero algo pasó, algo dentro mío y me fue completamente fácil dejarlo.

—¿Y nunca tienes ganas de...?

—Es asunto mío. Tengo treinta y tres años y sé arreglármelas en la vida —hizo una pausa—, menos cuando tengo que vérmelas con un loco que me apunta con una pistola.

Julio trató de encajar las palabras de la mujer. Su centro de atención se volvió él mismo y comenzó a pensar en su bulimia, en que nunca daba el preaviso. No era seguro que al salir del hotel no tuviera que satisfacerse. Tampoco lo era que no pasara un mes, o aun más tiempo, en que todo transcurriera normalmente. En cualquier momento se presentaba, era una de sus armas principales: aparecer sin que nada lo hubiera presagiado. Y cuando aparecía y se instalaba, mordía implacablemente, y como un demonio despiadado lo empujaba a una ritualidad inconfesable. El primer ataque lo tuvo después de la emigración. No había antecedentes en la infancia ni adolescencia. Fue como un rayo.

—¿En qué estás pensando? —la voz de Gloria surgió desde un espacio donde no parecía haber oscuridad.

—No estoy pensando, bien: voy a tratar de arreglar este asunto de alguna manera. Te aseguro que no vas a volver a ver a ese hombre.

—¿Cómo puedes estar tan seguro?

—Porque no va arriesgarse a que llames a la policía. Es él el que no puede estar seguro de que no pasó la raya de lo tolerable, o de algo tan simple como que no te importe que tu marido se entere. Son cosas que no puede saber.

—Hablas como si lo conocieras.

—Pero no lo conozco, te lo juro. —Era la segunda vez que juraba y no encontraba por quién hacerlo.

Gloria se puso de pie y su gesto indicaba que la entrevista había terminado.

—Espero que sea cierto —dijo con frialdad—. Tampoco quiero volver a verte ni tener ninguna noticia tuya, ¿de acuerdo?

En el tono de Gloria había algo de forzado y profesional. Sin pensarlo, Julio preguntó:

—¿Me darías una copa de algo?

—No.

Se fue sin saludarla.


Se miró en el cristal de un escaparate de ropa para niños. Caminaba por la calzada central del bulevar elegante y tórrido donde estaba ubicado el hotel. Antes de decidir adónde se dirigiría buscó con la mirada al intruso de la corbata negra pero no lo encontró, ¿quién podía ser? Julio sabía que era sincero cuando juraba no conocerlo y también lo era cuando se lo decía a sí mismo. Descartada entonces la posibilidad de que el hombre lo hubiera confundido con otra persona, se le ocurrió que quizá fuera sólo un intermediario, un enviado de alguien que se mantenía en la sombra. Pero él, Julio Antúnes ( con ese) no tenía lo que comúnmente se llama enemigos; ni los tenía ni los había tenido nunca. Una vida de normas mayormente cumplidas, ninguna actividad política, unos estudios universitarios con notas ni malas ni brillantes y un trabajo cómodo y seguro garantizaban que no tuviera posesiones malhabidas. *Un dechado de virtudes mediocres. Toda una vida encaminada a asegurar que no pase nada extraordinario y ahora me encuentro con esta mierda de asunto.* Quizá lo mejor sería recurrir a un detective privado, pero ¿realmente existían?, o mejor aún: ¿existían en este país?

La policía quedaba descartada, aunque Gloria le hubiera dejado vía libre para presentar una denuncia si quería. Ella se arreglaría después con su marido. *No, la policía queda descartada.*

Además, ¿a quién iba a denunciar?, si el tipo de la corbata no tenía nombre. Podrían interpretarlo como un producto de una imaginación desatada, la secuela de una borrachera. Además a los policías les gustaban las historias de cuernos e iban a meter las narices. Decidió no ir a la policía.

De pronto tuvo una necesidad compulsiva del cuerpo de Gloria, pero aquello se había acabado. ¿Cómo podía tener su vida sentimental pendiente de una mujer así? Ahora estaba solo y sin ganas de buscarse otra dama de compañía.

Durante el viaje a su casa en el tren de periferia se asustó de sí mismo: había estado pergeñando métodos para quitarse de enmedio al intruso, y el único que quedaba después de los filtros de la solidez, la competencia y la eficacia era el de matarlo. También había imaginado los modos posibles: empujarlo desde un puente de la autopista si se le ocurría hacerle una nueva visita en horas de trabajo; pegarle un tiro en el pecho o en la cara en la puerta de su casa (defensa propia, imposible de realizar porque no tenía armas); viable era atropellarlo con el coche, porque tenía coche; interesante era golpearlo en la cabeza con algún objeto contundente y, una vez que perdiera el sentido, rociarlo con gasolina y echarle un fósforo sueco *de seguridad, de madera* para que se consumiera como un bonzo.

Pero él no era un asesino. ¿Cómo podía habérsele pasado un muestrario de tales horrores por la cabeza?

La cabeza. Su cabeza descontrolada.

Al fin, lo que el tipo pálido y fofo, compatriota y con corbata negra había hecho, podía ser nada más que una broma. Claro que no había que ser especialmente inteligente para saber que las bromas también tienen medidas, y que no se le hace una broma de ese calibre a una persona desconocida. No, nada de eso. No era un bromista. Ahora lo importante era ser realista, averiguar qué quería y dárselo inmediatamente. *Que lo mate otro.*

En la estación de Las Platas, tres antes de llegar a la suya, le pareció ver a alguien conocido de pie en el andén y mirando el reloj. Fue una imagen fugaz que inmediatamente se borró, para reavivarse dos estaciones más allá. Entonces la figura cobró una nitidez escalofriante: el intruso era la persona a quien había visto de pie en el andén de Las Platas. No lo había reconocido enseguida porque estaba completamente vestido de blanco, sombrero incluido. Por un instante huyó de la visión haciéndose una pregunta estólida:

—¿A quién se le puede ocurrir hoy día usar sombrero de Panamá?, *¿por qué los sombreros de Panamá se llaman de Panamá si los fabrican en Ecuador?*

Inmerso en la retórica de la fuga interior, siguió haciéndose preguntas. El tren llegó a St. Cufate, su estación.

Bajó y, cuando ya estaba en las escaleras, decidió volver atrás. Esperó y tomó el tren en sentido contrario, y durante el trayecto estuvo tratando de imaginar qué haría si lo encontraba. Ya podía ver al pálido abrumado porque no le rehuía.

La estación de Las Platas estaba vacía. Se dirigió a las taquillas. El empleado estaba disfrutando de un bocadillo de pan con tomate, aceite y chorizo. Un hilito de saliva le bajaba desde la comisura de los labios hasta el mentón. Saliva y aceite; se limpió con la manga de la chaqueta.

—Quisiera hacerle una pregunta.

—Ciento diez. —El hombre le estaba entregando un billete.

Julio lo cogió y pagó para evitar discusiones. El hombre continuó su trabajo en el bocadillo.

—¿Por casualidad no ha visto a un señor vestido de blanco, con sombrero?

—¿Que de qué? —El taquillero hablaba con la boca llena y Julio no podía sustraerse a la contemplación del contenido.

—Que si por casualidad no vio a un señor vestido de blanco y con sombrero. Tenía que encontrarme con él en la estación y no está.

—Oiga: ¡que yo no le miro la ropa a la gente, oiga, y menos a los señores! ¡Que tengo mucho trabajo!

—Ya veo. Solamente le estaba pidiendo un favor, muchísimas gracias de todos modos.

Estaba cruzando otra vez el andén para volver a coger el tren, cuando el taquillero lo llamó a gritos desde la sala de espera.

—¡Oiga, que sí! ¡Que le he visto!

—¿Adónde ha ido?

—Le he dicho que le he visto pero que se ha ido. Verá usté, me pareció raro porque llegó en un coche grande, ¿sabe usté?, de esos grandones y pesaos que hay ahora, ni negros ni grises y con los cristales oscuros, como los políticos. Verá: vino, miró los horarios y se fue al andén. Me acuerdo porque yo pensé que si éste deja el cochazo allí se lo van a mangar, que hay mucho mangui suelto. Tenía unas ruedas así de anchas. Pero nada de eso, pasaron tres trenes para arriba y dos para abajo y allí seguía hasta que se fue. Yo me di cuenta de que se fue porque me estaba comiendo un bocata, no el que usté ha visto sino otro de antes, con jamón, que estaba buenísimo. Oiga: que no vaya usté a creerse que me la paso comiendo todo el día de trabajo. Lo que pasa es que tengo a la parienta con la enfermedá, ya sabe...

—¿Y vio cómo se iba?

—¿Que si le vi? ¡Pues, claro que le vi! Pasó por la taquilla y miró para dentro. Ya ve usté que para mirar hay que agacharse un poco, así que el tío se paró y se agachó, así que me acuerdo por eso, porque se paró y se agachó

—¿Y después qué hizo?

—¿Y para qué quiere saberlo?

—No, nada. Como tenía que encontrarme con él, me gustaría saber dónde fue. Nada más que eso.

El taquillero miró a Julio con desconfianza. Decidió responder:

—Después se fue para el coche y se fue.

—¿Había alguien más en el coche?

—¿Y cómo voy a saberlo si ya le dije que era uno de esos con los cristales oscuros?

—Vale, gracias.

—Oiga: que le he dado un billete para el otro lado, que se lo cambio si quiere.

—Si lo viera de nuevo dígale que Antúnes vino a buscarlo.

Llegó el tren. Cuando estaba saliendo de la estación Julio creyó ver otra vez al hombre vestido de blanco. También, en su creencia, el sujeto le entregaba algo al taquillero. Algo verde, de papel. Un billete de mil.

Durante la siguiente semana no ocurrió nada y la que había sido una aparición amenazante comenzó a desdibujarse, mientras otra vez cobraba cuerpo la teoría de que se había tratado de un bromista. En el mismo período, y en dos ocasiones, Julio tuvo una necesidad hiriente de Gloria, pero el peso de las palabras de la mujer había comenzado a surtir el efecto del aplastamiento lento. Había decidido olvidarla y poco a poco estaba comprobando, no sin algún sentimiento de felicidad, que el olvido sería posible.

Se dedicaba a su trabajo con ahínco. Era gratificante: en la fase actual las obras ofrecían cambios día a día y éstos se traducían en crecimiento. Algunas veces contemplaba las estructuras con orgullo y algo de vanidad. Pensaba en la tradición viaria romana y en el papel que habían jugado las vías de comunicación en la expansión de la cultura. También había leído algunos artículos sobre el «pensamiento débil». No entendía muy bien las discusiones organizadas alrededor de ese argumento y no alcanzaba a verles la utilidad. Fuerte o débil, el pensamiento aplicado a la estructura de un viaducto debía siempre estar estructurado, como el viaducto mismo. El papel de Julio Antúnes en el mundo, su profesión, se ubicaban al margen de esas polémicas.

Tampoco le había sobrevenido ningún ataque y hasta llegó a pensar que se estaba curando. Lo cierto es que después de algún conflicto siempre aparecía una crisis; fuera aquél un hecho presente o un recuerdo. Y lo que le había ocurrido la semana anterior era lo suficientemente grave como para justificar un ataque. Al día siguiente del episodio de la estación cenó con unos colegas y sintió un sano placer por la comida, pero a la madrugada soñó que cumplía con todos y cada uno de los planes de eliminación que había soñado en el tren. Consideró la pesadilla como un punto final: él no sería capaz de hacer algo semejante.

La noche del octavo día desde el encuentro en la puerta de su casa, sonó el teléfono. Julio estaba paladeando un gin tonic mientras escuchaba el concierto para piano de Schumann y pensaba en lo bien que funcionaba su equipo de música, con alguna complacencia sobre sus capacidades de elección.

—Dígame.

Colgaron. Alguien que se había equivocado al marcar número. Volvió a sonar.

—Dígame.

—¿El señor Antúnez? —era una voz de mujer.

—Antúnes, con ese.

—Señor Antúnes, tenco el encargo de decirle... —hizo una pausa y carraspeó, tenía acento extranjero—, de decirle que un amigo suyo, que hace como veinte años que no veía...

—¡Un momento! ¿Quién habla?

—No importa —la erre era alemana—. Un amigo que hace como veinte años que no veía próximamente le hará una visita.

—Mire, señora, o lo que sea: no voy a aceptar su mensaje si no se identifica. —Apenas lo dijo se sintió estúpido.

—Señor Antúnez —la mujer insistía en aplicarle la zeta—: su amigo que hace como veinte años que no veía le hará una visita uno de estos días. Su amigo me ha encargado transmitirle que esté usted preparado.

—¿Preparado para qué?, si no es demasiado preguntar.

—Que esté usted preparado para su visita.

—¿Y usted lo conoce a mi amigo?

La mujer guardó silencio. Después de más de un minuto agregó:

—No tenco más que decirle. Adiós.

Colgó.

Tuvo la tentación de arrancar el teléfono de la toma y estrellarlo contra la pared. Lo veía como lo que era: un escudo perverso del anonimato. *Alemana hija de puta, alemana hija de puta.* ¿Sería alemana o austriaca, suiza o checa? Al menos tenía una pista, pero, ¿era realmente una pista? Sí, algo parecido, el cabo de un hilo suelto que conducía a ninguna parte. Volvió a surgirle la idea de recurrir a un detective privado. Se sintió ridículo, sensación que se sumaba a la estupidez que se atribuyó mientras hablaba con la extranjera. Comenzó a deambular por la casa encontrándose con las paredes.

En un momento se oyó decir:

—Pero, si yo no hice nada.

Como si lo que le estaba ocurriendo fuera un castigo. Volvió a sonar el teléfono y no contestó. Sonó otra vez al cabo de diez minutos y otra vez no contestó. Después descolgó el auricular y se dirigió a la cocina: en la nevera no había más que medio limón, varias botellas de agua mineral y una lata de cerveza. Era mejor así. Abrió la lata y bebió la cerveza de un trago, sin respirar. Era agria y espesa y le produjo un sudor inmediato y abundante.

Sonó el timbre.

No había nadie pero habían dejado una caja de cartón sellada con cinta de embalaje. Dudó en entrar la caja. Finalmente lo hizo. Al abrirla no entendió nada: era un pedido completo de colmado. Se vistió, salió de la casa y visitó todos los chalets de la urbanización. Nadie esperaba la entrega de un pedido de comestibles. Volvió a su casa.

La caja contenía provisiones para una semana: comidas enlatadas y conservas, galletas dulces y saladas, pan de molde, quesos y embutidos. También había latas de cerveza, postres en vasitos de plástico, mermeladas, mantequilla y pescado envasado al vacío.

Fue a la cocina a buscar cubiertos y un abrelatas, se sentó en el suelo frente a la caja y empezó a comer sin orden de lógica gastronómica. Era como si estuviera de espaldas al mundo en el cumplimiento de un rito que sólo era posible en soledad. El ritmo de la ingestión fue aumentando hasta que en un momento su organismo le avisó que estaba llegando a algún tipo de límite. Pero solamente era el final del primer acto.

Vomitó todo lo que había ingerido, se lavó la cara y las manos, se mojó la nuca con agua fría y volvió a la caja: todavía quedaba mucho trabajo por hacer. Como en primer lugar había comido los postres tuvo que seguir con lo salado, pero eso no tenía importancia porque los postres habían terminado en la taza del váter. En el segundo acto ya no se valió de más instrumento que los dedos. Estaba pringado hasta los antebrazos y después de dos minutos tuvo un nuevo aviso de evacuación. Esta vez fue más dificultosa porque el esfuerzo anterior le había producido espasmos y tenía resentido el abdomen y dolorida la garganta. Algo en él se resistía a vomitar mientras que otra parte de sí mismo, quizás el solo instinto, le dictaba que aquello era demasiado para su cuerpo y que de no ser expulsado se convertiría en un veneno. Metió la cabeza en la taza y logró vomitarlo todo de una vez. Se metió en la ducha aun sabiendo que en la caja quedaba la mitad del contenido. El ataque había concluido.

Mientras el agua se deslizaba por su cuerpo comenzó a llorar sin pensar en nada. Era una descarga, pero también los prolegómenos del miedo que lo invadía cada vez que la compulsión lo llevaba a tales extremos. La bulimia no era una adicción que pudiera ser compartida, demasiado repugnante para el común de la gente. Es más, el común de la gente ni siquiera sospechaba que pudiera existir algo semejante, y si llegaba a saber que alguien lo padecía, no lo consideraba una enfermedad, sino alguna otra cosa despreciable e inmunda. Sí, para la gente era peor que cualquier adicción, peor que el exhibicionismo y las toxicomanías, más horrible y abyecto que cualquier vicio que pudiera imaginarse. En momentos de pesimismo él mismo había compartido esas calificaciones, diciéndose que la bulimia no tenía ningún sentido. Por el contrario, suponía, el alcoholismo y las drogadicciones le daban a la vida un sentido profundo, en tanto se erigían como sus enemigos y la desafiaban. Por esa razón, sospechaba, algunos alcohólicos eran encantadores. Se ponía los ejemplos del actor Peter O'Toole o del músico Chet Baker. La fragilidad de esos seres podía inducir a la comprensión y aun a la protección; tenían vicios aparentemente limpios. A la vez que, ¿quién podía comprender y en consecuencia proteger a alguien que se lanzaba sobre la comida como los cerdos en la pocilga? Jamás había hablado con nadie de su problema y aunque sabía que en Suiza e Inglaterra existían clínicas de curación específica, ni siquiera había pedido información sobre ellas. Uno de los motivos era la vergüenza de plantarse frente a los otros, fueran médicos o colegas de atracón, reconociendo que él también era un enfermo. El otro residía en la esperanza de que desapareciera tan repentina y misteriosamente como había aparecido, sumado a una imagen de sí mismo, muy sólida, en la cual él no era un bulímico sino alguien a quien de tanto en tanto le ocurren cosas extrañas.

Cuando salió de la ducha había dejado de llorar. Se afeitó, se peinó cuidadosamente, pero en todo momento evitó encontrarse con sus ojos en el espejo. Sabía que el esfuerzo en vomitar le había roto algunos vasos capilares de los párpados.

—Olvidarse —dijo con la misma voz que usaría para dirigirse a alguien por asuntos de trabajo.

Había estado pensando en la mala jugada del destino que era el que hubieran entregado la caja equivocadamente, pero sólo dijo «olvidarse». Se sentía triste y tenía ganas de salir de la casa, que con los cajones de la mudanza todavía cerrados, los restos de la comida desparramados y el olor a vómitos se había convertido en una prisión perversa. Cuando pasó al lado de las sobras del banquete tuvo una arcada, pero al abrir la puerta el aire fresco de la noche le devolvió la vitalidad y la idea de que él no sólo era un hombre del presente, que también era un hombre con recuerdos aunque a veces no lo reconociera.

Esa misma noche durmió en el hotel. Llegó a las once y se alojó en una habitación que había compartido con Gloria. Nadie se sorprendió al verlo; aunque lo había temido, Gloria no había dicho que le negaran alojamiento. Sabía que ella no estaría porque solamente trabajaba de noche cuando había convenciones y congresos. Decidió que iba a dejar el hotel antes de las nueve y dirigirse directamente a la obra. No quería volver a su casa, al menos por ahora, sobre todo por no encontrarse con los restos de la tarde. Durante la mañana la doméstica lo limpiaría todo, sin preguntar nada. Nunca la veía, y su único contacto consistía en dejarle un sobre con el sueldo sobre la mesada de la cocina cada final de mes.

Antes de dormirse se sorprendió de que, aun estando donde

estaba, el recuerdo de Gloria fuera ahora lejano, y su falta más tenue. Se sintió bien por haber escogido el hotel de ella y no otro cualquiera, porque estaba resultando triunfador en el juego del abandono y el dolor.

Tuvo un sueño tranquilo. Tal como había planeado, a las ocho y veinte de la mañana ya estaba caminando por el bulevar y se dirigía al parking para buscar su coche e ir directamente a la obra, pero antes de llegar un cartel le llamó la atención. Estaba fijado en los balcones de la segunda planta de un edificio antiguo, y unas letras impersonales más que anunciar recordaban que allí tenía el despacho Nello Fuller, detective privado; abajo aclaraba las especialidades: seguimientos, divorcios, desapariciones, absolutamente confidencial, en modo tal que la última aclaración aparecía también como una de las especialidades del tal Nello (¿nombre o apellido?) Fuller (seguramente un seudónimo). Se sorprendió por no haberlo visto antes. Muchas veces los sentidos buscan y encuentran lo que necesitamos, aquello que en otras ocasiones nos pasa inadvertido por no sernos útil, en una sana convivencia indiferente.

Nello Fuller. No, no tenía ninguna necesidad de hacerle una visita al señor Fuller. Se vio explicándole al profesional de los seguimientos absolutamente confidenciales los síntomas patéticos de su descontrol, y al otro, a quien imaginaba como a un cincuentón gordo, tranquilo y sucio, escuchando con fingida y profesional comprensión.

—Entonces, señor Antúnez —él no podría ser menos en lo de colgarle la zeta—, ¿quiere usted averiguar quién le ha inoculado el virus del hambre?

—No, señor Fuller, quiero saber quién es el hombre que dice que me conoce pero hace como veinte años etcétera.

—Entonces usted deduce que ese sujeto es el causante de la perniciosa inoculación.

—No, señor. No deduzco nada. Lo uno no tiene absolutamente nada que ver con lo otro.

El Fuller de su imaginación, después de lanzar dos sonoros escupitajos casi sólidos hacia un recipiente específico, errando el blanco, exclamaba a voz en cuello:

—Como investigador privado me veo en la obligación de suponer, antes que nada, que todos los hechos y circunstancias pueden estar relacionados. Si no lo considerara así, no sería un detective sino un simple recopilador de datos con la única virtud de sumarlos sin arte ni concierto.

También se vio bajando las escaleras del edificio del detective, una vez concluida la desesperante entrevista. Negaba con la cabeza y pensaba en que más tarde sentiría que la visita había sido inútil y que le había costado más que la consulta de un médico de cinco estrellas. Al llegar al parking se rió de su propia ocurrencia. Bajó al sexto subsuelo para buscar su coche. Alguien había dejado un motor encendido y el aire era irrespirable, tuvo que taparse la boca con un pañuelo. Dentro del coche se estaba mejor, y cuando ya había colocado la llave en el arranque vio que habían dejado algo bajo el limpiaparabrisas. Sacó la mano por la ventanilla abierta y lo recogió. Era un sobre cuadrado y blanco y estaba dirigido a él, con el nombre escrito a máquina. Ponía «Señor Julio Antúnes, presente», tal como se usaba en su país cuando se entregaba un sobre en mano. Como aquí ese encabezamiento tenía otras connotaciones pensó que era de algún recién llegado, alguien que traía noticias, y sintió cierta alegría.

Ya la primera línea derrumbó su optimismo:

Señor Antúnes:
Aunque hace como veinte años que no nos vemos, mejor dicho, que usted no me veía a mí, yo estoy muy al tanto de sus vicisitudes y problemas. Espero, por lo tanto, que la caja con comida que encontró ayer en la puerta de su casa haya servido para resolver alguno de ellos. Si así no fuera, puedo dejarle más, tanta como quiera. Creo que ha llegado el momento de hacer explícitas mis intenciones, y que pueden resumirse en un concepto: que usted lo pase lo mejor posible. Para lograrlo dispongo de muchos medios, como habrá podido comprobarlo sobradamente, pero está en usted mismo aceptar mi ayuda. Mientras tanto es mejor, para

bien de los intereses comunes y que se revelarán a su debido momento, que deje de fingir que padece amnesia. Amigo mío, ése es un cuento viejo y un zorro como yo no se lo traga. La única enfermedad que tiene la conocemos tanto usted como yo, aunque podría empezar a hacerse pública. Lo primero que pido de usted, y conste que lo hago amablemente, es que reconozca que sabe perfectamente quién soy. Es muy fácil, ya se dio cuenta de dónde vengo.

No se le ocurra jugármela, amigo Antúnes. Como habrá podido percatarse, no estoy solo y soy poco dado a usar solamente las manos, ni para atacar ni para defenderme. Como ya le supo transmitir mi secretaria, muy pronto tendrá noticias directas mías, o sea que tendrá el gusto de volverme a ver.

Atentamente suyo. *M.*

Sintió un ahogo. Puso en marcha el motor y salió rápidamente del parking.

En la calle el tráfico era lento y agresivo y se puso a escudriñar dentro de los otros coches para ver si descubría la cara pálida del autor de la carta, pero no vio más que una uniforme y repetida expresión de mal humor. Eran caras de «compré este coche cojonudo para condenarme a circular a tres kilómetros por hora, mientras las cuotas avanzan a ciento sesenta». Casi todos los conductores llevaban gafas oscuras e iban sin acompañante: altruismo contemporáneo; lo moderno. Pero él tampoco llevaba acompañante y su expresión no debía de ser muy diferente de la de los otros. En el semáforo había un atasco: el mundo estaba amenazado y no sabía por quién ni por qué. Estaba amenazado por sí mismo, mientras que a Julio Antúnes lo acosaba un maníaco peligroso. Luego, entre el mundo y Julio Antúnes había una diferencia, aunque ninguno de los dos estuviera en condiciones de defenderse.

Comenzaron a sonar los claxones en un concierto de pedos, eructos e hipos que traducían simultáneamente miles de insultos cruzados, invectivas condenadas a quedarse en un gemido uniforme y estéril. Los más audaces aullaban desde las ventanillas de sus coches. Un señor bajó de su vehículo con la intención de asesinar a un viandante jaquecoso que se había atrevido a dirigirle un gesto para que dejara de joder con la bocina. El exaltado arrojó un par de golpes contra el heterodoxo, pero el otro fue más rápido y pudo escabullirse entre la multitud aturdida. En ese momento comenzaron a sonar las sirenas imponiendo una definición a aquel drama viario: hay nudos que solamente pueden ser desatados por la ley.

Julio miró hacia atrás. Aunque estaba a unos quince metros de la entrada del parking, no le iba a ser posible retroceder y volver a meter el coche. Tuvo la tentación fugaz de abandonarlo allí mismo, pero tal gesto de desprendimiento sería interpretado como una agresión.

Decidió tener paciencia. *Paciencia de ingeniero.* Y comenzó a tomar distancia emocional de la carta. Pero la carta seguía allí, apoyada en el asiento.

Nello Fuller podía ser un camino válido para desmontar el entuerto. No habría más que hacerle leer la infamia y narrarle los antecedentes. No, señor, le diría, yo no padezco amnesia, lo único de que padezco es... y en ese momento el investigador privado pasaría a convertirse, como directa consecuencia del cartel colgado en el balcón de su despacho, en el primer depositario de la carga moral de Julio Antúnes con ese y, si era una persona bienintencionada, en la primera en recibirla como una confidencia.

El atasco se movió unos dos metros y volvió a clavarse.

Los silbatos de los urbanos sonaban con desesperada insistencia y eran como la representación sonora de los manotazos de los ahogados. Desde el coche podía ver los brazos y las manos de los agentes que trataban de derrumbar la pared sólida en que se habían convertido unos vehículos que ahora sólo eran ladrillos. No lo lograban.

El calor empezó a volverse agobiante y cuando se estaba enjugando el sudor con un pañuelo, la vio.

—¡Gloria! —gritó.

La mujer se detuvo, pareció dudar unos segundos y finalmente se acercó al coche. Julio sintió que se le hacía un nudo en el estómago y una serpiente de deseos se enroscaba en sus interiores.

Se paró junto a la ventanilla y lo miró sin decir nada. Su cara reflejaba un claro «tú me llamaste, yo te di la señal de no querer venir, de que no te había visto».

—Gloria: quiero saber si volviste a tener noticias del tipo ese.

Los coches empezaron a moverse inoportunamente. Julio esperaba una respuesta, o solamente oír la voz de Gloria, aunque la pregunta no era azarosa. El conductor de atrás hacía sonar el claxón con furia y le daba a las luces altas, en una cabal versión automovilística del insulto. Era un coche grande y con paragolpes voraces.

Gloria no respondió y reanudó su camino sin volverse. Julio la siguió por el retrovisor hasta que se vio obligado a avanzar.

Unos cincuenta metros más allá el tráfico volvió a detenerse y se giró para buscarla: a lo lejos era una figura estática; estaba parada frente a un escaparate. Ese gesto de indiferencia le dolió más que cualquiera de las palabras dichas la última vez, pero no tuvo tiempo de manifestarse el pesar: le había surgido un enemigo inesperado en el conductor del coche grande. Al ver que Julio se volvía, lo tomó por una provocación, una respuesta a sus bocinazos, y empezó otra vez.

Julio se retrajo y el otro lo cogió al vuelo como un gesto cobarde. Era alguien que lo interpretaba todo mal, al menos en el aspecto automovilístico.

El tráfico se aligeró, pero en el primer semáforo Julio sintió un topetazo inequívocamente injurioso. La del otro era una máquina poderosa, probada para chocar de frente contra una pared a setenta kilómetros por hora. La fábrica garantizaba ningún daño para los ocupantes y, lo que era más importante, tampoco para el coche, munido como estaba de parachoques de goma de alto impacto.

Otro topetazo. Julio se apartó para dejarlo pasar. El incidente tenía una virtud: lo alejaba de la carta y del encuentro con

Gloria; pero si se sumaban los factores, era demasiado para una sola mañana.

En el siguiente semáforo rojo, ya en una avenida de la parte alta de la ciudad donde los coches se movían con soltura, el conductor del portentoso vehículo se colocó al lado, bajó la ventanilla y empezó a dar voces. Julio fingió ignorarlo y giró por una calle empinada, pero el otro le siguió a distancia imprudente, lo pasó a gran velocidad y cruzó su coche frente al de Julio. Como en los seriales norteamericanos.

El energúmeno se apeó dejando la puerta abierta. En su cara cuidadosamente barbada había un gesto que no dejaba lugar a dudas sobre su ocupación permanente: él era el dueño del mundo.

Habló entre dientes, con un susurro asesino:

—Baja, maricón.

En el país de Julio estos encuentros eran bastante habituales, pero nunca había visto nada semejante en esta ciudad recatada, y mucho menos había sido coprotagonista. Podía haber dado marcha atrás y escabullirse pero, sin saber por qué, bajó del coche.

El otro lo recibió con un directo a la nariz. Desde las cruentas batallas escolares, nunca había vuelto a recibir un puñetazo. *¿Fuerte o débil?* Cayó sentado y vio que el otro lo esperaba con las piernas separadas y los puños prietos, dispuesto a machacarlo. A Julio le sangraba la nariz.

—¡Levántate! —El otro tenía una clara disponibilidad a impartir órdenes.

*¿Militar? ¿Industrial? ¿Policía? ¿Macarra?*

Julio se incorporó sin ánimos. La sangre estaba entrándole por la boca; le dio un poco de asco pero contuvo la expresión.

Llegó otro puñetazo. Esta vez en los dientes.

Julio estaba preguntándose el por qué cuando vio su propia mano derecha: partía hacia la cara del agresor con la velocidad de un latigazo. Algo que aparentemente no estaba en él mismo había dado la orden.

El otro lanzó un contragolpe en forma de gancho, pero Julio se agachó. Otra vez supuso que él no había dado la orden. La fuerza del golpe fallado por el energúmeno actuó en su contra.

Julio le dio un puntapié entre los muslos. Fue eficaz: la cara despiadada de modelo un poco tosco del otro se descompuso en una suerte de asimetría llena de sombras. Unas sombras proyectadas por el desconcierto.

Cayó de rodillas humillando la testuz. Pero aquel juego no tenía normas dictadas por la razón y Julio, que había sabido defenderse, ya no era un ser racional sino una bestia que debía destruir para preservarse.

Agarró al descalabrado por los pelos y, con una fuerza que nunca hubiera podido reconocer como propia, lo obligó a erguirse. Inerme como un globo desinflado, el otro lo miraba sin verlo y entre los ojos y la nariz dilatada, por arriba de la boca jadeante, en algún lugar de la cara y en toda ella, Julio Antúnes descargó un cabezazo.

Tuvo el efecto de un rayo sobre un ciprés solitario.

El conductor del coche de lujo se derrumbó a sus pies, inerte y sin armazón. Su osamenta se había liquidificado.

Julio tomó distancia de los despojos. El mismo dictado interior le ordenaba que basta. *Basta, basta, basta, basta, basta*, le ordenaba que era suficiente, y en ese instante vio que posiblemente había cometido un homicidio y que las aceras estaban llenas de personas que contemplaban entre atónitas y gozosas, seguramente excitadas, un espectáculo cuyo primer acto acababa de finalizar.

*Lo maté.*

Con estruendo de sirena, gomas chirriantes, portazos y voces, llegó la policía en un coche patrulla.

El otro insinuó un movimiento. No había muerto. Julio había leído en algún lugar que era muy difícil matar a una persona adulta, incluso con un arma, y que los niños eran más fáciles por su inconsistencia.

Ahora se estaba riendo de sí mismo.

¿Matarlo, yo?

—¿De qué te ríes, cabrón? —la pregunta la estaba formulando uno de los policías.

—Son los nervios —apostilló con oportunidad una señora que se había tragado la pelea con delectación.

—El otro le atacó, yo le vi —gritó un repartidor de butano.

—No te metas en lo que no te llamen —dijo su compañero con un fuerte acento uruguayo.

—No... no... no es nada, no es nada... —estaba diciendo el caído, ahora ya de pie, el rostro tumefacto y las piernas separadas, no ya en pose de desafío sino de dolor de huevos.

—Aquí hay que levantar un acta —dijo el segundo policía con aplomo. Se notaba que era el mandamás; lucía un bigotito entrecano y olía a agua de lavanda.

Entonces el atacante de Julio recuperó la compostura:

—Si no hay denuncia, no hay acta —dijo con seguridad—. Y yo no pienso presentarla.

—Y tú, ¿la presentas o no? —le preguntó a Julio el primer policía.

—No.

*¿Por qué no?: porque no.*

—Igualmente ustedes dos han entorpecido la circulación y dado un espectáculo público escandaloso —dijo sin calor el policía del bigotito. Ya no muy seguro de cómo debía proceder, agregó:

—Se les apuntarán los datos y después veremos qué pasa. A ver: ¡pongan los coches a un lado!

Los policías tomaron los datos. Julio no pudo escuchar el nombre del otro, que de vez en cuando le lanzaba una miradita de complicidad, diríase que hasta simpática.

Ya en la carretera, rumbo a la obra, comenzó a temblar de tal modo que tuvo que detener el coche. No podía seguir conduciendo. Paró a un costado del camino, bajó del coche y se puso a vomitar. No tenía nada en el estómago porque desde el último ataque no se había permitido comer. La sangre se le había secado en la nariz y el dolor del tabique era intenso y palpitante. Una mosca tornasol vino a posarse sobre las babas arrojadas y después tomó confianza con las costras sanguinolentas. La espantó.

Unos metros más allá había una fuente: puso la cabeza bajo

el agua helada. Era un dulce premio que lo despejó y devolvió a la realidad.

¿A cuál realidad? ¿Por qué había reaccionado así, dejando paso a una bestia feroz que no era? Era un hombre con recuerdos y en su pasado nunca había golpeado a nadie y mucho menos sentido ganas de matar.

¿O es que el intruso tenía razón y como insinuaba en la carta fingía tener una especie de amnesia selectiva? ¿Estaba entonces fingiendo ante sí mismo?

Tonterías.

Sí, estupideces, mala suerte o lo que fuera, pero no pudo dejar de reconocer que desde hoy él sería otro hombre, alguien que estuvo dispuesto a matar a un semejante. Se estremeció.

Ya en la obra resolvió algunas cuestiones concernientes a la renovación de herramientas e inspeccionó los nuevos soportes de las estructuras que a la vez se transformarían en pilares de sostén de un viaducto que pasaría sobre la antigua carretera.

Allí abajo había una serie de casas modestas, cada una con su huerto, seguramente nacidas como hongos furtivos en una época de migraciones internas. A aquella gente nadie le había preguntado si le gustaba que una autopista pasara por sobre sus cabezas. A veces los veía yendo a la estación a pie o cultivando sus trocitos de tierra, en apariencia indiferentes al monstruo que les estaba creciendo alrededor y que terminaría por tragárselos. Una vez lo había comentado con uno de los capataces de la obra, convencido de que le escucharía con orejas de clase, en un gesto que sería el síntoma de una solidaridad que él había intuido a través de los libros y, algunas veces, vislumbrado en las obras. El otro le había dicho, como si tuviera que convencerlo, que aquello era el progreso y contra el progreso no se podía ir, «sino íbamos a terminar como en África o en la Argentina, que van contra el progreso». Se quedó pensando y después le preguntó al capataz qué haría él si le colocaban una autopista por encima de su casa y el otro respondió que no iban a hacerlo porque él vivía en un piso que daba a la autopista meridiana de la salida norte, y que por suerte allí ya estaba todo hecho. Entonces, viéndose a sí mismo mientras le formulaba esa pregunta al capataz, se sintió un transgresor de los límites que la realidad le adjudicaba con el papel que le había dado.

Los obreros trabajaban en silencio y a un ritmo muy fuerte. Las promesas de terminar la obra antes eran falsas. La verdad era que si la obra no llegaba a su fin en el plazo previsto habría complicaciones.

—Complicaciones políticas de alcance incalculable —había dicho el director general con pompa.

El director, que era un orgulloso poseedor de carnet de afiliado al partido gobernante en la región autónoma, ponía en la inauguración de la autopista esperanzas electorales. Si el sector adjudicado a Julio como director de obra (viaducto, 1250 metros precedentes y 354 subsiguientes) no se terminaba a tiempo, no se podría empalmar con el precedente y el que le seguía, y así sucesivamente hasta que el partido del director general perdiera las elecciones o, cosa posible, las ganara con un número de votos mucho menor que en las elecciones anteriores, dando lugar al partido de la oposición ( que gobernaba en la capital del estado) a tomarse un espacio que, siempre según el director general, legítimamente no le correspondía por ser ajeno a los sentimientos nacionales (que eran pasionales, algo que el director general no reconocía) y que por autoproclamarse de izquierda (lo que ya estaban dejando de creer hasta sus propios sostenedores) tenía antecedentes de un peligrosísimo cosmopolitismo:

—Peligrosísimo para la pureza esta nación sin estado ni ejército o, más detalladamente, de esta autopista. —Pensaba Julio que el director general había dicho, sin estar seguro de que no mezclaba lo verdaderamente dicho, porque algo así había dicho, con los diálogos escuchados en medio de una pesadilla donde él mismo se preguntaba:

—¿Dónde he venido a parar? ¿Irá alguien a mi entierro?

Desde lo alto de las estructuras de metal amarillo y escapando del límite de las copas de los árboles, los atardeceres eran de una belleza extraordinaria. Todo aquello había sido un bosque casi puro, y aunque ahora estuviera convirtiéndose en una escombrera, conservaba la humedad de la atmósfera y el recuerdo de un olor que fuera más intenso: el aroma a vegetación dulce que Julio sintió la primera vez que visitó el lugar, en la época de las prospecciones.

Ya estaba oscureciendo cuando el operador del montacargas le avisó que terminaba su turno, que si quería aprovechar el viaje lo bajaba. Las luces de las casitas con huerto ya estaban encendidas y por la carretera pasaban dos motociclistas que habían apostado a quién moriría antes: el perdedor se encargaría del funeral del otro y de transmitirle la noticia a la familia.

Julio sintió que hubiera sido grato pasearse por ese bosque antes de su destrucción, cuando ni las cajas de ahorro, bancos y otras entidades financieras, ni el afán de andar más rápido que el tiempo y la luz, había todavía puesto sus ojos y garras sobre sus virginidades de pajaritos, ardillas, conejos y seguramente jabalíes y zorros. De todo no había quedado más que el canto aislado de las urracas, curiosas aves que se nutren de lo que otras acumulan, resistentes a la extinción y perfectamente adaptables al estado actual de los asuntos humanos. Julio pensaba en estas cosas de soslayo, como alguien a quien le ha tocado en suerte cierta dosis de inteligencia, pero que en virtud de la poca laboriosidad que había en sus bases era particularmente inactiva, a no ser que necesitara aplicársela en el trabajo. Con ese transcurrir creía haberse ahorrado muchos problemas, pero dado el estado en que se encontraba su vida en la actualidad era evidente que lo adverso se había infiltrado por algunos intersticios y que descubrir cuáles eran sería la verdadera y nada fácil tarea de Nello Fuller.

*Nello Fuller, investigador privado.* Lo de absolutamente confidencial era lo que más le gustaba de Fuller: simplemente había desestimado la posibilidad de no ponerlo. Un hombre inteligente, pensó, sabe que lo que para él es obvio, no lo es para el público circulante en el bulevar. *Soy parte dubitativa de ese público. Si el destino puso ante mí un cartel con el nombre de Fuller, no debo desoírlo y me ahorraré pasos.* Pensó que se ahorraría pasos. Aunque no tendría ninguna obligación de contratar los servicios del hombre, si no le convencía, es decir de contratar los servicios de nadie. El problema accesorio residía en que, tal como ponía en claro el cartel, Fuller era un detective y no un consejero moral, y por lo tanto le esperaba una más modesta tarea: encontrar al «M.» de la carta y comunicarle sin demasiada gentileza que se dejara de romper los huevos. O descubrirlo y averiguar quién era y que quería. O todo a la vez.

El viaducto estaba a menos de un kilómetro de la estación de Las Platas. Decidió hacerle una nueva visita al taquillero. Quería saber si era cierto lo que había visto desde el tren: el hombre de blanco que le entregaba un billete de mil. Todavía confiaba en que hubiera sido una ráfaga de su imaginación.

Mientras se acercaba reflexionó sobre la actitud del intruso: por un lado insistía en ponerse en contacto con él, mientras que por el otro no dejaba de mostrar su retraimiento si era Julio quien lo buscaba. Trataba de ubicarlo con la mirada y el otro se escabullía.

Pero lo más alarmante era que sus intenciones no estaban claras, aunque era obvio que las tenía y que estaba conduciendo una estrategia de desgaste para al final poder obtener mejores resultados. Era una táctica de jugador o de especulador: quería que Julio Antúnes no tuviera más pensamientos que para con él y lo estaba logrando. La alerta era el mejor sentimiento para estar pendiente de algo, y Julio estaba alerta.

El incidente de la tarde le había dado algún modo de confianza en sí mismo en materia de autodefensa. Ahora sabía que a manos descubiertas podría hacerle frente, a menos que el otro fuera un experto en las llamadas artes marciales. A juzgar por su actitud, y sobre todo por lo que le había contado Gloria, dependía de la pistola y era un axioma que los que dependían de las armas eran poco hábiles en los choques frontales con las manos vacías.

Se imaginó dándole una paliza sangrienta y se alarmó un poco al sentir que la posibilidad de destrozarlo a golpes le brindaba un tipo localizable de placer físico, cuyo síntoma era una agradable cosquillita en la zona que va desde el final del escroto hasta el borde del ano.

Algo volvía a aparecer en él. Quizá fuera la misma tensión

incontrolable que dirigió sus golpes contra el prepotente conductor: algo interior y desconocido.

Llegó a Las Platas. El taquillero no estaba y el que había le dijo que esa semana le tocaba cubrir el turno de la mañana. Éste también comía un bocadillo, pero de tortilla francesa.

Volvió al coche y puso rumbo a St. Cufate. Encendió la radio.

La noticia más importante de la tarde se refería al incendio de un gran edificio céntrico:

—«... afortunadamente las salidas de emergencia funcionaron a la perfección, permitiendo la evacuación del inmueble. Los bomberos acudieron cuatro minutos después de declarado el fuego en un ejemplo de extraordinaria eficacia.»

Los bomberos dependían del gobierno de la región, la emisora también. Había una entrevista con el jefe de la dotación y hasta con un bombero semiintoxicado por el humo, que hablaba entre toses y esputos.

—«Humilde servidor, anónimo héroe. Un ejecutivo japonés que salió indemne tuvo que vestirse en la calle, pues se hallaba completamente desnudo. El ejecutivo declaró que en su país, en un accidente similar, habían muerto cuarenta personas. Comparemos con el hotel Carrasca, de la capital del estado, donde el retraso de los bomberos hizo que perecieran catorce personas abrasadas. En este incendio del hotel Emperador...»

Era el hotel de Gloria. Un rayo atravesó las sienes de Julio. Paró en el arcén y siguió escuchando.

La última persona entrevistada era precisamente ella. Allí estaba su voz, con unas tonalidades desconocidas para él, seguramente alterada por el miedo y la incertidumbre:

—«Cuando empezó el incendio estaba en mi despacho y no comprendí lo que ocurría hasta que estuve en la calle...» —era un hilo del tejido completo de Gloria, una porción titubeante de su totalidad.

Hablaba el locutor:

—«Los motivos del incendio no están claros y deberá abrirse una investigación... imprescindible porque a ninguno de los puntos donde podría haberse iniciado ha llegado el fuego: cocinas, calderas, grupos electrógenos y maquinaria en general están intactos, mientras que extrañamente hubo focos en las plantas segunda y cuarta. Los trabajos de reparación, según la primera estimación de los peritos, tardarán un mes, pero manifiesta la directora que el hotel podrá abrir sus puertas a sus clientes mucho antes.»

Apagó la radio.

—¿Le pasa algo?

—No, gracias, es el calor.

—Sí, es que a veces...

—Ya. Ahora voy y me refresco.

—Si quiere le traigo agua.

—No. Gracias, gracias.

No sabía con quién había hablado.

Puso en marcha el motor y recién cuando estaba llegando al punto más alto de la montaña tuvo consciencia de que no se dirigía a su casa sino a la ciudad, y más precisamente hacia el hotel, con una determinación plena e imperativa, más allá de toda razón. Mientras bajaba deseó que Gloria todavía estuviera en el lugar, pero consideró las circunstancias y perdió las esperanzas de verla. Otra vez el peso de su ausencia horadaba su integridad y se sintió estúpido por haberse supuesto en proceso de curación. Pensó en esos términos exactos, como si la mujer no fuera una persona sino una enfermedad o, más precisamente, el síntoma principal de un morbo recóndito que también tenía expresión en la ansiedad.

Al pasar por el lugar donde había golpeado al otro automovilista se detuvo a contemplarlo. Como el asesino del tópico volvía al lugar del crimen.

Sí, él bien podría haber sido el incendiario del hotel Emperador por despecho y ahora estaría volviendo al lugar del crimen. Su acción pudo haber ocasionado la muerte a muchas personas. Pero él no había sido: a esa hora estaba en la obra, la coartada era perfecta.

*¿Qué estoy pensando? ¿Es que me estoy volviendo loco?*

No. La noche anterior había dormido en el hotel y Gloria tenía derecho a suponer que él era el pirómano. Por venganza.

Era poco probable que ella revelara el indicio porque pondría en evidencia sus relaciones, pero la policía investigaría igualmente a todos los huéspedes que pasaron las dos últimas noches en el hotel y Julio tenía su residencia a dieciocho kilómetros del lugar y disponía de coche propio. No tenía muchas justificaciones para su alojamiento, salvo aducir cansancio. El verdadero motivo, el ataque de bulimia, no sería comprendido.

En cuanto al coche podía decir que no lo había traído y que a.la hora en que decidió volver ya había salido el último tren. Pero en el mundo existían los taxis, y además estaba el incidente con el otro conductor, debidamente registrado en los ordenadores de la policía, en la relación de los hechos del día en que participaron los coches patrulla.

No tenía escapatoria.

No tenía la culpa.

No tenía antecedentes penales.

Durante los últimos años una idea había cobrado cuerpo: las fuerzas del poder y la autoridad están íntimamente relacionadas y dejan poco espacio a la libertad del ciudadano. Esta convicción y no una genuina tendencia legalista le había conducido a ser una persona intachable, al menos si era juzgada por sus acciones. El no tener antecedentes penales era, al menos para él, sometido a descontroles, un logro. Para otras personas esto no sería una hazaña pero Julio tenía como enemigo a una parte del mismo Julio.

*No tengo antecedentes penales.*

Recordó una película que había visto muchos años antes donde un Tony Curtis amable y bonachón, trabajador, puntual y amantísimo padre de familia, comentaba a diario con su mujer las tropelías del estrangulador de Boston, ciudad donde vivía el matrimonio. El mismo Tony Curtis, desdoblado en monstruo, a la manera de un Mr. Hyde contemporáneo y veraz, era el autor de los crímenes, el vengador de alguna remota ofensa albergada en los meandros de su pasado. Una vez descubierto, él mismo se sorprendía de no recordar haberlo hecho, y la aceptación final de su desenfreno lo llevaba a retorcerse en un mar de culpas. *El estrangulador está entre nosotros, eres tú, soy yo, es el bombero humilde servidor, el locutor de la radio que dice que, yo que le pego una paliza a un tipo que seguramente es un poco débil mental, yo que me lo como todo sin saber por qué, yo que incendio el hotel aunque en ese momento estoy en la obra, porque bien pude haber encendido las mechas la noche anterior. ¿Mechas, líquido inflamable, alcohol, una chispa, dos chispas? Al final soy ingeniero y mi otro yo también es ingeniero, uno ingeniero constructor de puentes, caminos y puertos y el otro pirómano y muy próximamente asesino, dado que pude concebir varias formas de quitarme de encima a ese tipo.*

—Estúpido, malparido, pelotudo —se dijo.

*Sé perfectamente qué estuve haciendo, tengo control del tiempo y vuelvo a la ciudad no a contemplar el lugar de un delito no cometido sino la modificación del ámbito donde amé a una mujer, un lugar que no volverá a ser el mismo porque la planta donde nos encontrábamos se quemó totalmente, la cama ya no existe, ni la alfombra, ni la pileta, se dice lavabo, ni el bidet donde ella, ni la ducha, ni la radio incorporada, ni la heladerita con bebidas, se dice neverita, ni siquiera el paisaje que se ve desde la ventana será igual, porque todo es en la medida en que lo percibo y desde donde lo hago. Amé a ese mujer...*

Ya estaba caminando por el bulevar hacia el lugar del incendio, cuando comenzó a reírse del verbo pensado.


Estacionó el coche en la misma plaza vacía del mismo parking, como si fuera un cliente fijo; estaba lo suficientemente lejos del hotel como para que no lo vieran. Cien metros más allá habían cortado la circulación por el incendio y desde la puerta del parking pudo advertir las manchas rojas de las motobombas. Si los bomberos todavía estaban allí y no había humo, podía significar que había probabilidades de derrumbamiento. La idea de Gloria aplastada por los escombros mientras retiraba documentación de su despacho lo invadió en igual medida como una tragedia y como una liberación. Muerto el objeto del conflicto, desaparecido el conflicto; un mundo sin comidas que eliminara la bulimia de un plumazo, el único problema es que se moriría de hambre. No podía prescindir de Gloria, y toda pretensión al respecto provenía del autoengaño.

La acera estaba repleta de curiosos que esperaban alguna catástrofe mayor, o al menos más evidente.

El aspecto exterior del hotel Emperador, salvo por las manchas que había dejado el humo en algunas ventanas, era el mismo de siempre. «Esto más que un espectáculo es una estafa», parecían decir las expresiones de los rostros congestionados por el deseo de presenciar alguna muerte en directo o, al menos, el traslado de algún herido grave en ambulancia. Al público le gusta el rito de la ambulancia: los hombres de blanco bajan como rayos portantes de la camilla vacía o vuelven con un bulto semitapado o totalmente tapado con una manta; en este último caso es evidente que han llegado tarde y entonces las expresiones de los de blanco se colocan entre la frustración profesional y la consciencia de la circunstancia: tienen un público atento y fiel. Estas caras también son del agrado del respetable que se dice: ahora se sabrá cuál es el médico y los otros tendrán que agachar la cabeza. El público también adora el rápido llegar de los bomberos, la estrepitosa puesta en escena de mangueras, manómetros, escaleras extensibles y cascos, y todo ese trepidante y lujoso espectáculo incluye la posibilidad de que alguno de los abnegados servidores perezca en plena tarea, por esa misma razón considerada como altruista. Una buena caída desde las alturas o un paro cardíaco por inhalación de humos ponzoñosos hace saltar el clik de la compasión y de «pobre la mujer y pobrecitos los hijos en edad escolar, seguramente que tiene cinco, uno mongolito, y su padre murió como un héroe».

—Esto no lo refleja la televisión —dijo uno.

Al bombero semiasfixiado ya se lo habían llevado y corría la noticia de que estaba fuera de peligro. No había escaleras desplegadas contra la fachada del edificio y los hombres fumaban tranquilamente esperando nadie sabía qué.

—Es que hay un escape de gas en los sótanos y en cualquier momento puede saltar todo por el aire. —Dijo un señor enterado. Hablaba por el lado de la boca no ocupado por un ocioso cigarrillo retorcido.

—¡Ay, virgen mía! —gritó una señora mientras retrocedía un par de pasos para ponerse a salvo. Era muy gorda y agitaba los brazos.

—¡Oiga, que aquí están diciendo que está todo bajo control! —dijo otro señor mayor que lucía una radio portátil antigua, marca Spika, milagrosamente conservada a través de las décadas y miles de partidos de futbol.

—Sí, sí —replicó sardónicamente el del cigarrillo—, vaya usted a creer lo que dicen en la radio. Sí, créaselo, como que se lo están diciendo gratis.

—¡Oiga!, un respeto, que servidor solamente estaba favoreciendo las noticias. —Exclamó ofendido el dueño de la reliquia. Se encogió de hombros como queriendo expresar que el del cigarro se jodería a partir de ese instante.

Todos eran amos del incendio. Esta apropiación había ganado forma a partir del momento en que se supo que no habría nuevas emociones. La mayoría del público estaba compuesta por personas mayores. Los jóvenes se habían ido, no soportaban las esperas.

Julio no sabía cómo actuar ni hacia dónde dirigirse.

Decidió esperar en un cómodo segundo plano. Si Gloria gozaba de un perfecto estado de salud aparecería por allí, bien saliendo del hotel, o bien regresando después de haber tomado un poco de aire y alguna copa. *Algo refrescante.*

Había dos coches de la policía y dos de la guardia urbana; éstos se dedicaban a cuidar el orden en el exterior del edificio e inmediaciones. Los policías no estaban a la vista: recorrían las dependencias internas en búsqueda de rastros.

Un policía salió por la puerta principal con un cartapacio debajo del brazo. Detrás venía Gloria, empujaba una silla de ruedas. La persona sentada en la silla no podía ser otra que Francesc, el marido paralítico.

Julio se estremeció. En el cartapacio estaría su nombre junto a los de los otros clientes de la noche anterior; ya lo citarían a declarar. El miedo le duró sólo un instante, no porque creyera que iba a salir fácilmente del atolladero: la emoción de ver a Gloria ocupó el lugar.

Aparecieron las respuestas de su cuerpo: un cosquilleo súbito e insolente en la boca del estómago, que inmediatamente se convirtió en dolor que se desplazó, aumentando en intensidad, a la parte posterior del cráneo, repitiendo la secuencia de cosquilleo y dolor, acaloramiento en las orejas y una sequedad lacerante en la garganta.

Cerró los ojos y decidió ser otro.

La penumbra lo desconectaba de la realidad. Lo sabía porque ya lo había practicado antes: cuando abría los ojos, un segundo después, ya estaba pensando desde una perspectiva más limpia y ordenada.

Cuando abrió los ojos vio a Gloria, que hablaba con el policía del cartapacio. Éste había desplegado las tapas y ella le señalaba algo.

*Mi nombre está en esa precisa hoja.*

Parecía serena y relajada, pero el cansancio le había marcado el rostro con unos surcos que Julio no conocía. Francesc también miraba al policía y de su expresión Julio dedujo que se trataba de una persona viva y siempre despierta, alguien poseedor de una inteligencia aguda. Muchas veces lo había imaginado como a un inválido integral, pero ahora veía que lo único que a Francesc no le funcionaba era la parte inferior del cuerpo. De él sabía poco: tenía cuarenta y ocho años, era un hombre de negocios y manejaba sus asuntos desde su casa.

Lo había pensado con lugares comunes. Le había puesto la figura de un monstruo mezquino y agrio, que hablaba con voz aguda e hiriente, estupidizado por la invalidez y con todo su sistema nervioso dirigido a la preservación y aumento del capital. Pero la cara de Francesc traducía a otro tipo de persona, como sus manos, que eran pulcras, largas y serenas. Tenía la cabeza de un patricio de cromo, con una melena blanca abundante y generosa, más propia de un artista de la belle èpoque que de un hombre de negocios oriundo de un lugar cuya tradición burguesa Julio imaginaba retrógrada y endogámica.

Quiso escuchar su voz pero no le llegaba. En cambio creyó advertir que la mirada del inválido se posaba sobre él; fue sólo una fracción de segundo, tiempo suficiente para comprobar la belleza transparente de sus ojos azules.

Ahora Francesc sonreía y parecía estar calmando o sosteniendo en equilibrio a su mujer, aunque Julio sabía que el hombre era el verdadero damnificado, en tanto que accionista principal del hotel.

Gloria miró a Julio sin ambigüedad.

A la mirada siguió un gesto de desagrado y después la boca se cerró en un arco amargo, de desconsuelo. Parecía estar a punto de llorar.

Volvió a mirarlo y en esta segunda mirada hubo un pedido de que se fuera, un «no me perturbes, desaparece de una vez y para siempre».

Francesc departía amablemente con el policía y otro hombre vestido de paisano que se había sumado al grupo. Para Julio tenía pinta de juez. La instrucción del caso ya había comenzado, por una vez la justicia iba rápido.

Un Saab negro, majestuoso y de andar algodonado traspasó con privilegios la barrera de los guardias urbanos y de detuvo entre las motobombas y la acera del hotel. Las puertas traseras se abrieron automáticamente, a la vez que un chófer uniformado y filipino bajaba presuroso y se dirigía hacia la silla de ruedas, su ocupante y consorte. Un artilugio impresionante emergió de la parte trasera del coche, se engarzó bajo el sedil de la silla de ruedas, la elevó unos centímetros y comenzó a retraerse con suavidad hacia el habitáculo. Francesc parecía estar acostumbrado al prodigio y mientras era conducido hacia el coche no dejó de departir con el juez, quien se doblaba con obsequiosidad para evitarle alzar la voz. El funcionario tenía un tipo de actitud que sirve sobre todo para ocultar los sentimientos.

Gloria rodeó el coche y entró por la otra puerta, no sin antes dirigirle a Julio otra mirada significativa. Pero, ¿qué significaba en realidad? Esta vez creyó ver algún tipo de reconocimiento no hostil. *Tus ilusiones son inconsistentes.* Había perdido la sensación del tiempo y entrado en un espacio propicio para los deslumbramientos.

El Saab arrancó con suavidad y Julio se descubrió dentro de un taxi y diciéndole al conductor:

—Por favor, siga discretamente a ese coche.

—¿Policía?

—Juez de instrucción —dijo con seguridad a la vez que mostraba el carnet plastificado de un club de natación del cual era socio no frecuentador.

—¿Es por lo del incendio?

—Sí.

—¿Qué se sospecha?

—Siga al coche y chita callando —dijo con tono autoritario.

El taxista aclaró:

—Pero usted tiene acento extranjero, sudamericano o de Colombia.

Miró a Julio por el retrovisor con desconfianza.

—Sí, señor. Y usted tiene acento gallego. ¿Quiere que en vez de hacerle seguir a ese coche le ponga una bonita denuncia por obstrucción de una investigación judicial?

Estaba sorprendido de sí mismo. El conductor calló y obedeció; de vez en cuando miraba a Julio por el espejo y éste le señalaba con el índice la calle y el imponente culo negro del Saab.

—Manténgase a esta distancia.

—Sí, jefe —dijo el gallego sin ironía.

Entraron en la autopista meridiana, una imponente arteria que dividía en dos aquella parte de la ciudad. Los edificios eran una hilera sin aparente final: los habitantes de la derecha podían observar a los de la izquierda con catalejo, pero jamás se descubrirían los lunares ni se reconocerían por el olor de los sobacos, a no ser en la semianónima oscuridad de los agujeros del metro. Si hubiera guerra esos bloques permanecerían incólumes, sobreviviendo a enteras generaciones de combatientes que pelearían sin saber por qué, aunque bien pudiera haber razones que vinieran desde las penumbras de la rabia.

—Allí vivo yo —dijo el taxista señalando una entre los cuatro millones de ventanas.

—¿Ah, sí?, lo felicito —dijo Julio y en sus palabras escuchó al que le había dicho atrocidades a Gloria. ¿Lo había dejado por eso, porque a veces no podía controlar lo que decía?

*Otra vez la bestia dormida.*

El Saab había sorteado el obstáculo del último semáforo y

ya entraba en una bifurcación de la autopista. Julio pensó que, curiosamente, ni siquiera sospechaba dónde Gloria vivía con su marido.

¿Jodía con Francesc? ¿De la parte inferior del cuerpo solamente no le funcionaban las piernas? *Hijo de mil putas.* Lo había traicionado sin que tuviera un rostro mezquino. Se había traicionado buscándose la comodidad de imaginarlo como al típico rival repulsivo.

Iban a ciento diez cuando pasaron frente al indicador de cambio de tarifa y el taxista pulsó el botón con gesto de evidente codicia. Ya no estaba interesado en indagar cómo podía ser su pasajero juez si era extranjero, ni sobre ningún argumento que se interpusiera en el inexorable avanzar del taxímetro. Un viaje de cien kilómetros era un buen negocio, uno de doscientos o trescientos, el negocio del mes.

—¿Tiene dinero, señor juez?

—¿Tiene miedo de que no?

—No, pero como el aparato no perdona... —dijo «aparato» con orgullo.

—No se preocupe y no me pierda de vista el Saab.

Después de cuarenta y cinco kilómetros, en una zona donde se vislumbraba una cadena de montañas, el coche negro se dirigió a una salida.

—Coja la salida despacio, hasta que veamos que el coche haya pasado el peaje.

El taxista obedeció. El Saab enfiló por una carretera nacional para, al cabo de un par de kilómetros, después de atravesar un pueblo, entrar en una comarcal. Atravesaron un par de pueblos más y pasaron por un bosque de encinas hasta que el coche de Francesc entró en lo que, desde el taxi, parecía una finca particular.

—Pase lentamente frente a los portales y siga de largo.

Las rejas estaban cerradas y al fondo se veía al coche negro avanzar hacia una mansión cuya envergadura no lograban disimular los árboles que la cubrían parcialmente; así, fugazmente entrevista, era digna del maharajah de Kapurtala.

El taxi siguió avanzando por la comarcal. Los límites de la

finca estaban medio kilómetro más allá de la entrada y Julio calculó que antes de llegar a los portales había otro tanto. Un kilómetro de frente por un mundo de fondo. Aquello bien podía terminar en la frontera.

*Tiene a Gloria a sus pies aunque sean pies muertos.*

Ella no había hecho mención de la riqueza que compartía con su marido. Julio había imaginado un piso fastuoso o a lo sumo una casa afrancesada con tejados de pizarra, en una ciudad donde las casas unifamiliares casi no existían, pero esto superaba toda fantasía: era la imagen misma del poder. Sintió que al haber tomado a Gloria en sus brazos había protagonizado un acontecimiento engañoso porque era ella quien dominaba los abrazos, el meollo de cada uno de los encuentros habidos entre los dos cuerpos. El de Gloria era la síntesis de algo poderoso, mientras que el suyo era el de la sujeción que se cree libre. Con rabia decidió que allí no había habido un encuentro sino algo producido por la determinación de una mujer que consigue cuanto se propone. Había sido usado. *Usado.* La ocultación de la riqueza había sido un engaño, una omisión vil. Odió a Gloria y la deseó, tuvo ganas de dominarla y de hacer que le rogara que más, que lo que él quisiera, *que me la metas por el culo y me muerdas los hombros hasta hacerme sangre.* Una vez se lo había pedido, pero ahora sospechaba que aquéllas fueron órdenes y que él, Julio Antúnes con ese, no era más que una marioneta con picha, que sabe aguantarse la eyaculación para que ella disfrute hasta el agotamiento, sin que él disfrute ni nada de eso, porque al llegar su momento, de tanto aguantarse, ya está pensando en el concreto de la autopista, el macadán ligado con cemento, el fabuloso hormigón blindado y otras formas de la indiferencia.


El taxista fue difícil de convencer:

—Verá usted: le espero sin cargo alguno, quiero decir la espera, y cuando le apetezca volver lo arreglamos apretando el chisme otra vez —tenía buena vista para los negocios.

—No, gracias

—¿Y cómo piensa volver?

—A pie. Me gusta hacer gimnasia.

—¡Venga, hombre! —pero ya se había resignado y puesto la primera manteniendo el pie en el embrague.

Soltó el pedal de un golpe y se fue sin saludar al juez de instrucción. Esa noche se lo contaría a su Adelaida:

—Y no le saludé porque no se me pasó por los bombardiños.

Julio había bajado del coche a la altura de un vértice frontal de la propiedad. Caminó en sentido contrario al de la entrada. Unos doscientos metros más allá pudo comprobar que la cerca divisoria lateral, protectora de un mundo tan desconocido como irresistible, se perdía en horizontes plegados por colinas, arboledas y nuevas divisiones, lindando con un camino de tierra que separaba a la finca del ancho y mezquino mundo.

Allí dentro bien podía haber ganado de raza o un jardín masónico, infinito en sus simetrías, un laberinto de pedregullos, rosales y viveros de plantas sudorosas, un criadero de mustélidos feroces, o un campo de entrenamiento militar, una pista de aterrizaje de aviones y helicópteros o todo sumado. En resumen, un mundo ignoto en cuyo centro Gloria rendía su cuerpo a las habilidades paralíticas de su marido y propietario. Ése no era su ambiente original. Ni siquiera había nacido en el país y en eso tenía con Julio una complicidad natural, basada en un origen compartido y un mismo aire respirado en la infancia. Probablemente Gloria había llegado a aquellos fastos con una mano adelante y otra detrás, a fuerza de empellones con su piel apetecible; una víbora que se enrosca alrededor del destino de un patriarca sobre ruedas. Y después, su puesto en el hotel: bien podía deberse a su condición de consorte, ¿por qué no?

*Puta de lujo. Mujer con veleidades de emancipación que dice sí, pero además quiero mi independencia, un trabajo que me tenga dignamente ocupada pero que no sea subalterno. Le habrá dicho: «Si voy a ser tu mujer, tengo que mantener mi calidad de vida las veinticuatro horas del día, mi querido Francesc.»* Al marido pudo no haberle costado mucho ponerla allí, *como un jarrón de porcelana*, en el puesto dejado vacante por el suicida, provisionalmente ocupado por un administrador de oficio. Gloria D'amico era vistosa y de porte elegante, levemente exótica, una especie de objeto visual que los clientes agradecerían. Además sabía comportarse. Ella le habría dicho que era una chica de buena cuna, dato avalado por un apellido que en sus latitudes de origen destilaba inmigración de alguna posguerra europea, pero que aquí, a fuerza de apóstrofe, abría honduras retrospectivas, el reemplazo de un de Amico señor del renacimiento. La cara de Gloria podía ser la prueba: una virgen de Giotto, cuyo modelo había sido una puta del mercado, que compartía cama y vino con el pintor, que era sucia, analfabeta y olía a pescado muerto, pero que la posteridad conocería como «Madonna d'Amico», muy parecida a la Gloria en cuestión, la dama extranjera que contrajo matrimonio con el conocido financiero Francesc Cordach i Claris, dueño de las tres cuartas partes del dinero de media región autónoma, respetado y temido hasta por los jueces de instrucción, que se inclinan a hablar con él, no tanto por deferencia a su invalidez, como porque ésa es la postura que él mismo impone al resto del mundo.

*Yo soy el resto del mundo. Yo no soy el resto del mundo. Me inclino ante las piernas abiertas de mi... de su... de mi... de su...*

Pensaba en Gloria. Nunca habían hecho otra cosa que revolcarse entre las sábanas. «Algo exclusivamente físico.» Y pensaba en sí mismo: trabajaba como ingeniero en la construcción de una autopista. Y no sabía que ella sabía que su marido también era accionista de la empresa para la que Julio trabajaba. Jugarretas del azar.

Pensaba en la cama quemada. Podía contar la cantidad de veces que habían estado allí. Y de cada una de las veces recordaba detalles, y de cada detalle pretendía haber conocido las sensaciones propias y de ella.

De Gloria D'amico sabía mucho salvo lo principal: ignoraba quién era.

Se sentó al borde de un basural cuyas emanaciones jamás llegarían a la finca Cordach y pensó en otras mujeres; con todas había habido un denominador común, el que mejor definía su encuentro con Gloria: desconocimiento mutuo. *Ahora bien, yo no soy solamente un cuerpo.*

Las estridencias de una moto Kawazaki de 600 c.c. irrumpieron en sus oídos indefensos. Era un aparato impresionante, y mientras recordaba algo que le había dicho un ingcnicro italiano sobre que los japoneses no podían usar sus mejores motos debido a sus contexturas diminutas, y por lo tanto esos artilugios también transportaban un signo de frustración y descontento, la moto se detuvo a su lado.

Llevaba a dos personas encasquetadas y rígidas. El conductor tenía un mono azul eléctrico y los pies embutidos en botas de legionario dispuesto a todo. Era un hombre inmenso y no dejó de mirar hacia adelante, como si Julio no le suscitara la menor curiosidad. El otro era de una forma indefinida y tenía las manos innecesariamente enguantadas, a juzgar por la temperatura y porque no era él quien conducía el artefacto.

Sin quitarse los guantes metió un brazo entero dentro de la chaqueta y sacó una pistola.

Apuntó directamente a la cabeza de Julio.

Pensó que no podía haber mejor lugar para un atraco. Pero no se trataba de un atraco.

El de la pistola usó la mano libre para levantar la visera del casco y dejó al descubierto las facciones: eran las del hombre que decía conocerlo y no verlo desde hacía veinte años.

Preguntó con alegría:

—Qué: una sorpresa, ¿no?

El de adelante también dio su opinión sin dejar de mirar la carretera.

—Es que el mundo es un pañuelo.

—Sí —dijo el de la pistola—, pero hay que tener cuidado al desdoblarlo porque te podés encontrar con un pedazo de mierda.

El de adelante se rió. El otro lo secundó sacudiéndose furiosamente pero teniendo cuidado en que el arma no se moviera y mantuviera su objetivo en parálisis y silencio.

—¿Qué? —preguntó el intruso con insolencia—. ¿Hurgando el pasado, el presente o el futuro?

Julio no supo qué le estaba preguntando. Replicó sin fuerza:

—¿De qué me habla? Haga el favor de irse y dejarme en paz. Además...

Se dio cuenta de lo extraño de la situación, ¿qué hacía allí ese hombre?

El otro acercó un poco más la pistola a su cabeza, gruñó:

—Además una mierda, querido amigo Antúnes. Hace veinte años que no nos vemos y te negás a reconocerlo. Yo tengo mucha paciencia y puedo esperar, pero todo tiene un límite. Hasta ahora me dije: voy a darle señales, pero no las recibiste. Ahora me digo que puedo empezar a pasar a la acción si no sos razonable. No sé si me explico.

Julio ya tenía la respuesta:

—Más o menos, porque no sé de qué me está hablando. Yo a usted no lo conozco, nunca lo vi, y creo que es evidente que tampoco quiero conocerlo ahora.

Volvieron a reírse.

—El señor hace lo que quiere: no quiere conocerme y entonces; ¡pum!, no me conoce. Más fácil que jugar al teto.

—Vos te agachás y yo te la meto —completó el grandote.

El intruso prosiguió:

—El señor puede manejarse a voluntad, es una virtud que tiene; mañana dice que no se llama Antúnes y que no es hijo del señor Antúnes, y ¡Cataplín, cataplero!, se transforma en Smith o Rubinstein, o en Antúnez con zeta —hizo una pausa—. ¿No te molesta que te llamen con zeta? Allá no tenías el problema porque nosotros no la pronunciamos.

—Mire —dijo Julio—, además no es cierto que todavía no haya pasado a la acción, como dice usted. Amenazó a la señora D'amico con una pistola y la agredió de palabra. Si eso no es pasar a la acción...

—¿Que la agredí de palabra? ¡Ja, ja, ja, ja, ja! Dice que la agredí de palabra. No, amigo mío, a la señora le dije solamente lo que a las señoras de esa clase les gusta escuchar. Sé que la señora, como te empeñás en denominarla, es muy puerca cuando está con un macho entre cuatro paredes.

Julio contempló el paraje. Se sentía acosado pero pudo consolarse imaginando que con un arma podría quitarse de encima a los dos. Porque ahora eran dos, más la alemana del teléfono, un coche de lujo y una moto japonesa; casi una sociedad anónima.

Empezó a caminar en sentido contrario al de la finca. La moto giró y se le acercó lentamente.

El intruso le habló con aire truculento:

—Vamos a ver si nos ponemos de acuerdo. No hagás ningún movimiento ni ahora ni en adelante. Ya tenés claro que no se me escapa nada de lo que hacés. Así que, ni un movimiento: te quiero paralítico como el dueño de esa villa miseria.

Julio se detuvo pero no respondió. No tenía nada que decir.

El otro siguió con su discurso:

—De lo contrario podemos poner en manos de la cana las pruebas concluyentes de que tuviste algo que ver con el incendio del hotel. No, no, no, no preguntés cómo que no hace falta. Puedo arreglármelas para demostrar que no dormiste ahí porque te quedaras sin tren, ¿no sabés que en el parking hay un registro electrónico? Fenómeno, ¿no? Basta con hacerles llegar un papelito anónimo que diga: investigar garaje tal y cual. Así que, o vas pensándote otra excusa, o te me vas quedando quietito y tranquilo, así podemos actuar profesionalmente y nadie te va a molestar por el incendio que provocaste.

—Pero si yo no provoqué ningún incendio, ¿de qué está hablando?

—Vamos, despechado y mimoso. Andás con bronca porque la turra esa te dio el esquinazo. Es muy humano: cualquiera hubiera hecho lo mismo con el lomo que tiene.

Buscó un coche salvador en el horizonte. Nada.

—Usted está loco de remate. Además me gustaría que algo quedara claro: no sé qué quiere. No tengo la menor idea de qué está buscando. A lo mejor si se aclara podríamos llegar a un arreglo, no sé, hacer que las cosas sean más fáciles. Si me dice qué está buscando y está en mis manos suministrárselo, se lo suministro y cada uno tan feliz, usted en su preciosa moto japonesa y yo caminando en soledad, que es lo que pretendía hacer.

Le había atacado una verborrea imparable, siguió:

—A propósito, un amigo italiano me dijo que las Kawazaki tienen problemas de carburación y que el motor puede explotar si se pasa de revoluciones, así que recomiendo las dos piernas también para ustedes.

Después de la perorata se sintió infeliz y vacío.

—¿Oíste lo que dijo, escuchaste bien? —El intruso le estaba hablando al gigante del manillar.

—¿Qué, lo de la moto?

—Todo, animal. Todo lo que dijo. Se hace el razonable y nos quiere dar miedo. Nos quiere dar miedo a nosotros.

Ahora el intruso había hablado en plural. Incluía al conductor de la moto en sus sentimientos y decisiones. Siguió hablando, su voz era apagada y sin inflexiones, como si su portador no tuviera alma:

—Antúnes: aunque hace como veinte años que no nos vemos...

—Yo a usted no lo vi nunca hasta que vino el otro día a joderme las pelotas en la puerta de mi casa.

—Te perdono la interrupción, y sigo —dijo pomposamente el otro—. Te conozco perfectamente, sé de tus vicios y preferencias, aunque una vida como la tuya está más llena de vicios que de otra cosa —ahora se dirigía a su compañero—; hay que ver cómo se zambulle sobre la comida el muy inmundo, si parece un animal.

El conductor correspondió la deferencia con una risita ahogada y un poco asmática. El intruso prosiguió:

—Continúo porque aquí el amigo y yo no podemos perder el tiempo en sainetes. —La insistente inclusión del otro hacía más obvio que los frentes de lucha se multiplicaban—. Los tiempos los pongo yo, que soy la parte interesada. Estoy capacitado, por índole y experiencia, para rodear de amenazas a cualquiera que se me ponga a tiro.

Era el mismo giro que había usado con Gloria.

—¿Rodear? —preguntó Julio.

—Sí señor, efectivamente: rodear. Andar alrededor. Ir por el camino más largo que el ordinario o regular. Usar de circunloquios y rodeos. Poner una o varias cosas alrededor de otra. Rodear, ¿ o es que te contagiaste de los de aquí y de golpe no entendés el castellano?

—Yo creo que lo que usted quiere es volverme loco. Y también creo que está loco. Las cosas no se hacen así. Si realmente estuviera buscando algo de mí sabría que ya estoy en condiciones de dárselo si está en mis manos. Hasta un gángster de pacotilla lo sabría, pero me imagino que usted todavía no accedió a esa categoría, cara de ratón.

El intruso le dio al gigante un golpecito en los riñones. Éste aplicó un patadón al soporte de la moto y se apeó.

—Qué, ¿ahora me va a dar una paliza? —dijo Julio.

—Es obvio que te la voy a hacer dar aquí por el muchacho. No soporto los agravios, y dadas las circunstancias el único que está en condiciones de insultar soy yo. Adelante, Mono.

El mastodonte tenía el nombre adecuado. El primer golpe llegó neto y seguro a la frente de Julio, que cayó de espaldas. Era un profesional y no tendría con él las mismas posibilidades que con el payaso del coche grande. Desde el suelo le lanzó una patada ridícula, Mono la esquivó y miró interrogativamente a su jefe. El otro no se había bajado de la moto y estaba encendiendo un cigarrillo como quien necesita relajarse para gozar mejor del espectáculo. Hizo un gesto para que Mono siguiera, pero Julio ya se había incorporado y se lanzaba contra su mole en una acción infructuosa y grotesca. Los dos rapidísimos golpes lanzados contra el monstruo surtieron el mismo efecto que si hubieran sido dados contra una pared.

—Dale, Mono. Dale tranquilo —dijo el jefe a la vez que lanzaba humo al cielo.

Julio volvió a mirar hacia el horizonte y vislumbró una salvación. A lo lejos se acercaba un coche.

El hércules lanzó un «cross» de derecha; era un golpe limpio, de los que se aprenden en el gimnasio. Julio volvió a caer y pretendió fingirse inconsciente. *Si buscan algo de mí no me van a matar, ni me van a dejar tan destrozado que después no esté en condiciones de dárselo.*

Mono le dio una patada en los riñones. Le gustaba dosificar, hubiera hecho carrera en la Edad Media.

El dolor fue intensísimo y Julio se dijo:

—Se acabó Antúnes.

El coche estaba a menos de cien metros cuando se decidió a agitar los brazos.

—¡Socorro!

—Ya nos vamos a ver otra vez, y la próxima va a ser en serio, te lo juro.

—¡Socorro!

—Vamos, Mono.

Confiaban en la fantástica velocidad que podía desarrollar la Kawazaki, inalcanzable para ningún Talbot Horizon de la policía, pero Mono estaba nervioso y el motor no quiso arrancar al primer impulso.

Cuando dio otra vez al arranque ya se había ahogado. Las previsiones del amigo italiano tenían fundamento: era una máquina delicada y caprichosa, fiable a medias, como un perro doberman. Tendrían que cambiar de marca para la próxima vez porque la policía ya había detenido el coche a unos cinco metros y los agentes se disponían a bajar.

Medio enloquecido por el miedo y alterado por el dolor, Julio estuvo a un tris de aconsejarles a sus atacantes que Agusta, que Agusta era la moto más perfecta del mundo, pero se desmayó.


—Qué: ¿jugando al fútbol con éste?

—Oiga, jefe: a ver si lo arreglamos de alguna manera —dijo el intruso, acostumbrado como estaba en su país a salir del paso con esa fórmula mágica, indefectiblemente aceptada sin problemas.

El policía no entendió:

—Sí, en el hospital me lo arreglan a éste. Y a vosotros dos os arreglarán en chirona, el mejor modo de arreglaros. A ver, Rodríguez, ponles las esposas a estos dos sudacas.

Rodriguez intervino:

—¿Y que hacemos con la moto?

El primer policía pareció reflexionar hondamente. Era un verdadero dilema: si se llevaban al agredido y a los dos agresores, alguien tendría que ocuparse de la moto. «Bien —pensó—, yo me llevo a los detenidos y Rodríguez me sigue con la moto.» No llegó a resolverlo. Rodríguez le estaba poniendo las esposas al intruso cuando Mono, con la misma velocidad con que había disparado el «cross», sacó una Colt 38 de cañón largo y aspecto impecable, y de una manera profesional dijo:

—¡ Manos arriba los dos, rápido! ¡Vamos, rápido!

Los uniformados levantaron las manos sorprendidos. Uno de los dos dijo, un poco fuera de lugar:

—Son extranjeros, tendríamos que haber empezado por pedirles el permiso de residencia. —No es que fuera un tarado, estaba explicablemente nervioso.

Fue lo primero que Julio oyó al salir de su desmayo.

Creía haber sufrido uno de sus ataques pero lo que vio era tan descorazonador como extravagante: Mono tenía a dos policías en vilo y a su jefe esposado. En su ausencia algo había cambiado de rumbo. Las cosas comenzaron a aclararse cuando el intruso dijo:

—Quitáme las esposas, hijo de puta.

Rodríguez, que era el aludido, se las quitó mirando a los ojos del otro policía, como pidiendo órdenes. El otro asintió en silencio. Una vez liberado, el intruso parecía un hombre feliz.

—Vamos a ver —dijo dirigiéndose a Julio, que se había colocado junto a los policías y en el área de influencia del Colt 38 de Mono—, hagamos un ensayo general. Señores policías.

—¿Sabe lo que está haciendo? —preguntó el jefe de Rodríguez.

—Lo sé perfectamente, pero el ulterior desarrollo de los acontecimientos les hará imposible ubicarme.

Julio gritó:

—Estos hombres me han golpeado. Me han atacado en plena carretera y me han golpeado varias veces. Cuando se vayan voy a explicárselo todo.

—«Cuando se vayan» —parafraseó el intruso burlonamente—. Es la última interrupción que permite mi paciencia.

Entonces se dirigió a los policías, en cuyo programa de estudios seguramente no había figurado una situación como la que estaban protagonizando.

—Aquí va el ensayo: como ustedes bien saben, hoy se produjo un incendio de gran envergadura en el hotel Emperador.

Este sujeto, que responde al curioso nombre de Julio Antúnes (con ese) es el autor del mismo, no se trata de un pirómano, sino de alguien que actuó por despecho porque se garchaba a...

—¿Se qué? —preguntó Rodríguez.

—... se follaba a la directora del establecimiento y ella le cortó el chorro. Anoche, el aquí presente —el intruso usaba un lenguaje burocrático en la suposición de que los policías lo entenderían mejor— colocó una serie de dispositivos en diferentes plantas del edificio, valiéndose de mecanismos de relojería. El hotel ardió a la hora prevista mientras él se encontraba a salvo, bastante lejos del lugar de los hechos. Este ensayo de denuncia ante dos funcionarios públicos, es para que el culpable se entere de lo que va a saber la policía.

—¿Y nosotros qué somos? —preguntó Rodríguez.

—Ustedes son policías muertos.

Se hizo un silencio aterrador. Los uniformados empezaron a sudar y a Julio se le doblaron las rodillas.

El intruso sacó su arma, una pistola Walther 9 mm.

—Las manos en la nuca. A ver Mono: quitáles los fierros a estos dos pelotudos.

Rodríguez dio un salto atlético y aterrizó detrás del coche. El intruso disparó contra el otro policía. La bala le abrió la cabeza en dos partes y la sangre llegó a la ropa de Julio.

Todo ocurrió en un par de segundos.

Entonces Julio se aturdió por las detonaciones. Rodríguez disparaba parapetado detrás del Talbot Horizon pero lo hacía hacia ninguna parte; era un hombre acosado.

Mono caminó con tranquilidad hacia el policía y cuando estuvo frente a él, le arrancó la pistola de una patada en la muñeca.

—¡Basta, basta! —Julio creyó que gritaba pero, como en algunos sueños, apenas le salía un hilito de voz irrisorio.

Los asesinos dispararon al unísono contra Rodriguez. Fue una especie de fusilamiento porque el intruso, una vez cumplida la sangría, les dio un tiro de gracia en la sien a cada una de las víctimas, aunque no hacía falta.

Julio lloraba arrodillado sobre el polvo del arcén.

—Lo de la denuncia —comenzó a decir el intruso— fue

nada más que una muestra del interesante material que puede llegar a la central de policía a propósito del incendio del hotel. Así que: ¡mucho cuidado con los próximos movimientos!

Se acercó a Julio y empezó a remarcar cada palabra con en índice sobre su pecho:

—No sabés, no tenés ni la más puta idea de quién se cepilló a estos dos otarios. Vas a tener que explicar qué mierda estabas haciendo en el medio de la ruta y yo no te voy a ayudar para que te inventés una explicación, para eso sos inteligente y astuto.

Mono se rió del chiste de su jefe.

—Vos calláte, que le estoy dando consejos aquí al boludo éste. —Se volvió a dirigir al aludido—. También podés salir corriendo y guardarte en algún aguantadero, es cosa tuya. Pero te voy a dar una ayuda, no sé, será porque te conozco desde hace tanto tiempo: que no los borraste vos está claro, porque si te hacen la prueba de la parafina no tenés rastros en los dedos, ¿ves que soy bueno? —hizo una pausa—. Hasta la próxima, Antúnes, ya nos vamos a ver, no te quepa la menor duda de que vamos a volver a vernos.

Esta vez la Kawazaki arrancó a la primera orden de Mono. El gigante soltó el manillar y le hizo a Julio un saludito tierno con la mano. En pocos segundos ya habían desaparecido detrás de la primera curva.

Contempló lo que en ese momento era su único panorama particular: dos policías muertos y un coche patrulla. Afortunadamente los cadáveres estaban detrás del Talbot, sobre el arcén. Si alguien pasaba no los vería, y nadie se da vuelta para mirar un coche patrulla.

Escuchó el ruido del motor, era un camión.

Se echó al suelo junto a los muertos y vio fragmentos de masa encefálica desparramada sobre el polvo. *Eso pensó.*

El camión pasó y, por el ruido uniforme del motor, Julio supo que el conductor no había tenido vacilaciones.

¿Qué podía hacer?

Estaba anocheciendo y la oscuridad sería el mejor escondite. Calculó las tres posibilidades a su alcance. Primera: llevar los cuerpos hasta unos matorrales y largarse con el coche policial hasta algún lugar donde pudiera valerse de un medio público. Segunda: dejar las cosas como estaban (los cadáveres y el coche) e irse caminando hasta la carretera nacional y después vería qué hacer. Tercera: esconderse en el único lugar de las inmediaciones que ofrecía reparo, la finca de Francesc Cordach y Gloria D'amico. Ni siquiera consideró una cuarta, la más lógica para alguien que se sabía inocente: usar la radio del coche patrulla y pedir ayuda para después relatar con detalles todos los acontecimientos que habían concluido con la muerte de los dos policías. Y «todos» hubiera querido decir absolutamente todos, porque esa historia había comenzado hace un siglo, cuando el intruso se presentó en la puerta de su casa pretendiendo conocerle. No considerando esta posibilidad asumió, sin quererlo, la parte de la culpa.

La suerte estaba echada.


Cuando llegó a los setos de la valla lateral de la finca de Cordach ya se había puesto el sol. La persistencia de una luminosidad que no era luz ni sombras le dio las molestias que le producía lo inconcluso y aumentó su temor a ser descubierto, ahora que había podido alejarse del escenario de la masacre.

—Rodríguez, ¿cómo se llamaría el otro pobre cristo? —se preguntó inútilmente.

Echado junto a las raíces de las tuyas americanas que servían de muro compacto, comprobó que en la parte interna había una alambrada con base en una estructura de cemento. Era posible que esa gente tuviera torretas de vigilancia y perros dispuestos a darse un banquete con la primera carne merodeadora que excitara sus pituitarias. Miró hacia atrás y a lo lejos vio las luces de varios vehículos detenidos junto al coche patrulla. Las intermitencias azules, fruto de la histeria institucional, indicaban que junto a los muertos ya había otros policías. *Pensándose futuros cadáveres.*

Esperó un cuarto de hora. La oscuridad ya lo protegía y no había farolas ni reflectores.

*Allá voy, querida Gloria.*

Una erección inoportuna hizo que se viera a sí mismo como un psicópata, pero de inmediato la ubicó entre el espectro de síntomas que se manifiestan inopinadamente.

Puso los pies en la alambrada y trepó por las plantas. En un instante ya estaba en la parte superior. Sudaba como un corredor de fondo y, aunque soplaba una brisa que en otra circunstancia podría haberle resultado agradable, se le heló la sangre. Saltó al interior cuando un concierto de sirenas multitonales le indicaba que la policía había iniciado el rastreo de la zona. No irían a sospechar y mucho menos a ponerle las manos encima a un invitado de la familia Cordach. El problema era que él no había sido invitado. Quiso examinar la mejor manera de esconderse dentro de la enorme propiedad, pero desconocía su topografía y sólo había entrevisto el edificio principal. Ahora, con las espalda apoyada en la parte interior del seto, como si no se atreviera a usurpar el espacio ajeno más que en los límites, vislumbraba las luces de la edificación. Esa sensación de estar en una frontera, tomando prestado lo que no le pertenecía ni le habían ofrecido, se le ocurrió cómicamente análoga a su relación con la señora de la casa. Ella estaría calmándose de la tensión producida por el incendio a base de whisky, baño caliente y masajes.

Hubo una sirena uniforme que se apagó en un sonido grave. La ambulancia inútil.

Creyó oír algunos gritos, órdenes, contraórdenes, ruidos, los síntomas sonoros del desconcierto colectivo.

Se sentía el asesino, aunque no fuera si siquiera un cómplice lejano.

—Y entonces —preguntaría el interrogador—, ¿por qué se escondió? ¿Por qué no procedió como usted mismo dice que en un principio tuvo la intención de hacer?

Él respondería:

—No lo sé. Toda la situación fue tan tremenda que escapó a mi control y no supe qué hacía, créame porque le estoy diciendo la verdad.

El otro, fiel a los principios de su oficio, no creería ni una sola palabra y daría vía libre a la segunda fase profesional: los golpes. Jadeante, Julio recordó una película brasileña en la que torturaban hasta la muerte a un pobre tipo que había tenido la desafortunada idea de compartir un taxi con un terrorista buscado: se apropiaban de su cuerpo hasta reducirlo a una nueva totalidad, irreconocible. El crimen de los dos policías tenía las mismas características que los atentados con emboscada perpetrados por los terroristas en otra región. ¿Que lo tomaran por uno de ellos? Imposible, no pertenecía a esa etnia. O tal vez ocurriera que él ni siquiera fuera un sospechoso, que pudiera ocultarse bajo las faldas de Gloria, o dentro de las inactivas pantuflas de Francesc Cordach.

Prefirió que lo mataran unos perros antes que ser apresado por la policía: comenzó a caminar en dirección de la casa.

Sentía incómodamente que el intruso había logrado parte de su objetivo. Si bien era cierto que él no lo conocía en absoluto, ni lo había conocido veinte años antes, ahora estaban de la misma parte y sólo gracias a su propia debilidad. Esta conclusión no le hizo dudar, volver sobre sus pasos y entregarse para dar una serie de explicaciones, extravagantes pero todavía correspondientes a la realidad de los hechos. Apuró el paso hacia la gran edificación de la que ahora podía apreciar la totalidad: era como un palacio real, campestre y mediterráneo. La torre principal tenía un reloj tenuemente iluminado: las diez y cuarto. La cifra dio cuerpo a una oscuridad que era tan real como la falta absoluta de ladridos. En otra circunstancia, de otra casa de otros ricos, ya estaría siendo devorado por los dogos. O el señor Cordach no temía a los intrusos, o era tan poderoso que desde su trono de ruedas consideraba imposible que nadie osara traspasar los límites de su sacrosanto horizonte particular.

Ya cerca de la casa pudo ver que se trataba de una construcción sin edad, una especie de castillo reconvertido por obra y gracia del dinero, que era lo único que podía haber transformado aquello en algo parecido a una residencia familiar. Si se soslayaba el reloj y las luces internas, se estaba en el siglo XIV, un siglo XIV rodeado por su colega el XVIII en forma de jardines custodiados por estatuas, una racionalidad hecha geometría de céspedes y fuentes querubinas, ninfas culiagudas, faunos equívocos y animales refrescantes en virtud de sus orificios expulsadores de chorros de sutil o furiosa intensidad, dependiendo ésta de la razón del que lo había diseñado. Todo un capricho en plenas cercanías del año dos mil, la era de las pirámides de cristal y los tubos a la vista.

La vivienda le dio la impresión aterradora de estar deshabitada, a pesar de sus luces encendidas. Parecía un transatlántico a punto de partir pero donde todavía no está permitido entrar.

Un coche se acercaba a la casa desde los canceles principales. Detrás de él, la luz única de una motocicleta. Era la policía.

Entonces empezaron a ladrar los perros y a Julio se le desvaneció toda ilusión. Imposible saber cuántos eran: es inútil adivinarlo cuando son más de tres, y éstos eran muchos más; los ladridos graves traducían una envergadura colosal; tenían un volumen uniforme y provenían de un único lugar. Lo más probable es que estuvieran atados o enjaulados y que el ruido de los motores los hubiera excitado.

Se escondió detrás de un ficus benjamín de tronco tan ancho que ocultaba completamente su figura. Desde allí vio cómo la policía se detenía frente a la puerta principal, que se abría dando lugar a un haz de luz intenso e irreal. Sin dar un paso fuera de la casa, una figura femenina esperaba a que los hombres se aproximaran. Era Gloria.

Aunque estaba a una distancia considerable llegó a ver que ninguno de los policías hizo un gesto de entrar en la mansión. Gloria no los había invitado ni tenía la intención de hacerlo.

*Todo parecido entre esta mujer y la que conocí, es remoto.*

Si bien ella siempre había mostrado seguridad en sí misma, esa actitud bien podía ser fruto de una pericia profesional; ahora su porte daba a entender que estaba afirmada sobre un pedestal. Tenía una mano laxamente apoyada en una cadera y con la otra sostenía un cigarrillo. Durante toda la conversación no dio ni una calada; miraba de frente y respondía a las preguntas de los agentes sin vacilaciones. La actitud de ellos reafirmaba la seguridad de la mujer: no se sentían cómodos y esto podía verse en el continuo desplazamiento del peso de los cuerpos de un pie a otro. Desde el ficus benjamín parecían tentempiés en la agonía de sus movimientos.

Ella sonrió respondiendo a algo que le dijeron, pero Julio no podía oír más que murmullos. Los perros habían dejado de ladrar, seguramente calmados por un sirviente, pero la distancia sólo dejaba distinguir los timbres de las voces. Las de los policías reflejaban nerviosismo, casi histeria y Julio se sintió feliz de que sus perseguidores estuvieran siendo despistados precisamente por Gloria, aun cuando ella ignorara que lo estaba haciendo. Pensó que era una prueba de amor a distancia y casi le vinieron ganas de reír.

Los policías se fueron.

Gloria dio una calada al cigarrillo y lo apagó en una maceta. Comenzó a caminar hacia los jardines, pero una voz proveniente de la casa hizo que volviera sobre sus pasos y entrara. Un minuto después se apagaron las luces del recibidor y volvió a salir.

Julio sintió que se le cortaba la respiración. Ahora se escondía de ella. Su presencia podía ser más peligrosa que la de los policías: era portadora de alguna amenaza que no él estaba en condiciones de desentrañar.

Se sentó en un banco de piedra a pocos pasos del ficus benjamín y encendió otro cigarrillo. Julio reconoció el mechero; curiosamente ese aparatito ingenuo lo acercaba más a la Gloria que conocía que a esta mujer de apariencia hierática.

No sabía qué hacer. Temía que a continuación viniera el marido en su silla de ruedas empujada por un sirviente.

Los olores humanos son delatores en un jardín perfumado y no es cierto que las personas no perciban la adrenalina. Gloria se giró hacia el ficus benjamín.

—¿Estás ahí?

No podía estar hablándole a él; pensaría que se trataba de otra persona.

—¿Estás ahí?

Creyó decir que sí, que estaba, pero el terror le había obturado la garganta y sellado los labios. Lo más prudente era no responder hasta escuchar su nombre, pero, ¿qué estupideces estaba pensando; cómo podía saber Gloria que él estaba detrás del árbol? Esperó.

La mujer se levantó, pareció vacilar mirando hacia uno y otro lado y después comenzó a caminar lentamente hacia él. Cuando llegó, apoyó la espalda en la parte opuesta del tronco.

—Es el árbol más grande del jardín... no puedes estar en otra parte, a menos que te hayas tirado al suelo detrás de una fuente.

Julio rodeó el tronco y llegó hasta Gloria. Estaba serena y no cambió su posición cómoda.

—No volverán, no pondrán en duda lo que les dije.

—Yo... yo no lo hice.

Ella sonrió con cierta ternura. Era una expresión que Julio no le conocía.

—Ya lo sé. Lo vi todo desde la torre.

—Pero, ¿cómo?

—Cuando subimos al coche frente al hotel, vi la determinación con que te metías en un taxi. Durante todo el camino supe que nos estabas siguiendo y un par de veces me di vuelta con un pretexto y te vi. No sabía qué pretendías pero tampoco tuve miedo; me pareció que no era tu estilo interferir en la vida privada de las personas.

Julio intentó decir algo:

—Gloria, yo...

—Anoche estuviste durmiendo en el hotel, y como no te creo capaz de hacer una cosa así, bueno, yo pensé que ibas a preocuparte por estar en la lista de sospechosos. No pude declarar que estabas fuera de toda sospecha porque Francesc estaba conmigo, así que vas a ser investigado como todos los otros huéspedes y entonces voy a poder testimoniar, como el resto del personal, que eres un cliente habitual y que respondemos de ti. —Hizo una pausa para dar un par de caladas—. ¿Tienes idea de quién pudo haberlo hecho?

—Sí.

—Yo también.

—¿Y entonces? —preguntó él aliviado.

—Es evidente que se trata de la misma persona, el hombre ese. Lo que no me explico es cómo pudo haber entrado, bueno, hay formas de hacerlo.

—Además no está solo.

—Ya lo vi, en la moto iba otro con él.

Se quedaron en silencio. Julio rogó:

—¿Y ahora qué hacemos?

—No sé. No sé qué podemos hacer. Estás en un lío y me gustaría poder ayudarte.

—¿Por qué? Podrías contarle tu... la aventura a tu marido y desvincularte de esta locura. No te concierne, no tiene nada que ver contigo, es algo mío personal, empezó cuando el tipo se presentó en mi casa y dijo...

—Me gustaría ayudarte porque sí, porque no soy una persona egoísta —dijo Gloria con naturalidad—. Creo que es suficiente motivo. De hecho ya empecé a ayudarte.

—Ah, sí, ¿cómo? —preguntó él con necedad. No podía evitar que aflorara el despecho.

Ella no pareció advertirlo y siguió explicándose:

—Desde el torreón vi que te habías quedado en el taxi después de los límites de la finca, en los terrenos municipales. Después el taxi se fue y te quedaste solo hasta que aparecieron los de la moto. No me di cuenta de lo que iba a pasar hasta que el hombre ese se dejó ver. Tengo unos prismáticos muy buenos. Me quedé paralizada, no podía entender cómo podía estar aquí ni por qué.

—Evidentemente me siguieron cuando te seguía.

—Yo pensé lo mismo. Una moto se pierde en el paisaje, es más fácil escabullirse con una moto. Pudo habernos seguido pasándonos y retrasándose muchas veces. Cuando los vi allí me di cuenta de que corrías peligro y llamé a la policía.

—No iban a matarme, al menos por el momento. Ese tipo está buscando algo aunque no me lo dice. —Julio carraspeó—. Los dos policías murieron.

—Sí, sí, también lo vi, ¡qué horror!: yo los había llamado. —Gloria tomó aire un par de veces—: ¿No hubieras hecho lo mismo?

—Sí.

—Lo veía todo nítidamente, por los prismáticos que te dije que tengo. En el momento en que llegaban los policías a socorrerte también llegó Francesc a la torre, tiene un ascensor, bueno, se puso a mi lado, me agarró por la cintura y empezó a hablarme del paisaje, de cuánto amaba esta comarca, hasta de su infancia me hablaba y yo sin moverme ni decirle nada, mirando como esos dos criminales disparaban contra los policías.

—¿Y Francesc no se dio cuenta?

—No, se quedó muy poco; como yo estaba en silencio a lo mejor entendió que quería estar sola. Hacemos una vida muy respetuosa, quiero decir que nos respetamos, no se si me explico.

Nunca antes Gloria le había mencionado nada sobre la vida en común con Francesc.

Julio se quedó en silencio. Imaginaba a Gloria en la torre, la mano de Francesc sobre su cadera. Hizo el esfuerzo de no dejar que la estupidez aflorara de nuevo.

—Gloria, siento mucho que haya pasado todo esto y quiero que sepas, me parece que es muy importante que sepas una cosa: no te oculto nada, realmente no conozco a ese hombre. Nunca tuve ningún tipo de relación con él. En una carta que me escribió...

Gloria alzó las cejas.

—¿Una carta?

—Sí, el acoso siguió. Ya te contaré si tenemos la oportunidad. Te quería decir que en una carta me acusa de hacerme el amnésico. Te confieso que tuve la tentación de revisar mi vida mes a mes, aunque sé que es un trabajo imposible; quería saber si ese hijo de puta estaba escondido en mi memoria.

*Si estaba escondido en mi memoria.*

Siguió:

—Absolutamente no lo está. No fue necesario recorrer mi vida, la conozco perfectamente y, ¿sabes una cosa?: no creo que me hayan pasado tantos hechos extraordinarios, y conocer a alguien así, al menos para mí, es algo extraordinario. Es repugnante.

—¿Qué es repugnante?

—Lo que está ocurriendo, todo, el tipo ese. Hasta tuve la idea de matarlo. Yo, Julio Antúnes, matando a un hombre, ¿qué te parece?

—No me parece nada —dijo ella. En sus ojos había un brillo nuevo, el divertido preludio de una sonrisa.

Julio se molestó:

—La verdad, no veo motivos de risa.

—No me estoy riendo —ahora sonreía abiertamente—, sólo que acaba de írseme la tensión del cuerpo, se me acaba de escapar.

—No parecías muy tensa cuando estabas apoyada en el marco de la puerta hablando con los policías esos.

A Gloria se le congeló la sonrisa.

—Hice un curso de relaciones públicas con self-control incluido, en una institución norteamericana. Es muy bueno para mi trabajo: a veces te incendian el hotel o te amenazan con un revólver haciendo gestos obscenos y hay que mantener el tipo.

—Era una pistola.

—¿Qué diferencia hay?

Dejaron de hablar porque a lo lejos se acercaba un bulto multiforme. Era un hombre y la parte de abajo del bulto comenzó a ladrar por dos bocas. Esta vez fue fácil contarlas.

Gloria susurró con firmeza:

—Quédate detrás del árbol, voy hacia él, ¡no te muevas de aquí!

De pronto fue casi feliz. Dio un salto hasta ocultarse otra vez detrás del ficus benjamín, ¿por qué benjamín, por el tamaño de las hojas? *Éste debe tener por lo menos ciento cincuenta años.* Tener un pensamiento para con un árbol escondite, no estaba mal como último recuerdo de una vida apocada. Se vio digerido en tripas de perro.

Gloria había caminado con determinación hacia el hombre y ahora estaba frente a él. Los monstruos oliscaban en todas direcciones y gruñían. Julio sólo pudo oír parte de la conversación: la voz de Gloria era la de la autoridad, la del hombre la del acatamiento, pero no carecía de firmeza. Ella decía que no, que hacía un buen rato que estaba en el jardín y que no había oído nada. Él, que los perros estaban muy agitados, que la señora perdonara pero que seguro que había alguien escondido. Ella, que estarían excitados por la visita de la policía y porque habría quedado el olor. Él, que la señora debía perdonar nuevamente, pero que tenía la obligación de recorrer los jardines por si había algo. Gloria, que la que daba las órdenes era ella y que esta vez la orden era volver atrás y encerrar a los perros en sus jaulas, que necesitaba estar sola y que no la molestaran. Él, que lo mejor sería que revisara aunque fuera un poquito, que la señora iba a poder quedarse sola enseguida y más tranquila; con toda seguridad sin comprender el argumento de la necesidad de soledad y cagándose en los muertos de la mujer de su amo. Ella, que era el fin de la conversación y que lo lamentaría muchísimo, pero que si seguía con esa actitud, es decir importunándola, iba a tener que despedirlo.

El último argumento tuvo el efecto de un chorro de agua a presión sobre hombre y perros. Un minuto más tarde habían vuelto a transformarse en un bulto multiforme, pero en situación de alejamiento. Se fueron por el mismo camino entre ladridos intermitentes y algo que Julio creyó identificar como sollozos humanos y masculinos.

Gloria se sentó en un banco de piedra y esperó que el peligro desapareciera.

—Fue el viento —dijo Gloria.

Y Julio desde atrás del árbol:

—¿Qué?

—Tenías el viento en contra y a favor de ellos. Por eso no te olieron.

Ella volvió al árbol. Ahora parecía cansada.

Rodeó el tronco y se colocó junto a Julio. Después de un tiempo que para él fue eterno, sus cuerpos volvieron a rozarse.

Gloria habló mirándose las manos:

—El lugar más seguro para que te escondas es dentro de la casa. Afuera está la policía buscando al asesino, y por otra parte no podrías salir por los portales: hay dos vigilantes.

—Puedo salir como entré.

—Está la policía, además... —Gloria hizo una pausa y tomó dos grandes bocanadas de aire; no le gustaba lo que iba a decir— además después de las diez y media de la noche la vigilancia electrifica las alambradas.

Julio se horrorizó:

—¿Quieres decir que... electrifica con corriente, con corriente eléctrica?

—Sí. Al principio, cuando en la finca se criaba ganado de raza, servía para delimitarlo, ahora es por seguridad. Francesc tiene miedo, no te olvides que es un hombre indefenso.

—Ya veo.

Gloria no pareció captar el tono irónico.

—Antes de mi llegada vivía en esta casa solo y tuvo un par de problemas. Ahora se ha rodeado de un pequeño ejército de fieles y se siente feliz, es su vida...

La frase quedó trunca y Gloria tomó distancia del hombre. Acaso sintiera que tenían una proximidad peligrosa. Ella estaba mirando hacia la mansión. Volvió a acercarse.

—Francesc está en su habitación, aquella luz del primer piso. El personal vive en otra construcción que está detrás del edificio principal: desde aquí no se ve. Creo que lo mejor es que camines tranquilamente a mi lado. Si nos ven podría decir que eres un huésped, a veces tenemos. O podría hacerte pasar por alguien que vino por lo del incendio. Todo el mundo está enterado de lo que pasó.

Más allá de las alambradas volvieron a oírse sirenas.

Y entonces hubo un momento sin tensión: caminaron hacia la casa sorteando las simetrías del parque, entre vaharadas de tilo y jazmín y caídas tenues de agua. Durante la caminata no hablaron.

*No tengo miedo. Al fin no tengo miedo.*

Julio fijó su atención en la estancia iluminada de Francesc Cordach; nada se movía, pero no era posible que el inválido se dejara ver, salvo que se acercara a la ventana, era un hombre permanentemente sentado.

*Otra vez el miedo.* ¿Y si Gloria le estaba tendiendo una trampa?, pero y ¿por qué? La sola idea de encontrase por los pasillos de la casa con ese hombre insomne y sobre ruedas, le hacía menos ilusión que un nuevo encuentro con el intruso, a quien al menos ya conocía un poco.

—¿Y si Francesc me descubre?

—No. No te preocupes, ahora mismo está escuchando música con los auriculares. A eso de las once y media se tomará un whisky, fumará dos cigarrillos y después se irá a su dormitorio.

—¿Tiene un dormitorio... solo?

Gloria no respondió.

—A las dos apagará la luz —continuó— y se dormirá hasta las seis de la mañana. Entonces se despertará para orinar. Siempre igual, nunca lo hizo de otra manera, ni en sus mejores ni en sus peores momentos. Es un hombre ordenado y rutinario, hasta creo que siempre escucha la misma música.

Habían llegado a la casa. Entraron.

# 2

# EL DOLOR DE CABEZA

La primera vez que la vio, ella estaba disfrutando de un gin-tonic en la parte oscura de un bar, a las ocho de la tarde de un día caluroso de primavera. Era elegante y educada, suavemente distante y tenía ganas de estar sola. La miró a través del espejo semicubierto de botellas y después, al salir, lo hizo abiertamente. Ella respondió a la mirada sin especial interés, como quien quiere captar todo lo que le rodea y toma nota, pero nada más.

Al día siguiente volvió al mismo bar a la misma hora pero ella no estaba. No fue por la mujer, pero un reencuentro sería la constatación grata de que algunos modos de la belleza permanecían en su fugacidad, haciendo que la vida fuera más placentera.

Era un hombre con problemas y consideraba que cada uno debía arreglarse con sus propios recursos. Había estado casado durante dos años y ahora, desde hacía mucho tiempo, estaba solo y creía que quería seguir estándolo. Esa insistencia en la soledad le había obsequiado ciertas manías que se erigían en cerco protector frente a las posibles intrusiones: no soportaba la idea de compartir el fregado de la vajilla o de escuchar la cadena del inodoro si otra persona la accionaba en su cuarto de baño.

A su casa no iba nadie salvo la señora de la limpieza.

Era un chalet adosado en una periferia de la ciudad que

siempre había estado allí, pero que ahora, por obra de las ciencias de la moneda y el éxito, condimentadas con política y soborno institucionalizado, se había convertido en zona residencial de «alto standing». Él la había escogido sólo por su profesión: era ingeniero y trabajaba en la construcción de una autopista cuyo trazado cubría precisamente aquella zona. La obra había sido proyectada con buen criterio y, entre otras razones pomposamente expuestas en voz baja, para potenciar el valor de la tierra y el famoso «alto standing» de las construcciones. Su contrato profesional estaba vigente hasta la finalización de los trabajos y hasta entonces también había firmado el contrato de alquiler de la casa. Todavía olía a pintura, a madera y a cola. Sólo dos ambientes estaban habitados: la cocina y el dormitorio; en el resto yacían las cajas de la mudanza cerradas, con la mayoría de sus objetos personales embalados, aunque ya hacía seis meses que vivía allí.

Él mismo no se creía predispuesto a lo provisorio. Se explicaba la situación como un asunto de tiempo mental: no había tenido el necesario como para desatar las cajas y restablecer contacto con la mayor parte de sus objetos. Salvo el trabajo, nada lo ligaba al lugar, ni a la comarca, ni a la región. La profesión era la parte más importante de su vida, y era consciente de que si había momentos en los que podía ser considerado idóneo y capaz, eran precisamente cuando su persona estaba ocupada en problemas ocasionados, por ejemplo, por la mala composición granulométrica o el calentamiento inadecuado de los áridos y el betún, o cuando llegaba a la conclusión, ya sugerida por los textos específicos, de que la inspección durante la construcción de los firmes, del hormigón asfáltico, es fundamental, y que cualquier desequilibrio entre lo proyectado y ejecutado produce una zona de conflicto cuya solución está en establecer si se trata de un error de proyecto o de una falta de ejecución.

Pensaba: Ingeniero en caminos, puentes y puertos, a veces hombre, treinta y siete años, bulímico, no, eso no puede ponerse en la tarjeta de visita ni anteponerse a la ingeniería.

La bulimia era su principal y casi único problema. Era una

persona mesurada que tenía a la desmesura como síntoma de su dolencia.

Volvió a ver a la mujer en el lugar menos esperado.

Había acompañado a unos colegas alemanes a un hotel del principal bulevar ciudadano, cuando al pie del ascensor y ya dadas las manos y proferidos los «good bye herr Habelferner y herr Heggestorfer», la vio en amable diálogo con uno de los conserjes mientras consultaba algo en una carpeta de piel.

Esta vez le pareció un sueño.

Salió rápidamente del hotel con la incómoda sensación de que le había ocurrido algo sustancial. Caminó bulevar arriba sin la menor consciencia de que lo hacía, hasta que el deambular se transformó en una crisis. Un balance posterior, inmerso en la congoja que le producía la distancia de sus propias acciones, dio como resultado que aquella noche ingirió y vomitó unas treinta mil calorías, el equivalente a la alimentación que un obrero de la autopista necesitaba para ocho días de rendimiento normal. A él únicamente le habían servido para llorar por sí mismo.

Aunque no dejaba de ser una hazaña. Para llevarla a término entró en catorce bares y cafeterías consumiendo velozmente las dosis en la barra y dirigiéndose al excusado cuando le fue imperiosa la expulsión. ¿De qué modo podía presentarse ante esa mujer: como el dechado de moderación y buen gusto que aparentaba ser, o como la mierda que en realidad consideraba que era? ¿Como una síntesis misteriosa y dudosa entre los dos extremos, es decir como nada, dentro de una clásica estrategia de conquista fundamentada en las mentiras y el engolamiento? Esto último daba resultados con mujeres mentirosas y engoladas, pero no iba a darlo con esta señora... ¿Siendo nada más que quien era, y hasta confesándole que tenía una adicción de la que prefería no hablar? Nunca lo había hecho, los resultados negativos eran previsibles.

Pensó que le diría: «Tengo una adicción, un vicio. Tengo miedo que me maten. Soy como Jack el destripador, peor: un exhibicionista, un violador, un drogado que te pasa el sida con la saliva, el semen, el vómito.» Pensó que le diría: «Mucho gusto, fulano de tal, soy ingeniero, trabajo en la construcción de una autopista. ¿Le gustan las autopistas? ¿No? Aquí tiene la oportunidad de su vida.»

Otro día volvió al bar y no la vio.

Fue al bar del hotel y esperó. Si ella trabajaba allí, la vería.

Entró cuando él ya había decidido irse. Llevaba un vestido blanco y el pelo recogido en una trenza. Podía tener poco más de treinta años y la semipenumbra del lugar no lograba ocultar una buena alimentación desde la infancia y una medida pero constante actividad física bajo el sol; no trabajo sino natación, equitación y tenis.

La acompañaban dos hombres bien vestidos y sumamente respetuosos de sus carnes: estaban adiestrados para ignorarlas. Se notaba que ella era el jefe y un jefe nunca debe ser objeto de deseo. Eran mayores que ella y uno se retiró sin darle la espalda, como se prescribe que debe hacerse ante los monarcas. Esa mujer era una reina, la reina del bar y probablemente del hotel.

Apuró su limonada con hielo y le preguntó al barman:

—Aquella señora, creo que la conozco de alguna parte, ¿sabe quién es?

El otro se hizo el gracioso:

—Alguien que si mañana se le ocurre me voy de cabeza al paro.

—Muy interesante, quiere decir que es dios.

—Más o menos. Es la directora del hotel, y como usted sabe éste es un establecimiento muy importante, casi el más importante de la ciudad; figura en las guías internacionales de turismo con varias estrellas de recomendación. Muy importante.

El barman se sentía directo copartícipe del prestigio del hotel. Alguien se lo había hecho creer.

Julio le siguió el vicio:

—Sí. Ahora que me dice debo conocerla de haberla visto en los periódicos.

—Sale mucho, sí, señor, porque aquí viene gente de alcurnia. Hasta la Soraye, que fue la mujer del ayatola, y es nada más que un ejemplo. Fíjese que a muchos invitados oficiales del gobierno autónomo los mandan aquí. Y hasta vienen al bar a refrescarse o calentarse, según la estación. He tenido la oportunidad de servir la mesa del marqués de Quensbury, el inventor de la lucha libre.

O el barman estaba destemplado, o alguno de sus compañeros se dedicaba a tomarle el pelo.

—¿Me puede decir el nombre de la señora?

—Gloria D'amico.

—¿Italiana?

—No, sudamericana. Tiene una forma de hablar parecida a la suya pero no tan fuerte, se ve que hace más tiempo que está. Yo hace muchos años que trabajo en el hotel Emperador: ocho años y seis meses. Antes había otro director pero, ¿sabe usted?, ocurrió alguna desgracia y el pobre se pegó un tiro en la cabeza. Después vino la señora y la verdad es que estamos mejor. Todo va mejor con la señora. Perdone, pero es que empiezan a llegar otros clientes, ¿quiere que le sirva algo más?

—Sí, póngame otra limonada.

El locuaz sirvió pulcramente la limonada y se retiró a otros sectores de la barra donde ya había comenzado a instalarse la típica legión de bebedores que frecuenta los bares de hotel: hombres de negocios y aspirantes, asalariados de categoría superior. Los que bebían solos lo hacían para no asumir la evidencia de que todavía estaban lejos del techo de sus ambiciones, o para interponer una capa de niebla entre ellos y el panorama que los acechaba en casa. Los que lo hacían en grupo esgrimían habilidades en el arte del ping pong coloquial, cuyo máximo objetivo consiste en descalificar al otro haciéndole creer que se lo está adulando. No sólo ocurre en los bares hotel.

A medida que avanzaba la tarde, los bebedores sociales elevaban el tono de sus voces y hasta se convencían mutuamente de que había llegado la hora de las confidencias, aunque las barreras que los separaban nunca se levantarían; ellos sabían muy bien cómo mantener erguidas esas paredes. Infringirlas podría significar la pérdida de su puesto en el cosmos y entrar en la zona atemporal de la cuerda floja.

La directora se acercó a la barra y el barman dejó de atender a los clientes para ubicarse en un aparte; a sus órdenes señora D'amico.

Vio cómo la señora disparaba una mirada rápida hacia su persona, seguida de una mirada indisimulada al barman. No hubo reprimenda, lo notó en la actitud del subalterno, que siguió repasando serenamente una copa.

Entonces, pensó, si no hubo bronca por entretenerse con un cliente, ella le pregunta que quién es ese señor y probablemente el barman le responde que qué casualidad, ese señor también parecía conocerla, me ha preguntado por usted.

Dejó el dinero de la consumición y se dispuso a irse.

Ese ángel seguiría siéndolo siempre que se mantuviera a distancia. ¿Qué podía hacer él con un portento de tal naturaleza? Se sentía incómodo, tanto como nunca le había ocurrido antes con una mujer. Esta persona sería difícil de mantener a distancia, y la distancia era la mayor garantía de concentración en, por ejemplo, el tamaño del árido y la proporción de ligante para una capa de rodadura de 19 milímetros (3/4") de espesor.

Salió del bar con la sensación de que la mujer lo seguía.

Cuando ganó las puertas automáticas entrevió su vestido blanco y se volvió: ella entraba por una puerta ubicada detrás del mostrador de la conserjería. Lo había seguido pero solamente hasta los límites de sus dominios.

Hubiera debido dirigirse al parking, poner en marcha el coche y largarse, pero prefirió quedarse en la acera de enfrente, separado por la barrera protectora del bulevar y su constante circulación de cuerpos humanos.

No supo asegurar, ni aun después, cuándo él y la mujer comenzaron a dialogar ni cuánto tiempo estuvo allí esperando. Tampoco podía discernir si la primera entrevista fue una o fueron dos.

Cuando ella salió lo hizo en coche, directamente desde el parking subterráneo del hotel. Supo que ella sabía que él estaba en alguna parte porque tardó demasiado tiempo en bajar a la calzada y miró en todas direcciones antes de decidirse. No pudo jurar que ella lo había visto, pero tuvo la certeza de que el juego de la caza, el del gato y el ratón, ya estaba en marcha; a la vez, y desde aquel primer momento, fue dolorosamente consciente de no saber a quién le tocaría ser el gato y a quién el ratón.

No quería volver solo a su casa, pero tampoco que ella traspasara el umbral. ¿Qué estaba pensando, qué le ocurría, acaso se estaba volviendo loco? Solamente se trataba de una mujer desconocida, de alguien entrevisto. La manipulación de los deseos propios le indicó que lo mejor sería escaparse de sí mismo, apartarse de un camino que inevitablemente lo llevaría a la ingestión de cuanta inmundicia se le interpusiera.

Necesitó el cuerpo de una mujer, una hembra cualquiera, si no tenía nombre mejor.

Algunas veces había estado con putas, pero trataba de evitarlo porque le dejaban una sensación de hecho inconcluso que jugaba en contra de su carácter perfeccionista y su mentalidad de ingeniero.

Le bastó alzar la mirada desde las puntas de sus zapatos para encontrarse con una sonrisa profesional. En otra circunstancia no hubiera advertido que se trataba de una mercenaria, pero en aquella parte de la ciudad esa ambigüedad era una virtud. Los señores que había visto en el bar agradecían, sobre todo, la más exquisita de las discreciones.

¿Adónde irían? Era poco probable que al hotel dirigido por la causante de sus últimas inquietudes. Allí tendrían meretrices propias, contratadas para la introducción subrepticia y nocturna en la habitación del caballero, que pagaría sus servicios con tarjeta de crédito, quizás en la misma conserjería. ¿Tenía que invitarla a beber algo, a cenar; o podían ir directamente al negocio?

La puta se acercó y le hizo una propuesta, y desde aquel momento fue como en un sueño donde no existe el tiempo y todo se transforma en una sombra móvil e inaferrable, una gran sombra que contiene cuerpos que sin embargo no se proyectan en nuevas sombras sino que, resueltos en un intercambio sumario, cumplen con una serie de gestos rituales a fuerza de ser repetidos, ni demasiado lentos ni demasiado rápidos, pero tampoco en el ritmo justo, que parece haber quedado más allá, fuera de cualquier voluntad. No supo cómo habían llegado a la habitación y mientras cumplía con un acto que tenía el único objetivo de la descarga, tuvo espacio para pensar en que no sabía en qué cama de qué hotel se encontraba. Mirando a un lado, un poco por vergüenza, pero también para lograr una concentración que la consciencia del hecho le quitaría, tampoco recordó ningún rasgo de la cara de la mujer cuyo cuerpo estaba penetrando. Cerró los ojos, pensó en la directora del hotel Emperador y exclamó:

—Entonces debe ser dios.

Lo mismo que le había dicho al barman.

Se encontró en plena descarga, sin la mujer que le servía de recipiente, sin la directora del hotel y sí con la cara del barman que le contaba que la señora era la directora y que se llamaba Gloria D'amico.

Fue amable y generoso con la puta. Ella se apresuró a decir, con afecto no del todo fingido, que si todos fueran como él, el oficio sería mucho más agradable, y que también se lo había pasado bien.

—No hay como disfrutar con el trabajo —dijo mientras le limpiaba los genitales con precisión de enfermera, y agregó que en contadísimos casos, y éste era uno, estaba dispuesta a visitar a los clientes en sus domicilios particulares. Se lo ofrecía porque se había dado cuenta de que él no estaba casado: no llevaba anillo de boda ni marca de habérselo quitado, aunque con las putas los clientes no se molestaban en quitárselo.

Sintió un afecto repentino por la mujer e intentó besarla en la boca pero ella dijo:

—En la boca no, es de otro.

Entonces, con la misma ingenuidad que la había movido a ella, miró sus manos y encontró la alianza de oro que sellaba su compromiso con un hombre: novio, marido o proxeneta, poco importaba.

Del mismo modo en que había entrado en la situación, salió de ella, sin consciencia de sus propios pasos ni de la desaparición de la mujer.

Como si nada le hubiera ocurrido estaba otra vez en el bulevar, no lejos del hotel que dirigía su presunta compatriota.

Ingrávido e infeliz, caminó sin rumbo, tratando de salir de la de irrealidad.

Despertó de esa falta de sensaciones concretas cuando estaba sentado en la barra de un bar y a punto de pedir un menú que diera inicio a un ataque de bulimia. Una forma inesperada de voluntad le consintió decir:

—Un café largo y una botella de agua mineral.

Dos días más tarde volvió al bar del hotel. Había estado pensando en su vida como algo humanamente pobre. No tenía amigos y sus únicas relaciones se limitaban a los contactos de trabajo. A una natural tendencia a la soledad y la introspección se sumaba la nula sintonía con la mentalidad local: simplemente no entendía cómo la gente del lugar hacía para relacionarse entre sí. Llegó a concebir algo que no le gustaba ni como acertijo: los del lugar malquerían a los extranjeros de su procedencia y eran poco proclives a los contactos desinteresados. Era el típico giro mental que le llevaba a sentirse mal y que más de una vez le había colocado frente a las narices la tentación de renunciar a todo y emprender vuelo hacia zonas más hospitalarias. Pero no era tan necio como para ignorar que en el origen de su malestar no había poco de sí mismo; algo que se potenciaba en la realidad que le tocaba vivir e insistía en una discusión interna y estéril. Tampoco mantenía correspondencia con nadie. Todas las relaciones familiares y amistosas que tenía en su país se habían desvanecido el tiempo y dejó de responder las cartas.

No tenía retaguardia, pero eso le daba la seguridad de una autosuficiencia que definía como uno de los principios en que se asentaba la independencia de espíritu.

La primera vez que hablaron pudo haber sido así:
—Buenas tardes.
La voz venía desde atrás, supo que se trataba de ella.
—Buenas tardes.
—Porfirio me dijo que éramos compatriotas. —Ella se refería al barman.
—Sí, qué casualidad —dijo estúpidamente mientras le tendía la mano y se presentaba—: Julio Antúnes.

—Gloria D'amico. Me alegro de que esté entre nuestros clientes.

—Y yo me alegro de conocerla —dijo él, ahora con más seguridad.

Ella sonrió. Era una sonrisa que invitaba a la lipotimia. Él tuvo que afirmar sus rodillas. Agregó con descontrol:

—El otro día, cuando te vi en el bar...

Ella lanzó una risita extraña y comenzó a alejarse. Se detuvo frente a la caja y cruzó unas palabras con el dependiente que estaba a cargo, después se volvió hacia Julio y sonrió. Salió del bar y se dirigió a la recepción del hotel.

Sudaba. Pensó otra vez: ¿Cómo se hace con una mujer así? ¿Ahora qué hago? Creía haber metido la pata recordándole lo del primer bar y tuteándola inmediatamente, pero la sonrisa devuelta por ella irradiaba simpatía y una posible atracción. Entonces, sin que nada lo anticipara, recordó con nitidez una conversación que había sostenido muchos años antes, durante el servicio militar, con otro soldado y a propósito de mujeres. Julio estaba a cargo de la enfermería y entre los pacientes había un muchacho aquejado de una forma grave de alergia, o quizá se tratara de psoriasis, que le había afectado las piel de las manos y la cara. Estaba totalmente vendado y Julio se permitió hacerle una broma sobre «El hombre invisible», una película en la que Claude Rains se vendaba para que sus contornos se hicieran evidentes ante los demás.

El enfermo dijo:

—No hay tu tía. Yo a las mujeres les doy asco. En cualquier momento me viene la porquería ésta y me lleno de llagas. No termino nunca de curarme de esta mierda.

—Bueno, pero no serán todas tan hijas de puta. Alguna habrá que no le importe...

—No, no hay ninguna. A mí no me quieren ni las putas, dicen que estoy sifilítico. ¿Cómo les hago creer que es una alergia? Los médicos me dicen que cuando se me pase no me van a quedar las marcas, pero mientras tanto yo...

—¿Y cómo te admitieron en el servicio?

—Cuando la revisación estaba bien. Yo dije lo que tenía y

van y me dicen que no me haga el culastrón, que si tenía dos gambas sanas es que era apto para el servicio y sanseacabó.

—Ya se te va a pasar, vas a ver, conozco más de un caso que de la noche a la mañana les desapareció como si nunca hubiera estado, te lo digo en serio.

El otro se resintió:

—No necesito de tu compasión ni de la de nadie. Y si no se me pasa me da lo mismo, ya estoy hecho así.

—¿Qué querés decir?

—Que no creo que cambie nada. Cuando una mina te gusta, y te gusta de verdad, a ella también le gustás vos, si no es un invento. A mí no me gustan las mujeres; no te vayás a confundir, a ver si me salís con la misma pelotudez que los milicos: los hombres tampoco me gustan. A las minas las odio, ¿entendés lo que te quiero significar? Y ellas me odian a mí. Es lo mismo que pasaría si alguna me gustara en serio: pasaría que yo le gustaría a ella. ¿Y sabés por qué las odio? Porque con esta porquería que tengo no puedo quererlas.

—¿Y qué hacés?

—Es cosa mía, boludo.

Julio se había permitido una broma cuartelera:

—Ahora entiendo por qué se te mueven tanto las sábanas después que apagamos las luces.

El soldado enfermo se giró hacia el otro lado y Julio lo oyó sollozar.

Ahora recordaba parte del diálogo y algo de lo dicho por aquel pobre infeliz le servía de dato elemental para sus siguientes aproximaciones a Gloria D'amico. Probablemente había cometido una imprudencia al tomarse tanta confianza, pero la respuesta de la mujer fue una sonrisa precedida de una risita nerviosa.

Salió del bar y del hotel con una sensación imprecisa e incómoda y caminó en busca de su coche. Dos manzanas arriba ella lo estaba esperando.

¿O había sido otro día?

—Soy la directora del hotel, no puedo permitirme intimidades con los clientes.

Julio no supo qué responder. Ella agregó:

—Cuéntame algo de ti. —Ella hablaba, como él, en un español forzado.

Después de un torpe carraspeo, Julio dijo:

—Soy ingeniero, trabajo en la construcción de una autopista. Vivo cerca de mi trabajo, en St. Cufate, en un chalet unifamiliar...

—¿Con familia?

—Sin familia, vivo solo.

Guardaron silencio. Caminaban por una calle transversal, ajenos al ruido y a los gases de los coches. Quizás el paseo fuera otro día, ya no podía recordarlo.

—Yo estoy casada con una persona del lugar.

—Me lo temía.

Ella rió con franqueza, casi una carcajada. Estaba lamiendo un helado de pistacho y el color verde refulgía.

—Bueno, bueno —dijo él—, la situación no pone inconvenientes para que paseemos y charlemos. Pero lo que pasa es que, bueno, me gustas mucho.

—Podría ser mutuo. —Ella era pícara, le brillaban los ojos.

—Podría serlo —dijo él haciéndose el listo—, pero alguien como tú, quiero decir, de tu posición...

—Puede tratarme de usted —bromeó ella.

—Sería lo mejor para mantener las distancias y no hacerme ilusiones —respondió él teatralmente.

—Un recurso de intención sana pero poco eficaz, querido amigo. Pero a un cierto punto las distancias o se hacen insalvables o son difíciles de mantener —concluyó Gloria en el preciso momento en que la punta del cucurucho desaparecía en su boca.

Julio le miró los dientes con ganas de limpiárselos con la lengua y aprovechar los restos de crema.


Otro día se encontraron en una de las escasas plazas verdes de la ciudad, en una zona rica, más allá de la frontera entre los crédulos y los que marcan las pautas, una avenida en diagonal.

Se detuvieron a mirar los patos de un estanque. Nadaban con placidez entre flores de loto.

—Lindo lugar —dijo él, por decir algo.

—Sí, ideal para hacer proposiciones deshonestas —insinuó ella.

—Bueno, ya que insistes, te la hago. Digamos que introduzco mis intenciones con una declaración de principios bastante terrenal: señora directora, me siento irresistiblemente atraído por su persona y me gustaría que en usted hubiera una respuesta adecuada, de lo contrario me sentiría, además de atraído, triste. ¿Es suficiente como proposición deshonesta?

Ella le ofreció su boca y se besaron tímidamente, como dos adolescentes.

Caminaban por una calle transitada cuando Julio le preguntó:

—¿Qué pasa con tu marido?

—Mi marido es un hombre poderoso y le tengo mucho afecto.

Ella hizo una pausa. Estaba calculando las palabras con que continuar:

—Está en una silla de ruedas, tiene una parálisis en la parte inferior del cuerpo, hace mucho tiempo que...

Dejó la frase inconclusa, se había puesto seria y ausente.

—Puedes no contármelo, perdona la pregunta.

—No es nada. Él es un hombre muy atractivo e inteligente y me gustaría que algo quedara claro desde ahora —hablaba con dulzura y naturalidad—: voy a acostarme contigo pero no pienso modificar mi vida. Voy a mantener contigo lo que vulgarmente se llama una relación clandestina, ¿te parece una definición muy cursi?

—Me parece una definición justa y honesta. Yo solamente dije que me sentía irresistiblemente atraído por ti, con lo cual las cursilerías están uno a uno. Es curioso, se trata de nuestro primer acuerdo.

No se tocaron.

Ella dijo:

—Ahora es mejor que nos separemos. Tengo que terminar unas gestiones en el despacho y después me iré a casa. Cuando quieras verme podrás encontrarme en el hotel.

—Pero, ¿cómo?

—Estuve pensando —sonreía otra vez—; lo mejor será que nos encontremos allí mismo. Lo más práctico y seguro. Tomas una habitación como si fueras un huésped y yo te hago visitas, ¿qué te parece? Lo único raro que te ocurrirá es que tendrás que dormir solo.

Él se atrevió a opinar:

—Me parece extraño, es una situación que...

—Es la mejor situación del mundo. —Ahora ella sonreía como si el acuerdo que estaba estableciendo fuera una especie de broma ligera—. ¿No querías llevarme a la cama? Pues bien: te ofrezco el mejor confort de la ciudad. Ahora nos damos la mano como dos personas serias y responsables y cada uno a lo suyo, ¿de acuerdo? —concluyó Gloria con tono didáctico.

—De acuerdo, de acuerdo. Y... ¿cuándo?

—Cualquier día de la semana. Llamas por teléfono el día anterior y preguntas por la señora D'amico. Di que eres, por ejemplo, el señor Etchenique. No des tu nombre porque vas a convertirte en cliente del hotel y los clientes no me llaman.

—Etchenique.

—Sí, es el nombre de un personaje de Sasturain, el novelista. Etchenique es un vejestorio que juega a ser detective. Muy bueno, te lo recomiendo.

—¿A Etchenique?

—No. Espero que no necesites un detective privado. Al libro, se llama «Manual de perdedores.»

—¡Qué título! ¿Tengo que empezar a aprender?

—No, amigo, por ahora vas ganando, y si te portas bien vas a seguir ganando.

—Etchenique.

—Sí señor, yo diré «pásemelo» y bueno, te espero.

Fue lo último que dijo. No le dio la mano, se giró y siguió caminando sola como si entre ellos no hubiera habido ningún intercambio más significativo que el pedir y dar la hora. Eran las ocho y cuarenta y cinco.

Julio corrió hacia el parking, recuperó su coche y se dirigió a la carretera de salida. Debía atravesar una montaña. Su autopista era la prolongación de un túnel que la horadaba y que haría que se llegara a destino en la mitad del tiempo.

—Si no hay cola en el peaje —se dijo—, si no, exactamente el doble.

No era su dilema.

Viendo la ciudad desde lo alto imaginó a Gloria yendo al encuentro del paralítico. Su actitud había sido un poco extraña, algo ausente, como si poseyera una experiencia probada en las lides de las citas clandestinas. ¿Cuántos Etchenique la habían llamado por teléfono? En realidad la respuesta no le importaba. Quería a esa mujer para sí sólo cuando estuvieran juntos, el antes y el después sería un tiempo de vidas propias. Ella había sido sincera, pero como si estuviera obedeciendo a un guión.

—Demasiado fácil. Estoy preparado para luchas más arduas —masculló.

Resopló y silbó. Había estado conteniendo el aire como quien está a punto de zambullirse desde un trampolín olímpico. Cerró los ojos e imaginó el deseo. También imaginó el deseo de ella. Cuando los abrió estaba invadiendo la calzada contraria y las luces de un coche que venía de frente lo encandilaron con histeria. Eran luces que gritaban.

Gritó:

—Perdón, amigo, casi pagás el pato de mis sueños de pajero.

En el descenso vio las obras nocturnas de la autopista y pasó bajo los soportes del viaducto que él mismo había contribuido a proyectar. Se puso en el lugar de un paseante cualquiera que contemplara con admiración aquella consecuencia palpable del ingenio humano.

—Ingeniero.

Fue una sensación sana y confortable pero inmediatamente sus pensamientos giraron hacia la bulimia y, viéndola a la vez como algo amenazante y lejano, sintió una mezcla de pudor y miedo que lo alejó de la ilusión del deseo. Manjar postergado, Gloria serviría por ahora como freno a sus impulsos recónditos.

Llegó a su casa y pensó: «A lo mejor me llamó y dejó un mensaje en el contestador, o me llama más tarde.» Pero no le había dejado su número ni ella se lo había pedido.

¿Quería saber algo sobre él? Por ahora no, quizá después. Mejor que no quisiera.

La casa estaba silenciosa y vacía. Ni gatos ni perros. Ni siquiera plantas de interior que con su humedad dan ilusión de vida. Solamente cajas cerradas con cintas de embalaje.

Sin forzar el español, porque estaba solo, y sin gracia, les dijo:

—Paciencia, chicas, que ya las voy a abrir.

Fue a la nevera y cogió una naranjada. Tenía calor, se pasó la lata fría por el cuello y la nuca, la abrió y bebió un sorbo mesurado.

Solamente disponía de los objetos que no había embalado: ropas, el aparato de música, elementos de aseo y algunos libros. Contempló el alijo de cajas; su casa parecía la de un perista de cosas robadas, o la de un vendedor de drogas a cambio de mercancías. Tontamente dijo:

—Yo, ingeniero.

Como si no se pudiera ser a la vez ingeniero y delincuente. Se sentó en el suelo y apoyó la espalda en la pared.

Era una casa bonita y de apariencia sólida, aunque como producto cabal de la especulación se derrumbaría al cabo de diez años. Primero comenzarían a dar problemas los tubos, después la instalación eléctrica, a continuación el tejado, seguido de la instalación de gas y la calefacción, que reventaría; le llegaría el turno a una extraña e inexplicable movilidad del suelo, que perdería sus niveles normales. El yeso se ablandaría con las filtraciones, momento en el cual el propietario tendría que invertir una nueva fortuna para poder rehacer lo que ya había pagado al doble de su valor. Los dieciocho chalets de la urbanización habían sido vendidos en treinta y cinco días y el comprador del suyo se lo había alquilado a un precio extraordinariamente alto y ajustable cada seis meses para poder pagar la hipoteca. Cuando él se fuera, conseguiría un nuevo inquilino, otro profesional transitorio, pero sería el último porque al poco tiempo el deterioro se haría evidente y la casa empezaría a volverse inhabitable. Pero por ahora era una vivienda agradable.

Miró otra vez las cajas y trató de adivinar los respectivos contenidos. Le fue imposible, todas eran iguales y tenían impreso el nombre y el logotipo de la compañía de mudanzas y transportes: «La Flecha». Los cierres eran impecables: los de «La Flecha» eran profesionales del embalaje.

El motivo de no abrirlas era inexplicable, pero tampoco se hacía demasiadas preguntas al respecto y cuando la incomodidad lo aturdía, resolvía su desidia con una exposición fácil:

—La falta de tiempo.

Insistió: en aquélla podría estar la vajilla, cosas de valor, un juego de copas de cristal checo, platos suecos. En esa otra los libros: consulta profesional, un poco de sociología, un poco menos de literatura.

—La falta de tiempo.

No, los libros estarían en aquella otra, libros y discos; gustos eclécticos: literatura clásica, música electrónica de raíz popular. Cuadros, casi todos constructivistas. Ropa, toda la de invierno. Televisor y magnetoscopio. Una colección de películas musicales norteamericanas nunca vistas, compradas a un colega en apuros. Objetos no de culto pero casi tampoco de uso.

Se duchó, se afeitó, se lavó los dientes, se cortó las uñas, se miró en el espejo del lavabo. Físicamente estaba en condiciones de apariencia saludable. El cuerpo no revelaba los excesos. Debía ser por las vomitonas: el organismo no tenía tiempo para asimilar. El cuerpo era sabio. Tuvo una erección y la visión de su pene le dio la sensación de desequilibrio de los ángulos rectos cuando no se resuelven en un triángulo. La tentación profesional casi le condujo a medírselo.

Se echó sobre la cama impoluta y se masturbó apaciblemente entre aromas de naftalina, pensando en una Gloria D'amico que al final, a fuerza de una experiencia no deseada pero sí vivida, se transformó en la puta con la que se había acostado, de la cual no recordaba el cuerpo sino la voz y la inocencia.

Gloria D'amico no era inocente. Era peligrosa.

Mañana mismo la llamaría. Etchenique llamaría.


Etchenique llamó y fue atendido.

La tarde siguiente se convirtió en Julio Antúnes, nuevo cliente del hotel Emperador, hombre de negocios extranjero de paso por la ciudad. Llevaba como todo equipaje un maletín pequeño, adaptado a los desplazamientos rápidos.

Gloria D'amico entró en silencio en la habitación, se quitó la ropa e invitó a Julio a hacer lo mismo. De esta manera se inició una sucesión de encuentros que en su mecánica podrían ser definidos como idénticos y que respondían a una lógica de llamada telefónica previa, de:

—¿Quién habla?

—El señor Etchenique.

—Un momento que le pongo.

—¿Mañana a las seis?

—A las seis, de acuerdo.

Pocas palabras, nada más personal que reconocerse sin haberse conocido, sin extrañarse de estar el uno con la otra, en la esfera de lo naturalmente practicado, por encima y por debajo de los niveles comúnmente aceptados como convención.

Transcurridas dos semanas, Julio sintió que se estaba enamorando de la mujer. No supo explicárselo, pero los encuentros le daban una vitalidad hasta entonces desconocida. No se le dio el pensar que quizás a ella no le estuviese pasando lo mismo. Daba por seguro que sí, y el día en que Gloria le dijo que basta, que se acababa como había empezado, se le ocurrió darle su número de teléfono y volverse alguien con casa, vida, coche, trabajo y ropa sucia. Pero era tarde. No había comprendido la medida del encuentro minimizándolo al principio y dándole una dimensión extraordinaria ante la evidencia de la pérdida.

Entonces trató de olvidarse de ella. Tuvo ataques de bulimia y después de uno de los peores recibió la visita de un hombre que con calculada insolencia le dijo que se conocían, pero que no se veían desde hacía veinte años.

Ese mismo día Gloria dejó grabado un mensaje en el contestador y desde entonces el tiempo había transcurrido en una medida inaprensible por la memoria.

# 3

# EL ANALGÉSICO Y EL ROMPECABEZAS

La casa de Cordach no tenía fin. Las paredes daban una desagradable sensación de interioridad, como si más allá de cada una hubiera otra habitación, otra pared, otra habitación, para quizá llegar a una especie de abismo. Gloria le había dicho:

—Es un salón interno; las ventanas son falsas y sirven como fuente de luz artificial. Nadie va a entrar, así que no te preocupes. Puedes dormir en aquel diván —señaló—. Esta noche pensaré en el mejor modo de hacerte salir de la casa. Ahora me voy.

—¿Vas a ver a Francesc?

No hubo respuesta. Desde que entraron en la mansión Gloria había impuesto una nueva distancia. La frialdad del ambiente contagiaba sus sentimientos y hasta sus modales.

—Me gustaría que te quedaras conmigo —agregó Julio no sin temeridad.

—No cambia nada.

—No te entiendo.

—Lo que está pasando no cambia nada de lo que te dije, quizás únicamente tenga que disculparme por el tono que usé la otra vez, pero el contenido no cambia. Se terminó.

Él dijo:

—Tengo miedo.

—Yo también. Han ocurrido muchas cosas horribles, inexplicables, al menos para mí. Pero te voy a ayudar en todo lo que pueda.

Fue lo último que comentó. Se retiró sin una sonrisa y cerró la puerta con suavidad.

Julio se dijo: investiguemos las vías de escape: una puerta que da a un pasillo interior que da a una gran sala, que a la vez da al recibidor y después los jardines con los perros, rodeado por alambradas eléctricas y un portón de entrada vigilado. Tres ventanas, ninguna es verdadera y sin embargo el aire es puro, seguramente aire acondicionado a una temperatura ideal.

*Cuál es la temperatura ideal, la del asfalto caliente? Huele bien. Tengo que confiar en Gloria pero no confío.*

Pero si no confiaba, toda su exteriorización de pesar era puro arte declamatorio.

Sí, confiaba, pero, ¿dónde estaba?

Miró las paredes forradas por vitrinas que en un primer momento le habían parecido las de una biblioteca antigua. No, allí había otra clase de objetos, alguna colección atesorada con paciente manía por el inválido.

Se pensó pensando en sus cajas cerradas y trató de adivinar el contenido de las vitrinas para entretenerse y no profundizar en la encerrona, pero una idea alarmante invadió esta transitoria vía de escape: si la bulimia arremetía, no podría auxiliarse en nada. Nunca se había animado a algo semejante; era lo más cercano a estar perdido en un desierto, todavía sin sed pero sin agua de reserva. Sufrió un escalofrío y llegó a ver su cadáver después de haber tenido un ataque con convulsiones y contracciones musculares; la crisis de abstinencia de Frank Sinatra en «El hombre del brazo de oro».

Miró sin enfocar. Por descarte no eran copas deportivas, ni copas de cristal, ni cálices bizantinos, ni cucuruchos de plástico. Tampoco platos ni ensaladeras venecianas, mucho menos construcciones de ingeniería en miniatura. ¿Cómo podía haber gente que coleccionara esas cosas?, pero la había, alguno de sus colegas por ejemplo. Quizá fuera una colección de barquitos dentro de botellas, o una colección de botellas sin barquitos, o de barquitos armados con paciencia maligna por Francesc Cordach, desde su inmovilidad, o lo que sería peor, cuando todavía era capaz de moverse.

Estuvo tratando de adivinar durante una hora y logró tranquilizarse. Estaba sentado en un sillón muy cómodo y llegó a sentir como legítima la sensación de estar en su propia casa, pero se contuvo y pensó en Gloria. Ella compartiría esta casa con más fluidez que la suya, no solamente porque aquélla era más pequeña e impersonal, sino porque estaba llena de cajas sin abrir.

Se incorporó y se acercó a las vitrinas.

Eran armas. La más impresionante colección de armas de fuego que pudiera imaginarse.

Hizo un rápido y casi histérico recorrido circular por toda la estancia y comprobó a primera vista que ninguno de esos objetos superaba los treinta años de edad. No sólo era una colección, era un arsenal de armas modernas y seguramente funcionantes.

—Las llaves. Si no las lleva encima las pone en la pared, a una altura que pueda alcanzar desde la silla de ruedas.

No le fue difícil encontrarlas. Su mirada cayó sobre un reloj de cucú colocado a un metro del suelo; estaba detenido y tenía el juego de llaves sobre la base de madera.

—No quiere esconderlas, es por comodidad. No tiene necesidad de esconder nada, es todo suyo.

Se mordió la lengua, estaba hablando en voz alta.

Una vitrina estaba dedicada a revólveres de tambor, la siguiente contenía pistolas de todo tipo y calibre, otra era un muestrario de escopetas y fusiles de caza mayor y menor, la cuarta contenía armas de guerra, automáticas y semiautomáticas, fusiles y subfusiles.

En la parte inferior de las vitrinas había una hilera de cajones; abrió uno. Cordach también coleccionaba las municiones correspondientes, pero esto más que una colección parecía un almacén. Había cajas de balas de todos los calibres y para todo tipo de armas. Algunas estaban abiertas y con el contenido demediado. Francesc también era aficionado a mantener su arsenal en actividad. En algún lugar de la finca debía haber de un polígono de tiro.

¿Por qué Gloria le había dado refugio en ese lugar? ¿Estaba tan segura de que Francesc no aparecería en mitad de la noche con ganas de acariciar sus tesoros del alma? Julio sabía que esas visitas eran una costumbre de los coleccionistas, pero recordó que ella le había dicho que su marido era una persona rutinaria y metódica. Tendría un horario hasta para las vitrinas.

¿O era una invitación a que empezara a defenderse con las mismas armas con que podía ser atacado?

El intruso era un asesino. Cuando consiguiera de él lo que estaba buscando, lo mataría.

—Antes voy a matarlo yo a él. Y al Mono ése. Y si se pone a tiro también me cepillo a la alemana de mierda del teléfono. Y si hay otros, a los otros.

El curso de sus pensamientos lo estremeció.

Él no era un asesino y habría otros modos de salir de la situación en la que se encontraba pero, como siempre, algún impulso interior traicionaba su sentido común y la amenaza abstracta terminó por convertirse en una serie de imágenes vivas: les tendía una emboscada al intruso y su pandilla, se valía del fusil Kalashnikov que tenía ante sí, que era capaz de causar estragos en un campo de batalla. Sí, era cuestión de encontrarlos a los tres juntos; no sentiría el menor remordimiento. No habría testigos y él seguiría siendo Julio Antúnes, ingeniero que trabajaba en la construcción de una autopista. Entonces volvió a sí y se formuló una pregunta: ¿cuánto tiempo hacía que no se presentaba en su lugar de trabajo?. Ya estarían buscándolo. No supo qué responderse, había perdido el sentido formal del tiempo.

Abrió la vitrina de las pistolas, la variedad era abrumadora: había una Walther P1 de 9 mm. como la del intruso, había Brownings 7.65 y 9 mm., Sauer, Makarov, Hecker und Koch y Beretta, todas de 9 mm. También había tres modelos de Colt 11.25, demasiado grandes para una mano inexperta. Eligió una Beretta 7.65 y cuando estaba cerrando la puerta de cristal vio una pequeña joya, un enano en la jungla, se trataba de una Browning 6.35 mm. La Beretta la conocía; en la facultad la habían usado en estudios tecnológicos. La Browning era un objeto bello, niquelada, con empuñadura de marfil, de apariencia manejable y marca famosa. También la cogió.

Con las pistolas en la mano vio su reflejo en los cristales y a continuación se miró la ropa: estaba manchada de la sangre de los policías. Así no podía circular por la calle, además había que esperar una hora más prudente. Y a Gloria.

Se sentó en un sillón de orejas y apoyó la cabeza. Pensó en Francesc Cordach, ¿se sentaría alguna vez en otro sillón que no fuera el de ruedas, podía desplazarse solo, cuál era la magnitud exacta de su capacidad de independencia?

—Exacta.

Trató de desplazar sus reflexiones hacia Gloria y aun hacia el intruso y su camarilla, pero el hombre rodado invadió todos sus pensamientos convirtiéndose en una figura ominosa. Era sólo un paralítico, el marido de su ex amante, pero en aquel ámbito desconocido se transformaba en una amenaza. Una vez, en la adolescencia, soñó que se encontraba en una casa oscura donde reinaba un deficiente mental; en su deambular a ciegas en busca de una salida tropezaba con el cuerpo del enfermo, que babeante y riente se aferraba a sus piernas y las mordía. Lograba zafarse, encontraba una puerta, la traspasaba y conseguía cerrarla, pero en esa nueva oscuridad adivinaba que estaba dentro de una caja de caudales vacía y el aire empezaba a faltarle. Gritaba, y como respuesta escuchaba las risotadas carrasposas del tarado, hasta que sus propios gritos lo despertaron. Ahora también se había dormido y despertado y durante un instante sospechó que había soñado que recordaba su espantoso íncubo y que había vuelto a gritar.

Lo invadió una sensación de desconsuelo pero, como los hampones de las películas, se palpó los bolsillos para comprobar si las pistolas todavía estaban ahí.

—Te convendría cargarlas.

Era la voz de Gloria y provenía de un rincón.

Se incorporó sobresaltado. La mujer estaba cerca de la vitrina de las armas de caza y tenía en las manos un hatillo de ropa.

—Te he traído esto. Es un mono de trabajo limpio, de uno

de los jardineros. Y ésta es una caja de herramientas, para completar el disfraz y llevar las armas.

Julio recuperó el aliento. Ella siguió hablando:

—Va a ser el mejor modo de salir de la finca; a las nueve cambia el turno de los vigilantes de la puerta y podrás irte. Desde la casa avisaré que eres un operario que vino a revisar las calderas —lo miró como interrogándolo—. Lo único que puedo garantizarte es la salida. Deja pasar unos días antes de llamarme y hazlo al hotel, siempre con el nombre de Etchenique.

—Sí, me acuerdo del nombre.

—Yo también —dijo Gloria con indiferencia mientras apagaba un cigarrillo que no había fumado.

Julio se dirigió a los cajones de las balas, cogió una caja de 7.65 y otra de 6.35. En total cien municiones.

Quiso hacerse el gracioso. Dijo:

—Muchas más que las que una familia norteamericana necesita para defenderse de los negros.

Ella no rió. Julio llenó con parsimonia los cargadores de las dos pistolas.

—¿Cómo es que sabes tanto de armas? No me lo hubiera imaginado nunca —ahora Gloria sonreía intrigada.

—Como todos nuestros compatriotas de sexo masculino, tuve el honor de hacer el servicio militar. Como soy ingeniero, tengo cierta predisposición natural hacia los mecanismos. No me olvidé como se manejan, mira dónde viene a servirme eso de «hacerse hombre», al menos tengo algo que agradecerles.

Ella no quería prolongarlo:

—Cámbiate. Me llevo tu ropa y la quemo.

—¿Adónde?, en verano las calderas no funcionan.

—Ya me las arreglaré. Ahora es mejor que te vayas.

—¿Y Francesc no va a descubrir que le faltan dos de sus joyas?

—Viene raramente. Y si lo descubre hará indagaciones entre el personal de seguridad. Aquí trabajó mucha gente durante el último año y no le va a ser fácil seguirle la pista. No te preocupes, ni siquiera hablará del tema conmigo: odio las armas y lo sabe, es una afición que no compartimos.

Julio quería seguir escuchando su voz.

—¿Y él las usa?

—Nunca. Las tiene aquí como objetos, cómo decirte, inanimados. Nunca cazó ni disparó al blanco, es un hombre muy pacífico, amante del silencio y la naturaleza; hasta logró que desplazaran una zona de caza que había cerca de la finca porque le repugna que maten animales.

—Muy tierno —dijo Julio.

Ella se le acercó y rogó:

—Por favor, cámbiate. Van a ser las nueve y cuarto.

Se volvió hacia las escopetas.

El pudor de la mujer se le ocurrió fuera de lugar, pero mientras se ponía el mono azul descubrió que ella lo observaba en el reflejo del cristal de la vitrina.

—Ya está.

Gloria recogió la ropa sucia y abrió la puerta.

Durante un momento irreal Julio tuvo la certeza de que le habían tendido una trampa y que Francesc Cordach o la policía, o una perversa combinación de ambos elementos, lo esperaban en el recibidor. Pero la casa estaba en penumbras y silencio.

—Espera —susurró Gloria y apretó un botón a un costado de la puerta principal.

Una luz verde se encendió a la altura de las caras y una cámara de televisión en miniatura se puso en funcionamiento.

Gloria le habló a un micrófono invisible:

—Va a salir el técnico de las calderas.

—¿Con vehículo? —preguntó una voz metálica.

—No, a pie.

—De acuerdo, señora, pero aquí fuera no hay ningún vehículo esperándole.

Miró a Julio y declamó sin vacilar:

—Lo siento mucho, sus compañeros se han ido.

Él respondió:

—No habrán entendido que terminaría tan rápido y se habrán ido al pueblo. No importa, señora, iré caminando.

Gloria volvió a mirar el objetivo de la cámara:

—El técnico sale igual, gracias.

La luz se apagó.

—Que tengas suerte. Adiós.

—Gloria, lamento haberte involucrado en todo esto y... —vaciló— haber sido tan necio... por lo otro. Alguna vez... —Julio dejó la frase inacabada.

Gloria respondió:

—Alguna vez, cuando todo se haya limpiado me invitarás a tomar una copa en un bar tranquilo y...

Inesperadamente posó sus labios sobre los de Julio, después abrió la puerta y le dejó paso.

Salió. Caminó por los senderos de gravilla y al cabo de un minuto se volvió para ver si ella todavía estaba allí. La puerta se había cerrado pero en una ventana del primer piso vio la melena blanca de Francesc. Estaba contemplándolo, fumaba y parecía tranquilo.

No hubo problemas con los vigilantes de la entrada, pero tuvo que soportar su conversación y fingirse copartícipe de su alegría laboral.

—Qué, con las manos en las calderas, ¿eh?

—Ya ve, es el oficio...

Los vigilantes se miraron como si necesitaran traducir el tópico. Julio se vio obligado a proseguir:

—Estamos buenos: me citaron a las ocho de la mañana. ¿Han visto a la camioneta de mi compañía?

—Usted mismo dijo que se habrían ido al pueblo, fue eso lo que dijo, ¿no?

—Vale, adiós.

Julio se dirigió a la derecha y empezó a caminar con determinación. Oyó:

—¡Oiga, el de las calderas!

Lo habían descubierto. Se volvió aterrorizado.

—Que para ese lado el pueblo está a más de quince kilómetros. Que si se han ido habrá sido al otro pueblo, aquí a la derecha, que estará a un kilómetro y medio como mucho.

—Ah, gracias —suspiró aliviado.

—Además, de por allí hubo un tiroteo anoche; se cargaron a dos policías nacionales.

—Sí, ya me he enterado esta mañana por la radio. ¿Y por qué fue? Quiero decir si se sabe quién fue.

—Eso es lo que no se sabe, al parecer hubo un atraco, algo así. Es que por aquí no hay terrorismo como en el norte, sino ya se sabría.

El otro vigilante intervino:

—Les dejaron todos agujereados, dice éste —señaló a su compañero con la cabeza— que había sesos desparramados, mezclados con tierra. ¡Hijos de puta! No, si yo siempre le digo a éste —volvió a señalarlo— que bien hicimos en no meternos en la policía nacional, porque venimos del mismo pueblo, ¿sabe? A los guardias jurados es difícil que nos pase nada, claro que si te toca cuidar un banco...

Julio sentía la mirada de Cordach en la nuca. Tenía ganas de salir corriendo. El otro vigilante completó las ideas de su paisano:

—Si te toca, con los malos tiempos que corren, bueno, es que allí te la dan en medio de la jeta y no la cuentas, pero cuidando la casa de un rico, yo le digo siempre a éste, es que está chupao.

—Ya lo creo, bueno, adiós y gracias.

Sin saberlo, los guardias le habían ahorrado el disgusto de pasar por el lugar de la masacre; extrañamente había olvidado en qué dirección había sido. Ahora haría auto stop para evitar que la policía considerara sospechosa su presencia en la carretera y tuviera la mala idea de interrogarlo. No podría resistir con frialdad un diálogo con ellos porque, sin que nada lo obligara, había decidido colocarse al margen de la ley.

Se acercaba un camión, le hizo una señal y se detuvo. Con el conductor viajaba un policía; Julio empezó a temblar.

El policía se apeó de la cabina, le hizo un saludo al camionero y se dirigió a Julio:

—Suba, hombre, que le lleva. —Tenía una mirada limpia.

—Gracias.

—Vamos, que se han cargado a dos —dijo el camionero sin prolegómenos, con una voz carrasposa y llameante.

—Sí, ya me he enterado —dijo Julio tratando de disimular el tembleque.

El camión arrancó.

—Es que estoy acostumbrado a llevar porque el autobús de línea pasa cada hora y media, el muy cabrón. Imagínese que ni con el alcalde nuevo cambiaron esa mierda, no sé en qué se gastan la pasta, será en putas o en casas de lujo, como el tío ése de la finca; viene de allí, ¿no?

—Sí, estuve reparando la caldera.

—Vaya, ésos sí que tendrán unas calderazas —dijo el conductor por decir algo—, ¿hasta dónde va?

—A la estación.

—¡Cojonudo! Servicio completo, le dejo en la misma entrada.

—Vale, gracias. Es que mis compañeros me gastaron una broma y se largaron con la furgoneta.

Julio se sintió en la obligación de dar explicaciones, convencido de que una conversación trivial lo alejaría del peligro, pero no pudo distanciarse totalmente de los hechos y agregó:

—Con lo que ha pasado debe estar lleno de policías por todas partes, ¿no?.

—¡Qué va!, si están todos amontonados donde se los cargaron, como si los asesinos fueran a volver. Lo que sí, han puesto retenes en todas las carreteras principales, que no sirven más que para joder a los pobres pringados que trabajamos sobre cuatro ruedas, en el caso de un servidor, seis. Parece que buscan a unos que iban en una moto. Digo yo: ¿cómo pueden saber que iban en una moto si no les han visto? Además parece que buscan a otro tío.

El otro era él. Tuvo un escalofrío. Antes de acudir a la llamada de Gloria la policía le habría preguntado qué estaba pasando: dos hombres agredían a otro, los dos vinieron en una moto, el otro estaba de a pie.

—Voy a poner las noticias, a ver qué dicen —escupió el camionero con avidez.

Puso la radio pero había música en todas las emisoras. La dejó encendida a un volumen altísimo mientras aclaraba que en las noticias de las nueve dijeron que un taxista se había presentado a declarar.

—Dice que llevó a un pasajero hasta allí mismo.

—¿Un pasajero en taxi desde la ciudad? —preguntó Julio con voz trémula. Le sudaban las manos.

—Sí, verá usted: ayer hubo un incendio en un hotel, no sé qué tendrá que ver con los policías, pero el que vino en taxi dijo que era un juez y después resultó que el juez que se ocupa del incendio no se movió de la ciudad. El que cogió el taxi le dijo al taxista que siguieran a un coche, pero los de la radio no dijeron qué coche, ni dónde iba; es que se hacen los misteriosos para que escuches el próximo informativo. Mire, yo hago este recorrido desde hace treinta años —gritó—, he tenido tres camiones diferentes y éste es el peor, el primero sí que era bueno, y como le estaba diciendo, pues que aquí nunca pasa nada, somos personas tranquilas todos los de la zona, hasta los negros que pencan en los campos, personas de trabajo, pero bueno, resulta que ahora tenemos esto que ha pasado.

—¿Y no dijeron cómo era el tío del taxi?

—El taxista se lo habrá dicho a los de la policía, pero los del informativo no han dicho nada. Y entonces Antonio se pregunta, Antonio soy yo: ¿cómo cojones saben que los mataron los de la moto y que no fue el tío del taxi?

—No, seguramente no lo saben. Esas cosas son muy lentas, pero ya lo van a saber —contestó Julio con candor.

Llegaron a la estación.

—Gracias y hasta luego.

—Sí, a ver cuándo vuelve para arreglarles la caldera a los de Cordach, no sea que se mueran de frío en invierno —dijo el camionero con indisimulado resentimiento.

Julio fingió una risita cómplice.

Cuando subió al tren, hacia la ciudad, recordó que no comía nada desde el día anterior. Pero no tenía hambre ni ganas de meterse nada en la boca, salvo quizás una porción del cuerpo de Gloria D'amico, cuyo beso delicado todavía conservaba, a modo de sabor, en sus labios resecos por el miedo y la deshidratación.

Ya estaba caminando por el bulevar cuando recordó con gratitud que durante el viaje en tren no había pensado en nada. Los restos del incendio, el cordón policial (ahora se trataba de la menos feroz policía municipal) y un público que no había cesado de renovarse, lo devolvieron a los hechos: de varias maneras él era el protagonista principal de lo que había ocurrido en el edificio y causa, aunque no causante, de la muerte de dos personas.

La ropa de trabajo y la caja de metal le daban un carácter invisible que era la forma más práctica de la respetabilidad y la inocencia. Nadie se molestó en dirigirle una mirada.

¿Dónde estaba su coche: en el parking, o lo había dejado en su casa? Le era imposible recordarlo, como si su nueva personalidad de técnico en calderas no pudiera permitirse un coche así, parking en el bulevar o chalet en St. Cufate.

Se alejó. No supo dónde iba hasta que sus ojos se posaron en el cartel de Nello Fuller, investigador privado.

Se metió en una cabina de teléfono, marcó su propio número e insertó el dispositivo para escuchar el contestador automático a distancia. Esperó.

«Soy el inspector Mora, de la comisaría de policía número 4. Se le cita como testigo en el caso del incendio del hotel Emperador...»

Apartó el auricular. No quería escuchar los detalles. Al cabo de medio minuto volvió a ponérselo en la oreja:

«... de inmediato». Colgaron. Dijo:

—Que me ponga en contacto de inmediato. Si me llaman por teléfono quiere decir que soy más testigo que sospechoso, pero el tránsito de una categoría a otra puede ser rapidísimo.

Había otro mensaje:

«Ya conocés mi voz. Es para recordarte que no soy hombre de andarme con vueltas ni chistes, aunque ya lo sabías perfectamente porque me conocés desde hace veinte años. Mirá, Antúnes, estamos en condiciones de llegar a un trato, ahora depende de tu voluntad. Antes que nada...». La comunicación se cortó por falta de monedas.

Volvió a llamar, con el tubo apoyado en el pecho esperó a

que la voz de Mora repitiera el mensaje y volvió a escuchar cuando calculó que ya estaría el del intruso:

«Antes que nada tendrás que reconocer que hace veinte años que no nos vemos, digamos que diecinueve o dieciocho. Después de que lo reconozcas voy a poner en práctica una de las virtudes que me caracterizan y que, como me conocés desde hace tanto tiempo, sabrás que sé hacerlo con generosidad: el sentido común. Llegó la hora de los negocios, amigo mío». Por primera vez, desde que el intruso había aparecido en su vida, tuvo la sospecha de que se trataba de un loco; siguió escuchando. «... No tenés de qué preocuparte. No me va a ser difícil encontrarte, así que no perdás el tiempo y no te tomés el trabajo de escabullir el bulto». Se cortó otra vez, pero ahora había sido el intruso, colgando sin ceremonias. Julio le habló al bib bip del teléfono:

—Lo que no sabés, hijo de mil putas, que ahora el que te va a buscar soy yo —tomó aire para matizar la furia—, que no soy más Julio Antúnes, que no tengo nombre y que soy tan capaz como vos de manejar las pistolas que llevo en esta cajita de herramientas.

Al salir de la cabina sintió que lo observaban. Buscó con la mirada y vio a un hombre que ahora le daba la espalda y se alejaba en dirección del hotel: era el mismo que había estado hablando con Francesc Cordach y Gloria cuando salían del edificio siniestrado.

Sintió la necesidad de darse una ducha, pero no tenía casa. Solamente una billetera con un poco de efectivo, dos tarjetas para cajero automático y una de crédito ilimitado.

Además de dos pistolas y cien balas.

—¿Y pretende usted que me crea esa historieta? Por favor, cuéntesela a otro.

Julio le había expuesto al señor Fuller todos los hechos, con respeto a la cronología y rigor expositivo. El detective había escuchado en silencio; de vez en cuando tomaba notas en un cuaderno de tapas de hule negro. Encendía un cigarrillo tras otro, con la colilla del anterior.

En un momento lo había interrumpido para aclarar:

—Lo puedo dejar cuando quiera. No se preocupe por mi salud y concéntrese en lo que me está contando.

Antes de tocar el timbre, mientras contemplaba la placa de la puerta que repetía el mensaje del anuncio del balcón más el número de licencia, Julio pensó que Nello Fuller no había escogido un seudónimo feliz. Esta combinación de nombre y apellido le recordaba a Nero Wolfe y Samuel Fuller, pero resultó que el investigador era extranjero y que bien podía llamarse como lo anunciaba. Su acento era centroeuropeo, pero los rasgos delataban alguna ascendencia anglosajona.

Fuller lo hizo esperar media hora en el recibidor, tiempo que usó para hojear las mismas revistas que podían encontrarse en las peluquerías o en ese otro recinto de la ignominia que es la antesala del dentista. El mismo detective le había indicado que esperara, pero no estaba con otro cliente y cuando Julio entró en el despacho, Fuller parecía estar saliendo de un letargo profundo, siesta o resaca.

—¿Le he llamado yo? Si no necesito un fontanero.

—Vengo a contratar sus servicios, y no soy fontanero.

—¡Qué curioso, lo parece!, y más por la cara que por la indumentaria. Yo juraría que es fontanero, sí señor.

—No, no soy fontanero.

—Usted dirá, entonces... siéntese y cuénteme de qué se trata. Le advierto que mis honorarios comienzan a estar vigentes desde el momento en que empiece a hablar. Cobro la visita.

—Me parece lógico.

—¿Extranjero?

—Sí, pero tengo la doble nacionalidad.

—Ah. Yo también soy extranjero, aunque sospecho que venimos de diferentes latitudes. Bien, bien, vamos al asunto, ¿de qué se trata?

Le contó toda la historia. Fuller la puso en duda, Julio argumentó:

—¿Qué interés podría tener nadie en contarle algo semejante a un profesional? Quiero decir: usted cobra por ayudar a las personas a resolver problemas, ¿le parece que me lo inventaría todo para pagarle por el puro gusto del derroche?

—Mire y vea, señor Antúnes, no es que yo sea un conformista, le prometo que soy todo lo contrario, pero lo que me ha contado no tiene ni pies ni cabeza, perdone el lugar común. Sencillamente no tengo agarradera de la que cogerme. Entonces yo me digo, porque no es la primera vez que me pasa: Fuller, estás frente a un paranoico. Y no hay nada personal en lo que me digo y de paso le digo; yo a usted no he tenido el gusto de conocerle antes, así que no puedo juzgarle en base a una experiencia previa, no sé si me sigue.

—Le sigo perfectamente.

—Vale. Como le estaba diciendo, no es la primera vez que acuden a mis servicios personas con problemas que no están fuera de ellas, sino dentro... por favor no me interrumpa, y dadas las peculiares características del esperpento que usted me expone, no puedo evitar pensar que me encuentro ante uno de esos desdichados casos. Usted debe comprender que no debo ponerme a trabajar en algo sin un poco más de seguridades, máxime cuando en la base del monumento no hay cimiento alguno, ¿me explico o debo ser menos metafórico?

—Señor Fuller, si lo que necesita es un adelanto...

—Por descontado, no empiezo a trabajar nunca, en ningún caso, sin un anticipo de dinero, pero no se trata solamente de eso. Usted ha involucrado en su historia a Francesc Cordach i Claris y su gentil consorte. Pretende usted haberse llevado al catre de campaña a la legítima de uno de los personajes más importantes de este país... no me interrumpa... sinceramente lo pongo en duda. Comprendo que puede ser un prejuicio o falta de sensibilidad social, pero se me presenta aquí vestido de fontanero y, se lo digo con toda franqueza, me acosa el sueño del fontanero que acude a la casa de la señora rica pero insatisfecha y bien formada, y se la folla pero que mucho mejor que su marido, haciendo honor a una vieja rivalidad de clase.

Julio se irritó.

—Yo no he usado esos términos y le pido que se atenga a usar los mismos que yo.

—Era una provocación, disculpe. Me quiero cerciorar si su historia es verdadera. Bien, bien...

—¿Quiere que le pague ahora?

—No, cuando terminemos la entrevista. Dígamelo con sinceridad, señor Antúnes, ¿está absolutamente seguro de no conocer a ese individuo; ha hecho un análisis de sus recuerdos?, porque, mire usted, resulta que puede tratarse de alguna experiencia desagradable vivida en su compañía y que usted ha querido borrar de su memoria.

Ahora el Nello Fuller insinuaba unos conocimientos básicos de indagación psicoanalítica a tono con el acento centroeuropeo. Siguió hablando con talante comprensivo.

—Muchas, algunas personas borran de su memoria acontecimientos que han sido importantes en sus vidas, por la simple razón de que el recuerdo les impediría seguir viviendo equilibradamente. Se trata de la amnesia parcial o selectiva, o como quiera usted mismo definirla. En un modo u otro todos la padecemos, aunque lo que hayamos decidido olvidar sean hechos nimios. ¿Ha pensado alguna vez en lo difícil que es recordar un dolor de muelas? ¿Ha tenido usted el privilegio de sufrir dolores de muelas?

—Sí, naturalmente.

—Pues bien, trate de recordarlo. Usted solamente podrá rememorar con vaguedad lo que ocurrió alrededor del dolor, la circunstancia del mismo, por llamarla de alguna manera, pero el dolor no se recuerda. Yo creo que la naturaleza, y la psique forma parte de ella, es sabia y equilibrada, y ha establecido esa norma para permitir y promover su desarrollo y su crecimiento.

Julio advirtió que a Fuller no le funcionaba del todo mal la cabeza, aunque de su discurso se filtraran dosis de vanidad profesional.

A Fuller no le gustó su mirada.

—Tengo formación académica.

—Y además lee el pensamiento. Me parece una cualidad interesante para un detective.

Fuller rió por la cortesía y siguió hablando:

—¿Quién puede jurar que posee un control absoluto sobre su vida pasada, o mejor dicho, sobre su experiencia pasada? Mire: cada uno de nosotros selecciona los recuerdos, es el mejor modo de darle forma al presente. A usted, por ejemplo, pudo haberle ocurrido algo en lo que ese individuo ( y ahora comenzaremos a dar por válida la hipótesis de su repelente existencia)...

—Era hora.

—... en lo que ese individuo tuvo un papel importante, significativo. Se lo voy a exponer mejor: pudo haber ocurrido que usted y él coparticipasen en algún hecho que usted ha querido cancelar de su memoria. Señor Antúnes: ¿me puede usted asegurar que mantiene y ha mantenido siempre un control absoluto sobre sus actos?

Ni le había hecho ni le haría mención de su bulimia. Eligió no responder.

—Usted sabe que no —continuó el detective. Era asombrosa la perseverancia de su tabaquismo—. Por esa razón me reservo el derecho de sospechar que quizás usted sí que conoce al hombre ese y que no lo recuerda.

—Señor Fuller, soy una persona que hasta el momento presente no ha vivido ninguna experiencia fuera de lo común. Cada hecho no programado lo recuerdo con absoluta nitidez.

Pero sabía que al omitir el dato de la bulimia estaba mintiendo. No podía recordar, o no quería, cada crisis. Si en esta parte de su memoria había agujeros, bien podría haberlos en otra, ¿haber borrado un anterior encuentro con el intruso? No podía ser, pero aun dando por válida la sospecha del fumador (ya iba por el octavo cigarrillo y eran sin filtro), había que encontrar al hombre, ya fuera para averiguar qué quería o, pensó sin remordimientos, para eliminarlo.

Fuller adivinó otra vez:

—De acuerdo, vamos pues a buscar a ese hombre y a contraatacar.

Le dio una página fotocopiada donde constaban sus tarifas. Había un precio mínimo para la primera semana de trabajo, después había que pagar día a día. Si el caso no era resuelto se garantizaba una devolución de honorarios una vez deducidos los gastos. Si el detective consideraba necesario valerse de la ayuda de otras personas, la tarifa aumentaba un cincuenta por ciento. Un apartado especificaba un ulterior incremento si se presumía que el uso de las armas podía ser necesario.

—Ponga una equis en armas sí, en ayudante sí, en anticipo de una semana, en tarifa tres sí y firme al pie, sobre la línea punteada. El tarifario también tiene validez como contrato.

Julio obedeció. En el momento de firmar dudó de su firma, pero lo hizo.

—Naturalmente, como la policía le ha citado y usted no piensa presentarse, ¿o es que piensa presentarse? —no esperó respuesta—, tenemos que trabajar, como se dice jocosamente en nuestro gremio, «en la periferia de la ley», que no es exactamente al margen de la misma, sino una situación atemporal, y el término no está escogido al azar Baltazar, sino que refiere con toda especificidad al tiempo que transcurre desde el momento en que el citado recibe la amable invitación de la ley, hasta en el que presumiblemente debería presentarse, a partir del cual, si no lo hace, los del orden comienzan a sospechar en firme y de citado pasa a la categoría de buscado, lo cual, si no hay homicidio de por medio, y a usted le han citado solamente por lo del incendio de ese ridículo edificio porque no lo asocian con los dos colegas que se fueron al cielo en las cercanías de can Cordach, sigo, a efectos del peligro para el buscado no significa nada por la sencilla razón de que no le buscan. Si tienen que rendir cuentas, le están buscando; si no lo encuentran, es que el sujeto es escurridizo, señor comisario, estamos trabajando con dedicación, etcétera. Salvo que los del hotel, y tengo entendido que no solamente la mujer es directora, sino que el propio Francesc Cordach es uno de los principales accionistas, aprieten las clavijas de la guitarra indagatoria para que sea usted localizado. En resumen, y presuponiendo que usted sigue figurando como citado al que aún no se ha podido localizar, disponemos de un máximo de cuarenta y ocho horas a partir del momento en que ese sujeto Mora, a quien tengo el disgusto de conocer, le hizo la llamada telefónica, es decir, a partir de esta mañana. Conclusión de conclusiones: el caso deberá estar limpio, al menos para la policía, pasado mañana por la mañana, no sé si me interpreta.

Fuller había pensado en voz alta, pero alguna aclaración sería útil.

—¿Qué pasa con Mora?

—Que es un perfecto hijo de puta, un tecnócrata del sufrimiento ajeno. Ya tuvo cuatro denuncias y un proceso por malos tratos a detenidos pero siempre salió indemne. Pero no se preocupe: Fuller sabe cosas de Mora que el aludido no se moriría de gusto porque fueran difundidas.

—Le voy a hacer otras dos preguntas, señor Fuller.

—Si le parece necesario.

—Ahí van: ¿adónde me alojaré y cómo hará para ponerse en contacto con el tipo ese?

—En cuanto al alojamiento, tengo un lugar destinado a estos casos de peligro. La segunda pregunta, bueno, bueno, es asunto mío pero se lo diré: apostaré a un ayudante en su casa y el contacto será allí; como es lógico él volverá a acudir a usted.

—Acudir no es el término más adecuado.

—No encuentro otro. Bueno, usted no tiene cómo defenderse y mi ayudante es un profesional. Yo seré el intermediario. Lo importante es alejar cada vez más al individuo del objetivo de sus andanzas; provocarlo para que le sea difícil encontrarle a usted, darle la sensación de que se le está escapando de las manos.

Tampoco le había dicho a Fuller que estaba armado, aunque sí le describió la sala de armas de Cordach.

—¿Y con respecto a mi trabajo? ¿Cómo puedo hacer para enviar un mensaje y transmitirles que mi alejamiento es transitorio?

—Olvídelo. Un mensaje daría la sensación de que usted aún existe, cuando nosotros debemos convencer a ese hombre de que ha sufrido un misterioso proceso de evaporación.

—Tiene razón... —dudó— es que estamos en una fase de la obra en que mi ausencia significa su paralización.

—No es dinero suyo. Usted es sólo un asalariado de lujo.

Julio nunca había pensado en sí mismo en esos términos. A continuación Fuller le hizo una pregunta fuera de contexto.

—Dígame: ¿qué ocurre cuando las tuberías de distribución

y los aparatos distribuidores no quedan completamente vacíos después de terminar el trabajo, aun cuando los productos utilizados sean de baja densidad?

—Que el betún se solidifica y el conjunto de la distribución no funciona al reanudarse las operaciones. En ese caso habrá que calentar las tuberías, lo que significa la pérdida de, al menos, un cuarto de jornada de trabajo, pero eso se lo sabe hasta un fontanero.

—No, señor, es cosa de ingenieros de caminos. Perdóneme la inocencia, pero quería cerciorarme; es que le sienta muy bien el mono. Dígame: ¿qué lleva en la caja de herramientas?

Julio no vaciló:

—Herramientas, mis documentos, dinero, algunos objetos personales.

—¿Quiere fumar?

—No, gracias, me basta con su humo. Y a propósito, ¿cómo sabe lo de la limpieza de las maquinarias?

—Mi abuelo y mi padre profesaban la misma disciplina que usted, y pretendían que yo les emulara. Mi abuelo proyectó carreteras para su catoliquísima majestad el emperador Franz Joseph de Austria y Hungría, y mi padre para el führer; no se moleste en compadecerme: era más nazi que el mismísimo Heinrich Heidrich, protector de la tierra donde tuve el privilegio de venir al mundo.

Y así Julio corroboró la procedencia de Fuller, aunque no la de su apellido. Guardó silencio. Fuller volvió al tema profesional:

—Antes que nada vamos a proceder a su refugio. Si el intruso, como usted lo llama, le ha seguido hasta aquí, no le verá salir. Una vez al reparo le voy a presentar a mi ayudante, al cual deberá entregarle las llaves de su casa y darle instrucciones sobre luces y salidas de emergencia. No se olvide del cheque o equivalente. Haga el cálculo usted mismo.

Julio pagó.

—Gracias. —Con un cigarrillo en los labios y otro entre los dedos, Fuller le hizo el recibo—. Ahora sígame.

El investigador abrió la puerta de lo que hasta ese momento

parecía un armario empotrado, apartó unos trajes y mediante una combinación numérica abrió otra puerta que había en el fondo.

—No se extrañe —aclaró—, esta salida ya estaba cuando alquilé la oficina hace dieciocho años. En el contrato se incluía un local que ya verá: su nueva casa.

Desde la puerta se accedía a unas escaleras de caracol iluminadas con bombillas de veinticinco, colocadas cada treinta escalones. En la zona intermedia entre una y otra bombilla no se veían los peldaños. Bajaron la misma cantidad de pisos que Julio había subido en el ascensor hasta llegar a un rellano donde había una puerta de metal. El lugar olía a perro muerto.

Fuller hablaba en un susurro, como si quisiera evitar ser escuchado, pero allí no había nadie.

—¿Qué le parece? —no esperaba respuesta.

La puerta daba a un pasillo igualmente iluminado según un criterio de ahorro. El silencio era total. Habían caminado unos cien metros en leve ascensión cuando Fuller abrió una última puerta que ponía punto final al recorrido; también era de hierro y parecía blindada. Se volvió hacia Julio:

—Pase, pase. Creo que es una salida hecha durante la guerra. Cuando me instalé pensé que era ideal para mi trabajo; no es la primera vez que tengo que ocultar a un cliente y alguna vez que tuve que poner yo mismo los pies en polvorienta, en polvorosa, no sé si me explico. Pase, pase... El declive que habrá advertido se debe que en caso de peligro la mitad del pasadizo puede inundarse mediante un vulgar grifo. —Con gesto didáctico señaló el grifo en cuestión—. El acceso se hace imposible. Un prodigio del arte de la guerra, ¿no le parece?

Estaba en medio de una habitación vacía. Fuller encendió la luz.

—Es la trastienda de una librería y papelería que cerró hace muchos años. Da a la calle Blanes, la paralela de atrás del bulevar. Ahora le indicaré la salida aunque le recomiendo que no se mueva hasta tener noticias mías. Casualmente la comisaría número cuatro queda en la acera de enfrente.

—¿Y cómo me comunico con usted, en caso de necesidad?

—En el local hay un intercomunicador, venga, venga.

Entraron en la tienda abandonada. Por alguna causa de fuerza mayor los libreros se habían largado del lugar sin un último gesto de cariño hacia la mercancía que les diera de comer. Si fue un caso de deudas, el acreedor no consideró que esas montañas de papel impreso y encuadernado sirvieran para pagarlas. A Fuller tampoco le interesaron los libros, porque nada parecía haber sido cambiado de sitio desde la época del abandono.

En el suelo había mierda de rata. Julio tendría compañía. Pensó en la más pequeña de las dos armas confiscadas a Cordach y se sintió seguro. Una Browning no deja de serlo aunque se trate de una versión en miniatura.

Fuller apretó el botón del intercomunicador. Respondió alguien con voz metálica.

—Sí, dígame.

—Pep, por favor, baja a la librería.

Pep no hizo preguntas. Fuller era el que mandaba.

—Es mi ayudante fijo, está en un piso en el mismo edificio que el del despacho. Entrará por adelante.

Se quedaron en silencio. El humo de los cigarrillos de Fuller parecía subirle de las entrañas, en irrupciones volcánicas generadas por las digestiones. En poco tiempo ya no necesitaría fumar, el incendio interior produciría el efecto deseado sin necesidad de recurrir al estanco. Lo más notable del caso era que Fuller parecía gozar auténtica e intensamente de cada aspiración. Si aquello era un veneno, poseía un encanto penetrante.

—Hace treinta y cinco años que fumo y se lo confieso porque advierto que me observa con curiosidad. Duermo con el cigarro encendido en el cenicero y cada dos minutos le doy una calada. Una vez me asusté por un dolor en el brazo izquierdo y fui al médico. Mi corazón está en perfectas condiciones así que no tiene de qué preocuparse: viviré como para terminar el trabajo.

Efectivamente no tosía ni tenía voz de fumador. Alguna vez le contaría lo de su bulimia, pero no por ahora; el lugar no era el adecuado, se parecía bastante a una mazmorra.

Fuller lo miró fijamente:

—Tiene usted un aspecto un tanto tristón, está demacrado, voy a procurarle una afeitadora eléctrica —hizo una pausa—, aunque pensándolo mejor quizá convenga que se deje crecer la barba, ¿necesita un cepillo de dientes?

—Hace mucho que no como nada. Los debo de tener limpios, se lo aseguro.

—Le diré a Pep que le traiga un desayuno... y sobre todo no salga. Le dejaré la llave de la tienda para que no se sienta encerrado, pero no ponga los pies en la calle a no ser que lo considere absolutamente necesario.

Se oyó el ruido de una llave que giraba. Julio se sobresaltó.

—No se preocupe, es mi ayudante.

Cuando Pep entró en la tienda abandonada, Julio se irguió impulsado por un resorte: era el mismo hombre del incidente del coche, el mismo al que había dado una paliza.

Pep habló:

—Éste es el tipo que le conté, jefe, el que sabía karate —dijo. Estaba tan perplejo como Julio.

Fuller intervino. Para él parecía haberse tratado de un encuentro natural:

—Bueno, entonces los señores ya se conocen —dirigiéndose a Julio agregó—: Pep Carmona Fux, uno de mis ayudantes fijos. Es la persona que se apostará en su domicilio.

Ninguno de los dos podía creerse la fría neutralidad recitada por Fuller, quien ahora se dirigía a su ayudante:

—Pep, el señor Antúnes, además de ser campeón de karate, desde hoy es nuestro cliente.

—Mucho gusto —dijo el ayudante con resentida buena educación.

—El gusto es mío —completó la fórmula Julio, sospechoso de que Pep Carmona Fux no sería capaz de hacerles frente al intruso y a Mono.

Era el momento de las sorpresas. Sin preanuncio le habló acompañando sus palabras con una mirada sincera:

—Le agradezco mucho que no haya hecho la denuncia.

Fuller intervino:

—Resulta que Pep tiene unos antecedentes catastróficos, me

aclaro, algunos procesos por agresión debidos a su temperamento impetuoso. Si usted le hubiese denunciado, hoy no podría ayudarnos en el caso, y le prometo, porque adivino el escepticismo en su mirada, que se trata de la persona ideal: no le tiene miedo a nadie. Con usted parece que tuvo mala suerte, le pasa cuando lo que hace no se apoya en una convicción profunda.

Ahora se dirigió al aludido, para quien cualquier mención de su persona parecía ser beneficiosa, sin que importara el contenido:

—Tendrás que ir a la casa del señor Antúnes y esperar a uno que, bueno, ya te explicaré arriba en el despacho.

Silencio. Fuller volvió a encender un cigarrillo sin desprenderse del anterior.

—Mientras tanto, señor Antúnes, tenga la bondad de explicarle a Carmona cómo se llega a su casa, las posibles vías de salida, quiero decir de salida rápida, las visitas que podrían presentarse, los vecinos que tiene, etcétera. Déle también todos los datos que le sirvan para moverse con tranquilidad y sobre todo con naturalidad —dijo, y agregó con cinismo—: como si fuera usted mismo.

Sin despedirse desapareció por la puerta que daba al pasadizo de cien metros, dejando tras de sí un inmóvil y denso manto de humo de Virginia estacionado.

Julio le dio las instrucciones a Carmona Fux. Un cuarto de hora más tarde el ayudante las repitió usando las mismas palabras y en idéntico orden. Era el feliz poseedor de una memoria prodigiosa.

Le entregó su llavero sintiendo vagamente que se desprendía de la última de sus posesiones materiales. Pep se fue después de haberle dejado las llaves del local; tampoco se despidió, aparentemente era el estilo de la casa.

Cuando se quedó solo se dio cuenta de que tanto él como el ayudante habían permanecido de pie y frente a frente durante toda la conversación. Había temido que Pep le saltara encima para vengarse.

Decidió esperar un tiempo razonable y al sentarse en el único sillón de la ex librería, se vio envuelto en un nubarrón de polvo que le hizo toser y pensar en que Blanes era una calle con bares. Si tenía una crisis, podría calmarla inmediatamente.

Pep Carmona Fux se instaló cómodamente en el salón de la casa de Julio Antúnes. Aunque no era hombre propenso a inmiscuirse en asuntos ajenos, no pudo dejar de preguntarse por qué el campeón mundial de karate no había desembalado sus objetos. Evidentemente, Antúnes era una persona con recursos. Una casa así no podía permitírsela cualquiera, al menos no alguien como Pep. Lanzó un suspiro nostálgico: en la vida le había tocado estar del otro lado del confort y la tranquilidad. El señor Fuller había sido generoso con él, y nunca supo explicarse el motivo. De sus cuarenta y un años los primeros dieciocho los había pasado en una institución para huérfanos, sin serlo; otros dos en el servicio militar a bordo de un portaaviones; quince en la cárcel, donde entró y salió cuatro veces. La cuenta era fácil, aunque él no desaprovechaba los momentos de ocio para volver a hacerla: seis años de libertad no le bastaban a nadie para construirse una posición como la del cliente del señor Fuller, y sus seis años particulares ni siquiera habían podido ser disfrutados sin interrupción. El presente período, de dos años y ocho meses, era el más largo en que Pep Carmona Fux había podido circular por las calles sin ser incordiado por los custodias de la seguridad de personas como Julio Antúnes. Ahora Antúnes tenía que esconderse y Carmona ocupaba, aunque en régimen transitorio, su cómodo lugar en el universo. Dios daba señales de cautelosa amistad.

Pep había sido calificado y clasificado como un psicópata peligroso y, como dijo un fiscal de cuya jeta se acordaba muy bien, un peligro latente para la vida y la seguridad de los miembros honrados (aunque en realidad había dicho «normales») de la sociedad. Mamporros había dado y recibido, pero nunca le había quitado la vida a nadie ni pensaba que le fuera posible hacerlo. Los delitos que se imputaron eran inocentadas si se comparaban con el precio pagado en efectivo: hurtos, extorsiones, atropellos, incitación al comercio carnal y fraude. Salvo el último, los demás los había cometido realmente, pero le colgaron seis años por estafa. Fue entonces cuando conoció a Reyes, condenado por asesinato y ocultación de cadáver: había matado a su esposa legítima (así la llamaba el interesado), había troceado el cuerpo con una sierra de mano y repartido el producto en los zaguanes de cinco comisarías de policía. Antes de hacer justicia (palabras de Reyes mismo), trabajaba para Nello Fuller en calidad de ayudante. El jefe no dejó de visitarlo una vez a la semana hasta que murió suicida en la celda que compartía con Pep Carmona Fux: se ahorcó con las sábanas anudadas y dejó escrita una carta donde explicaba que no había dejado de soñar cada noche con el pie derecho de su víctima, cortado, claro está. En ella también pedía con humildad que le entregaran sus efectos personales a Fuller. Pep salió de la cárcel una semana más tarde y fue el encargado de hacer efectiva la entrega: una radio portátil, dos cajetillas de cigarros negros, un listín telefónico de la ciudad que había sido la única lectura del suicida, un cinturón de señora hecho con papeles plateados, una brújula inactiva y una muñeca inflable que las autoridades de la cárcel, milagrosamente o en virtud de algún privilegio oculto, le habían permitido tener y usar. Reyes era muy celoso del objeto y protagonizó algunas riñas con otros reclusos deseosos de probar sus delicias, pero nunca nadie llegó a ponerle las manos encima; su cuerpo de descuartizador parecía activarse como tabú. Siempre decía que cuando saliera de allí ya tendría compañera y que si se le ocurría repetir la hazaña tendría los beneficios del reemplazo y la impunidad. Lo decía sin gracia.

Pep Carmona Fux nunca había visto a un detective privado en persona, y en esto no se diferenciaba del resto de la población, pero también ignoraba la existencia de tal ocupación profesional. Fuller lo invitó a sentarse. Pep era un hombre elegante, bien parecido y poseedor de una musculatura sobrecogedora, pero sobre todo descollaba por la rara cualidad de su memoria. Ante el asombro del detective, relató con detalles cada uno de los hechos de su vida en común con el descuartizador y la muñeca inflable, día a día, hora a hora. Fuller quedó perplejo.

—¿Y ahora qué va a hacer?

—No lo sé. Cada vez que salgo de chirona me lo pregunto. Al final parece que lo que siempre hago es prepararme para volver a entrar.

Y le contó la historia de sus sucesivos encierros, fingiendo que pensaba que finalmente no se estaba tan mal a cargo del estado si tenías los suficientes huevos y un estómago a prueba de los menús. Le dijo que cuando salió del orfelinato no sabía dónde ir ni qué hacer y que se puso de voluntario en la marina para ver cómo era. El día de la baja lagrimeó mirando al portaaviones, su casa flotante.

—Era muy grande.

—¿Quiere trabajar para mí?

Nunca le habían ofrecido un trabajo. Se sintió desnudo.

—¿Me dice usted que trabajar, con sueldo y todo eso?

—Contrato, sueldo, vacaciones, pagas extraordinarias, seguridad social y hasta vivienda, si fuera necesario. Aquí arriba tengo otro piso que me sirve como despacho alternativo pero casi nunca lo uso; podría vivir allí.

—¿Y es algo así como ser un pasma? No es que yo tenga nada en contra, pero pregunto...

—No exactamente: hago lo que la policía no hace porque no quiere, o más frecuentemente, porque no sabe. Procuro que los casos terminen en este mismo despacho y que la administración de justicia no llegue a ponerles las manos encima. Le advierto que ni en los tribunales ni en las comisarías me ven con buenos ojos...

—A mí tampoco.

—... una porque me meto en sus cosas y dos porque soy extranjero. Varias veces han tratado de pillarme con el permiso de residencia vencido, pero resulta que Fuller es siempre un pelín más rápido.

—¿Habrá que repartir leña?

—De vez en cuando y sin pasarse, pero no creo que para usted sea un problema, ya veo los bíceps que gasta, si no es una indiscreción, ¿dónde se los hizo?

—La naturaleza campesina y el gofio canario que nos daban

en el asilo de huerfanitos, que se va directamente a los músculos, como la horchata.

—¿Mató a alguien?

—No, oiga. La vida es sagrada, oiga. Yo creo en Dios, ¿con quién se cree que está hablando?

—Perdone, Pepe...

—Pep.

—Pep, podría haber ocurrido, mire lo que le pasó al pobre Reyes. Era un muchacho excelente e hizo *pedaçets* de su señora, que era buena, estaba buena y no le ponía los cuernos con nadie. Para darle trabajo a alguien me obligan a pedir referencias y una vez decidido tendré que comunicarlo al último juzgado donde...

Pep interrumpió entusiasmado:

—Ah, si es por eso no hay problemas —estaba jubiloso—, el último juez me tocó dos veces, la primera como defensor de oficio. Cuando me llevaron por lo del timo, y dicho de paso sea para aclarar la verdad: yo no timé a nadie, me dijo: «Pep, ¿otra vez por aquí, hombre? A ver cuándo sientas cabeza», y yo le dije, «señor juez, que no he hecho nada, que usted me conoce y el timo no es mi especialidad». No sirvió: seis años me dieron. Antes de entrar hasta había pensado en casarme, hasta tenía novia, una chavala de una barra americana, muy trabajadora. Me vino a visitar dos veces y después se olvidó, ya sabía yo.

Y Pep Carmona Fux comenzó a oficiar de ayudante fijo de Nello Fuller. Algunas veces compartía su trabajo con ayudantes eventuales, pero poco a poco se fue convirtiendo en el hombre de confianza del jefe. No cometía errores ni era indiscreto; lo ocurrido con Antúnes en una calle de los barrios altos había sido una excepción: Pep estaba llevándole el coche a un cliente cuya hija se había fugado con un italiano de apariencia intachable. Los tórtolos habían abandonado el coche paterno en un puerto deportivo desde donde embarcaron en un clipper rumbo a Cerdeña, isla que según el italiano era casi de su entera propiedad. Del clipper sólo era ayudante de cocina y la hija del cliente, cegada por la pasión, viajó como polizón sin advertirlo. Fuller puso un telegrama a un colega de Cagliari, un detective comunista pariente de Berlinguer que terminó de solucionar el problema en la isla. Después encargó a Pep que le devolviera el coche al padre de la incauta. Estaba nervioso porque el cliente se había referido a él con desprecio:

—Señor Fuller, cuando me reciba quite de mi vista a este trozo de carne con ojos, me corta la digestión y es antiestético —dijo delante de Pep como si éste fuera un jarrón.

Entonces, ante la inminencia de un encuentro con su ofensor, creyó que Antúnes lo provocaba desde otro coche y perdió el control. Sabía que en otras circunstancias hubiera podido hacer trizas del presunto experto en artes marciales, pero quiso cuidar la integridad de su ropa para no dar más argumentos al padre de la chica y dudó. No quería ser visto por el cliente con una manga rasgada y su vacilación dio lugar a que Julio Antúnes le colocara una formidable patada en los huevos.

Agradeció sinceramente que Antúnes no lo denunciara; podría haber perdido trabajo y casa y, en una no remota posibilidad, verse obligado a regresar a la cárcel. Desde que trabajaba con Fuller le temía al encierro, no usaba ascensores y evitaba viajar en metro. El jefe le había conseguido una licencia como investigador privado de segunda categoría, que excluía el permiso de armas de ningún tipo. Fuller sí lo tenía, pero Pep ignoraba si alguna vez lo había utilizado. Su benefactor era un hombre de escritorio y teléfono, de telegramas y conversaciones, de cartas y fax.

Sonó el teléfono. Se había quedado dormido.

—Dígame.

—Antúnes, querido Julito Antúnes, soy yo, aunque no hace falta que te lo aclare porque debés conocer muy bien mi voz desde hace veinte años. Muy bien, querido amigo y compatriota, te llamo para batirte que la cana ya está enterada de todo. No pude esperar más, perdí la paciencia. Antes que nada les vomité lo del incendio, con todos los detalles correspondientes pero sin mencionar a la señora que no tiene nada que ver con nuestros negocios (yo a las mujeres las respeto, porque son madres), así que los motivos de haber metido el fósforo vas a tener que aclararlos vos mismo, que sos tan piola. Pero eso no fue nada porque después vino el plato fuerte: lo de la ruta o carretera. Les

precisé que por alguna razón oscura, después del incendio, se-
guiste a un coche que salía del hotel, el taxista está para testifi-
carlo, te bajaste en medio del campo, se acercaron dos heroicos
agentes con la intención altruista de ayudarte por si necesitabas
algo y, ¡pum, pum, pum!, los hiciste bolsa sin la menor consideración ni respeto al uniforme. Ahí corté porque se me estaban
poniendo muy nerviosos, esperé media hora y llamé de nuevo
desde otra cabina, no me interrumpás, dejáme hablar y contarte
que completé la información batiéndole a Mora, el que te citó
como testigo del incendio, que hacía bastante tiempo que no
ibas a trabajar, no obstante la exquisita responsabilidad de tu
puesto. A la yuta le gusta tener los casos resueltos, así que... andáte preparando Julio querido, o recurrí a mí, que soy el único
que puede protegerte a esta altura del campeonato, ja, ja, ja, ja,
ja, ja, ja. Para no ser desleal desde el vamos, te anticipo que mi
protección va a ser más dura que una pija de burro: nos vamos a
hacer cargo tanto yo como Mono, a quien ya tenés el gustazo de
conocer. El pobre casi no sabe hablar, pero a mí me sirve porque
tiene gustos simples: disfruta haciendo sufrir a los que son más
idiotas que él. Yo ya le estuve diciendo que como idiota no hay
quien te gane, que en el concurso de boludos llegaste segundo
por boludo, así que andáte preparando para el tratamiento.
¿Qué te parece?, yo sí que soy un amigo fiel, en veinte años no
me olvidé de vos.

El discurso parecía haber terminado. Pep hizo silencio.

—¿Qué, reflexionando? —dijo la voz del teléfono.

Pep contestó con firmeza:

—Le transmitiré su mensaje al señor Antúnes, pero si antes
quiere usted venir personalmente, podríamos aclarar algunos
detalles ¿qué le parece?. —Estaba recitando un guión dictado
por Fuller.

Ahora el silencio se hizo del otro lado de la línea. El dueño
de la voz estaba hablando con alguien y tenía la palma de la
mano sobre el micrófono.

—La puta madre que te parió —dijo la voz.

Colgó.

Nello Fuller llamó a su ayudante desde una cabina de la estación de St. Cufate.

—Soy Fuller, ¿llamaron?

—Sí, señor Fuller, y me enviaron a la puta madre que me parió, no hay derecho.

—No te preocupes, Pep, nadie puede juzgar a tu madre.

—Sí, jefe. Le cuento lo que me dijeron, palabra a palabra. —Pep quería exhibir su memoria.

—Antes que nada: ¿era hombre o mujer, nacional o extranjero, estaba nervioso o tranquilo?

—Hombre, estaba tranquilo y tenía el mismo modo de hablar que el cliente.

—¿A qué hora llamó?

—Hace media hora, más o menos. —Y a continuación Pep repitió las para él extravagantes y poco claras amenazas proferidas por la voz del teléfono.

—Quédate allí —Fuller parecía alarmado—, si llamaran a la puerta antes de quince minutos, no abras. Tardaré ese tiempo en llegar y me apostaré cerca de la casa, ¿entendido, Pep? Quince minutos; si llaman después déjales pasar pero sin cerrar del todo la puerta. Tengo una copia de la llave pero igualmente es mejor que no cierres.

—Vale.

Fuller se dirigió a la zona de los chalets. Pensó que en este país de sol ardiente, ruidos incontrolados y aromas penetrantes, cierta clase estaba pretendiendo adoptar el modo de vida de otros lugares donde se hablaba en susurros, el cielo estaba siempre cubierto y olía a cables eléctricos. Los chalets le parecieron desprotegidos y chirriantes; cada uno debía de tener un perro en el patio trasero y todos ladraban a la vez.

Nunca curioseaba en la vida privada de sus clientes, a menos que las revelaciones pudieran tener importancia para el caso; pero esta vez se preguntó sobre qué podía encontrar un hombre como Antúnes, que vivía solo, en un lugar que con toda certeza no estaba concebido para personas como él. Pensó en sí mismo, en su palidez en gran parte debida a su procedencia étnica, y en que por nada cambiaría su centro de la ciudad, su despacho con salida falsa ni su Pep Carmona Fux. En un lugar como éste corría el peligro de dejar de fumar, esfuerzo que no se encontraba entre sus propósitos. Arrojó la colilla en un charco.

Cuando estaba por llegar a la calle de Antúnes, un coche se detuvo a su lado. Le hablaron con una voz familiar:

—¿Buscando chalet? Tengo entendido que se vendieron todos en poco tiempo. Mejor buscar en un barrio más modesto, es un sano consejo. —El inspector Mora se creía chistoso y ocurrente.

Fuller se estremeció pero no por la sorpresa. El funcionario le causaba rechazo físico.

Mora tenía ojos de rata y voz de niño; las cuerdas vocales no se le habían ensanchado nunca. Llevaba el pelo cortado a la navaja y le cubría media oreja, gafas oscuras con armazón de oro y sus dientes superiores eran blanquísimos, en contraste con el tinte marronáceo de los de abajo. Sentado al volante había un uniformado. Tenían las armas largas en el asiento trasero.

—No, estoy trabajando, ¿necesita ver mi licencia, el permiso de trabajo, la cartilla de la seguridad social? Mire qué casualidad, ni que me imaginara que nos íbamos a encontrar: resulta que lo llevo todo en el bolsillo.

Mora sonrió:

—Vamos, vamos, hombre, no nos pongamos así.

—Yo no me pongo, el que se pone es usted. Es más, siempre se está poniendo, y a mí me pone nervioso... lo que no deja de ser un modo de ponerse.

—Fuller el guasón —dijo Mora dirigiéndose al de uniforme—, dice que me pongo. —Ahora le hablaba a Fuller y le dedicaba una gran sonrisa policroma—. ¿Así que le pongo nervioso, guiri de mierda? Usted ostruye la función policial.

Fuller decidió vengarse:

—Se dice obstruye, con be de burro, y yo no obstruyo nada. ¿Qué me está diciendo? En todo caso son ustedes los que se meten de por medio.

—Ahora resulta que se permite corregirme el habla. El guiri éste me corrige a mí.

Otra vez se dirigía al de uniforme. El otro asintió en silencio, estaba adiestrado para festejarle cualquier ocurrencia a su superior jerárquico. A la menor insinuación se pondría a reír, aunque no hubiera de qué.

Mora abrió la puerta del coche. De pie era una amenaza. Fuller se puso a dos metros de distancia y se preparó para lo peor.

—Gentuza como vosotros es la que arruinó este país. Muéstrame los papeles que dices que tienes.

No era la primera vez que Mora pasaba del tú al usted. Es más, lo hacía siempre y era inexplicable y poco práctico que no comenzara directamente con el tratamiento familiar.

El investigador le mostró los papeles.

—Éstas son fotocopias, no valen.

Fuller trató de mantener la serenidad; pensaba en Pep.

—Usted sabe que valen porque me conoce y ésta no es una identificación sino una corroboración. Una realidad que no puede negar porque nuestro conocimiento mutuo figura en numerosos archivos, entre otros los de su propia comisaría. Así que valen.

Mora se le acercó peligrosamente y Fuller no retrocedió sólo para no concederle el placer de infundir temor. Conocía el vicio del inspector y sabía que era capaz de ponerlo en práctica en cualquier momento. En cambio habló y lo hizo en un tono razonable:

—El que presumo que es su cliente —sospechosamente regresaba al usted, cuando nunca solía volverse atrás ni desdecirse— fue citado como testigo de un incendio del que usted ya tendrá noticias. El señor no se presentó aunque fue amablemente invitado. Ni siquiera se molestó en hacernos una llamada. Tampoco se ha hecho presente en su trabajo y tiene un puesto de responsabilidad. Si usted estuviera en mi lugar, no dudaría en sospechar que el señor ese, que para mayores datos es extranjero, tiene algo que ver con el citado incendio, ¿no le parece? —A corta distancia los dientes de Mora, además de decorar, delataban la frecuentación de fermentos lácteos.

Fuller apartó la nariz.

La cabeza comenzó a funcionarle. No necesitó ni medio segundo para aclararse: lo que el intruso le había dicho a Pep no era verdad, no había hablado con la policía. Lo de Mora era el curso normal y nada imaginativo de una investigación rutinaria: estaba buscando a un sospechoso de piromanía sin relacionarlo con el doble asesinato de la carretera. También podía ser que Mora (¡Ah, pillín!) estuviera mintiendo por omisión, ocultándole la segunda parte. Fin de los pensamientos, Mora estaba hablando otra vez.

—Ya casi no tenemos dudas de que el sudaca ese es el que puso la cerilla en el hotel Emperador.

Conclusión de Fuller, una milésima de segundo: el feliz poseedor de la dentadura perfumada no estaba ocultando el doble asesinato de la carretera.

—Ahora bien —agregó Mora fingiéndose razonable y conciliador—, dadas por válidas las fotocopias de sus papeles, ¿tendría a bien el señor Fuller contarme para qué le contrató el sujeto Julio Antúnes?

—No tengo ninguna obligación. Incluso podría decirle que el señor Antúnes no me contrató por la sencilla razón de que no está; como usted mismo diría, se halla en paradero desconocido.

Fuller miraba confiado a Mora y eso lo perdió.

Al policía no se le notaba ninguna alteración y actuó por sorpresa: apoyó el taco derecho en el empeine del detective y descargó todo su peso en un movimiento decidido. Fue un instante. Era el vicio por el que había ganado fama.

Fuller no gritó.

Mora dio media vuelta y entró en el coche. No cabían dudas de que el pisotón era algo muy práctico, un método de tortura limpio que podía practicarse al aire libre y hasta en presencia de testigos, para los cuales generalmente pasaba inadvertido.

El coche policial se alejó y Fuller se sentó en el bordillo. El inspector le había fracturado los huesos del dedo gordo del pie derecho. Sacó una navaja suiza multiusos, se quitó el zapato y con el filo plano separó la suela de la carcasa. El dedo respiraría.

Aunque no le faltaban ganas, no lloró.

Cuando llegó a la esquina de la casa de Antúnes, los policías ya se habían ido. No le cupieron dudas de que habían llamado a la puerta y que Pep, viendo que se trataba de Mora, prefirió no abrir. Se alegró: su ayudante estaba demostrando cierta autonomía.

Los restos del dedo le dolían espantosamente. La sensación se proyectaba hacia toda la parte derecha del cuerpo, incluido el testículo correspondiente. Intuyó que se desmayaría y tuvo que volver a sentarse.

—¿Le pasa algo? —Era una voz de mujer, afable y confiada. Respiró:

—He... he tenido un pequeño accidente. Creo que... que se me ha roto un dedo.

—¿Quiere pasar?, le daré un poco de hielo.

—Gracias, señora. Creo... que aceptaré, gracias.

Ya en la puerta de la casa de la mujer, Fuller echó un último vistazo a la de Antúnes. Una moto grande se había detenido, llevaba dos hombres montados y respondían a la descripción que su cliente había hecho de los motoristas de la carretera. Eran tal cual pero peores y se dio cuenta de que venían a matar.

Antes de desmayarse tuvo un pensamiento de gratitud para con Pep Carmona Fux, quien por encima de todas sus virtudes y defectos era un inocentón.


Francesc Cordach i Claris calentaba la copa de Martell mirando el bailoteo del líquido oscuro. Gloria D'amico fumaba y contemplaba el jardín por la ventana.

—Adorable, sencillamente adorable —dijo el hombre sin quitar la mirada de la copa.

—Hace mucho que no me lo decías, hasta llegué a creer que había dejado de gustarte.

—Muchas oportunidades no tengo —dijo el hombre con tono falso—, en los últimos tiempos no es que hagamos una vida en común muy intensa.

—Tienes razón.

Ahora él la miraba.

—No he hecho la observación para que me des la razón. Es nada más que la realidad, al menos para mí, aunque supongo que habrás sabido percatarte...

—Tú me pusiste al frente del hotel; sabías que no era un trabajito de nada, que me iba a llevar mucho tiempo.

—No tenías por qué ocuparte de todo. Cuando te invité a que fueras la directora, estuvimos de acuerdo en que sería un trabajo de representación.

—No tendrás quejas.

—Todo lo contrario. Estoy muy orgulloso del modo en que has llevado los asuntos del establecimiento, pero también me pongo triste porque cada vez tengo menos una mujer a mi lado y más una directora de hotel de cinco estrellas.

Ella sonrió. Él siguió:

—Me gustaría que estuvieras más tiempo en casa. Es más, ya he dispuesto que la planificación, promoción y publicidad, administración e inversiones de capital los lleve Domènech, así te aliviaré de un trabajo que te tiene agotada y podrás dedicarle más tiempo a la representación, que es lo que mejor se te da.

Hasta ese momento Gloria no había dejado de mirar por la ventana. Se volvió hacia su marido.

—Tú eres el dueño y...

—Naturalmente.

—... y puedes hacer de tus propiedades lo que quieras. Estás en tu derecho.

—Por un lado me gusta que lo digas, pero quisiera advertirte algo: no te consideres una de mis propiedades, eres mi mujer, así de simple.

—Una mujer casada según el régimen de separación de bienes.

—Es la ley local, dictada por la tradición y la experiencia social.

—Una mujer casada con un señor que tiene la propiedad de todos sus bienes y que no habiendo aportado ninguno al matrimonio, ah, sí, un título de abogado, sigo, puede considerarse como un bien más, ¿o la tradición y la experiencia social no contemplan esta posibilidad de transformación?

—¿Te gustaría que pusiera mis propiedades a tu nombre? Pero mujer, si la mayoría de ellas ni siquiera están a nombre mío. No tontees que cuando me muera todo pasará a ser tuyo.

—No quiero que te mueras.

—¿Estás segura?

—¿Qué insinúas?

—Nada, nada, te hago una pregunta: si estás segura de no querer que me muera. Soy un hombre enfermo, en ciertos aspectos no te he hecho feliz y bien podrías haberte cansado de mí. Son muchos años al lado de un inválido, no creas que no pienso en ello.

Ella se le acercó.

—No, Francesc. No quiero que te mueras; quiero estar a tu lado y ayudarte a buscar soluciones a tus problemas.

—Sabes perfectamente que mi problema es uno solo y que no tiene solución. Una parte de mi sistema nervioso está seca, se murió y no hay modo de resucitarla.

Gloria cogió la mano del hombre. Estaba fría y algo húmeda. La soltó y encendió otro cigarrillo.

Él dijo:

—Algunas veces he pensado que sería justo y lógico que te buscaras un amante, alguien con quien pudieras dar rienda suelta a las necesidades de tu cuerpo.

Ella no respondió. Comenzó a inquietarse.

—No te pongas nerviosa, por favor. Sé que es un tema que te altera pero sinceramente creo que sería lo más normal del mundo que lo hicieras, ¿no lo has hecho?

—No.

—En el fondo me alegra, soy un hombre egoísta, pero en mi situación particular corresponde jugar a la generosidad. Es un pequeño lujo que quiero concederme.

—No digas tonterías, Francesc. Tú y yo hicimos un pacto y no lo he roto.

Se quedaron en silencio. Ella volvió al otro tema:

—Lo de Oriol Domènech me ha hecho daño. ¿Cómo me voy a sentir ahora frente al personal, a mí misma, frente al idiota de Domènech, que sabes muy bien que no me gusta? Nunca me ha gustado tenerlo cerca, me resulta empalagoso, repulsivo.

—Estará a tus órdenes.

—Ése no se pone más que a las órdenes de su amo y el amo eres tú. Es un obsecuente y un chafardero.

—No entiendo lo de obsecuente.

—Quiero decir que es un lameculos, y además quiero advertirte que no me inspira la menor confianza con la cara de traidor de tiene.

—Tus apreciaciones son subjetivas y con respecto a la confianza, querida, Oriol lleva más de veinte años trabajando fielmente para mí. Estuvo en varios de mis negocios, y siempre se comportó con corrección y respondió con fidelidad.

—¿No podrías poner a otro?

—Tiene mucha experiencia en el negocio de hostelería. Además no confío en nadie como en él.

—¿Ni en mí?

—Tú eres mi mujer, es diferente.

—¿Crees en todo lo que te digo?

—Hasta que me demuestres que no debo hacerlo.

—¿Y yo debo confiar en ti?

Cordach no esperaba la pregunta. Aunque suavizado por la astucia, hasta ese momento el inquisidor había sido él. Ahora Gloria le planteaba un problema. Respondió:

—Nunca he dejado de decirte la verdad.

—Pero hay negocios tuyos que no conozco, de los que no sé absolutamente nada. Y no solamente negocios.

—Quizá porque no me hayas preguntado nada. Para saber hay que molestarse en preguntar.

—Por ejemplo lo de las armas, ¿por qué tienes todas esas armas, para qué te sirven?

El hombre cerró los ojos y pareció reflexionar.

—Las armas... las armas. Como dijo el más célebre teórico de la guerra, son un modo radical de hacer política. Quizá sean mi modo abstracto y personal de hacerlo, ya que yo en política, como sabes, no me meto. —Otra vez había logrado desviar el tema.

—Pero Francesc, si te visitan desde diputados hasta ministros, *consellers*, senadores, alcaldes y casi todos, por no decir todos, son del mismo partido.

—Soy un hombre importante. En este país no se puede tomar ninguna decisión económica sin consultarme, por la razón fácil de comprender de que cualquier cambio puede afectar mis intereses, ¿no crees que es lo más normal del mundo? Además visitan a otras personas influyentes. Pero volviendo a mí: sabes muy bien que no estoy en ningún partido y que no ambiciono cargos públicos. Me gusta la sombra, querida Gloria: deja pensar y protege.

—Tú mismo lo has dicho. No estás en la política activa porque no te hace falta, pero eso no quiere decir que no estés en la política. A veces pienso que te gusta que me finja tonta, es como si te diera tono, ¿me equivoco?

Cordach sonrió.

—¿Un coñac?, yo voy a servirme otra media medida.

—No, gracias. A lo mejor después de que me expliques lo de las armas.

El hombre suspiró; se le había terminado la tregua.

—Pregúntale a cualquier coleccionista el porqué de su pequeña manía. No te sabrá responder llanamente, quizá porque no tiene respuestas para esa pregunta. «Me gustan las armas» no sería la adecuada, porque no es mi caso: a mí no me gustan, soy una persona de paz. Me gustan su forma, su mecanismo y su equilibrio, eso sí, porque traducen una parte del ingenio humano, y allí estamos más cerca de la respuesta pero no es suficiente.

—Pero, es que nunca vas a verlas.

—Oh, sí, voy a menudo y las observo aunque rara vez las toco. A propósito, faltan dos pistolas automáticas, ¿tienes alguna idea de dónde pueden estar?

—No. Sabes que allí no entra nadie más que yo y que hago la limpieza personalmente.

—Por eso te lo pregunto.

—Yo no necesito armas.

—¿Tú crees? Últimamente han pasado cosas raras, como el incendio del hotel, que según las investigaciones fue doloso. Además la calle no es segura, sobre todo para una persona rica.

—Averiguaré entre el personal.

—Ya lo he hecho yo. Me dijeron que ayer por la mañana

vieron salir de la casa a un técnico en calderas. Me pareció raro porque no estamos en época de revisiones.

—Lo llamé yo porque variaba la temperatura del agua caliente, nada de nada, era un poco de suciedad en los quemadores y me dijo que era porque el gas viene con impurezas. Además, ¿qué puede tener que ver el técnico con lo de las pistolas?

—¿Yo te dije que eran pistolas?

—Sí, me lo dijiste tú. Me dijiste que faltaban dos pistolas automáticas.

—Y dos cajas de munición.

—No, eso no me lo dijiste.

Durante más de dos horas había estado echando un sueñecito plácido, como si el haber puesto su problema en manos de Nello Fuller, y de Pep Carmona Fux por extensión, le diera tranquilidad como para alejarse del epicentro. Fuller tenía, o fingía, un aire paternal que resultaba reconfortante. Mientras se desperezaba pensó en los muchos años que había estado solo, sin poner sus asuntos en discusión con nadie.

Una señal interior, inexplicable, o un acto reflejo, le llevó a sacar de las estanterías un libro: «Caminos» de José Luis Escario y Nuñez del Pino, edición de 1956. Era sorprendente que estuviera en lo que había sido una librería no especializada. Antes de abrirlo memorizó:

—Es el tomo segundo: firmes de carreteras y aeropuertos, servicios auxiliares del camino. Explotación.

Comenzó a leer: «Realizada la explanación, no está terminado el camino: para que el tráfico pueda utilizarlo, es preciso construir la superestructura necesaria y suficiente a fin de que aquél pueda circular, en todo tiempo, en condiciones de comodidad (rodadura suave), economía (reducido consumo de gasolina y pequeño desgaste del vehículo) y seguridad (coeficiente de rozamiento por rotación conveniente)....» Este segundo tomo comenzaba en la página 529 y terminaba en la 1095, incluidos los copiosos índices. ¿Cuánto tardaría en volver a leerlo? Se trataba de un texto antiguo pero no del todo obsoleto. Recordó que algunas de las preocupaciones de Escario y Nuñez del Pino no eran más que una traducción contemporánea de dilemas y problemas muchas veces solucionados por los artesanos de Babilonia y Roma. En aquellas ciudades de calles enlosadas estaba el germen. *De las preocupaciones actuales, aunque es difícil que aquéllos supieran algo de la carga estática por rueda.* Era difícil, aunque sí sabían o intuían que el espesor del borde debía ser igual a 1,5 veces el espesor del centro, principio aplicado con naturalidad, por ya sabido, *en la puta obra que,* en el tramo en el que Julio Antúnes trabajaba, o había estado trabajando hasta hacía muy poco tiempo. ¿Volvería a sus construcciones? Ahora no podía saberlo: era un hombre disfrazado de fontanero que llevaba una caja de herramientas cuyo contenido estaba destinado a causar la muerte de otras personas. *Herramientas para una nueva vida.*

—Herramientas para una nueva vida —le dijo al libro.

La idea le dio una incomprensible alegría. ¿Él, Julio Antúnes, un matón? Le parecía sencillamente imposible y sin embargo todo lo estaba conduciendo hacia esa nueva actividad. ¿Sería lucrativa? Sin dudas ¿Qué se preguntaba?

*Necesariamente debe fundamentarse en una teoría o una experiencia.* No era posible que existieran textos específicos, salvo quizás alguna extravagancia inglesa. Sí había innumerables novelas donde se relataban las peripecias de los asesinos a sueldo, y noticias de crónica y sucesos que hablaban de las bondades de un oficio bien hecho. Porque, quizá lo hubiera leído en uno de esos textos aventados, sabía que la Beretta 7,65 era un arma perfecta; si cabían dudas, no bastaba más que contemplar la terminación del objeto y el ingenio con que había sido concebido su mecanismo. Era un arma como un ascensor: hecha para no fallar nunca. En cuanto a la Browning, llamaba la atención su refinamiento; pistola para mujer fatal, cromada y con empuñadura de madreperla. El calibre 6,35 tenía un impacto de penetración excepcional, pero solamente a distancias cortas. Sería, es decir era, ideal para disparar a quemarropa. Imaginó al intruso con la ropa quemada y una parte de su ser sorprendida por el origen de la laceración y la otra apabullada ante la certeza de que la ropa, efectivamente, se le estaba quemando. *Como Gardel en*

*Medellín.* Una quemazón interna producida por el metal incandescente y una externa que tenía su origen en las llamas. Un verdadero incendio personal. Gritaría: «¿Es que el pelotudo de Antúnes es capaz de hacerme esto? Si lo conozco desde hace más de veinte años... entonces quiere decir que no lo conozco, como dice él, me equivoqué de sujeto. Será algún otro que lleva su mismo nombre ridículo, pero ya es tarde para rectificar ¡Muero en el error!» Julio dispararía otra vez, pero ahora en la cara, porque querría borrar esas expresiones, como cuando se quiere olvidar un sueño donde se ha estado a punto de perder la vida. La máscara del intruso era la de la muerte, y por eso muerto estaría en su lugar. Leyó: «El problema de proyectar la dosificación más conveniente de un hormigón, es problema que por tener varias variables..» El texto chirriaba: el problema es problema y las varias variables. ¿Comenzaría por el intruso o por Mono? Tal vez por la alemana del teléfono, sí, después se ocuparía de Mono y por último le quemaría la ropa y la cara al intruso; primero la ropa para darle la oportunidad de la sorpresa y después la cara para quitársela. ¿Quemaría una bala dentro de la carne?, y si quemaba, ¿como qué quemaba: como una patata caliente? Alguna vez había tragado cosas ardientes y sentido la laceración de los órganos, pero nada comparado con una bala, cuyo efecto debía de ser una combinación entre roturas, traumatismos y quemazones.

*Quiero hacer sufrir a ese hijo de puta, que me las pague sufriendo.* Pensó que pensaba objetivamente. Le dedicaría el sufrimiento del intruso a Gloria D'amico, ya ida, encerrada en su castillo. *El beso: generosidad, hospitalidad, cordialidad. Hospitalidad de la entrepierna. Que se vaya al mismísimo carajo.* Ella había pertenecido al mundo de sus apetencias tranquilas.

*Voy a cambiarme el nombre.* Quizás adoptara el nombre del autor del libro, José Luis Escario, poniendo en reserva lo de «y Nuñez del Pino». *Eliminaciones físicas limpias, pulcritud garantizada, somos enemigos de las manchas de sangre y de los espectáculos truculentos.* Aseguraría discreción absoluta, la misma virtud anunciada por su actual protector y que parecía ser condición *sine qua non* para ejercer el noble oficio.

Mono. Lo engañaría, le haría creer que se encontraba en estado de indefensión y cuando se aproximara con sus desplazamientos paquidérmicos le destrozaría las manos a tiros con la Browning 6,35; una vez de rodillas, perplejo y blando, le pegaría un tiro en la nuca, anunciándoselo, tal como había leído que hacían en China. Sólo faltaría el público, pero le bastaba con la satisfacción personal. ¿Sentiría el ya verificado, alarmante e inconfesable cosquilleo en el escroto? Esta vez sería un sentimiento legítimo, una nueva forma de placer más inocente que intenso en una vida que, hasta el presente, se había dignado en ofrecerle pocas.

La alemana del teléfono. ¿Le acompañaría Fuller? No, decididamente el investigador no estaría dispuesto a participar en una venganza; era un hombre objetivo y pragmático, casi un científico; él mismo había aclarado que trabajaba en la periferia pero no en los márgenes. Nello Fuller serviría solamente como elemento de localización de fallos en el firme, esos factores que tan acertadamente enumeraba y explicaba Escario en el segundo tomo de «Caminos», dejando espacio inconsciente al ingenio y la iniciativa del vengador. A la alemana le dispararía simultáneamente con las dos pistolas: un tiro en la boca y otro en el oído derecho si no era zurda; cambiaría la forma de los instrumentos propios usados por ella para amenazarlo por teléfono. *Trágate esto, alemana de mierda, para que en el más allá te busqués unos patrones un poco más serios, que sepan velar por tu seguridad de vaca lechera.* ¿Sería blanca lechosa o rosa cerdito? A lo mejor hasta estaba buena, incluso mejor que Gloria D'amico. Antes de pegarle los dos tiros le rompería el culo cuidándose de que para ella significara el más abyecto de los dolores teutónicos. ¡Ningún placer para la alemana! *Te voy a romper el culo.*

El mono de fontanero era un camuflaje práctico, ni que buscado a propósito; la ropa de trabajo admite manchas, pero evitaría ensuciarse de sangre ni de nada.

Su vida no cambiaría, siempre había sido un solitario.

Dejó el libro en el estante y volvió a ser un hombre acosado. Esta vez era el encierro.

Necesitaba saciarse.

Hacerlo ya.

Con manos temblorosas abrió la puerta del local abandonado y salió a la calle sin prudencia. Era de noche y no muy lejos vio el anuncio luminoso de una cerveza. Un bar abierto. Corrió hacia la señal de luz pero pasados unos segundos moderó el paso porque las armas chocaban entre sí y contra las paredes internas de la caja de herramientas. Eran su seguro de vida, tenían que estar intactas.

Entró en el bar fingiendo tranquilidad y pidió que le hicieran un paquete con diez sandwiches. No había otros bares abiertos como para hacer un recorrido sinuoso y simulador; iba a comérselos en la calle.

La voz del camarero le recordó su propia voz.

—¿Mucho trabajo?

—Ya ve.

—¿A estas horas? Será una avería grande. Cuente, cuente.

—No, no es una avería grande, para nada...

—¿Cuántos operarios?

—Cinco.

—¿De beber qué le pongo?

—Nada. Ya tenemos.

—De eso siempre se trae.

Un temblor inconsulto e incontrolable se había apoderado de sus tobillos y tuvo que sostenerse en la barra cuando desde la cocina pasaron el envoltorio con los diez sandwiches; era un paquete pulcro, casi primoroso. Una mujer gorda sonreía de entre las ollas, sudaba.

Pagó y se fue sin saludar. ¿Llegaría al refugio o se vería obligado a empezar antes?

Cuando llegó ya se había tragado tres sandwiches, casi sin masticarlos. Faltaba mucho para que se presentaran los primeros síntomas del rechazo: ¿sería a los cinco, a los siete, o es que llegaría a los diez y no le bastaría?

¿Habría un inodoro donde vomitar?

Pep Carmona Fux miró el reloj: habían pasado veinticinco minutos desde la llamada de Fuller. Podía abrir, su jefe lo estaba protegiendo desde algún escondite próximo. Observó por la mirilla: una cara sonriente y caballuna lo contemplaba desde el otro lado de la puerta. Detrás podía adivinar la sombra de otra persona. No sin nostalgia pensó que estaría más seguro en posesión de un arma. Suspiró, el jefe podría hacer la vista gorda de vez en cuando, pero las reglas eran de acero:

—Como que te pesquen con una pipa en el cinturón, volverás al zoológico.

Colocó la cadena y entreabrió.

—Hola, ¿está el señor Antúnes?

—Está fuera de la ciudad. No está.

—¿Tiene idea de dónde puedo localizarlo?, necesito hablar urgentemente con él por un asunto de familia, un asunto grave. Noticias de su país que tengo que transmitirle.

Aunque no estaba dotado para las especulaciones, porque ésa era una de las especialidades del señor Fuller, Pep sospechó que el cuento de Antúnes, o la parte del cuento que le había llegado a través de su jefe, era una patraña, y que ese señor pálido y con aspecto inofensivo era en realidad un pariente o un emisario de la familia.

—No, no tengo idea, pero si quiere dejarme el mensaje se lo transmitiré cuando me llame, ¿qué le parece?

—Me parece muy bien —dijo amablemente el otro—, permítame una birome que se lo escribo.

—¿Una qué?

—Un bolígrafo, y un papel que tampoco tengo.

Alguien que pedía un bolígrafo y un papel no podía ser mala persona. Además, el tono de voz del hombre no se parecía al del que lo había insultado por teléfono. Y por otra parte, aunque se tratara del mismo dueño de las dos voces, el jefe le había dicho que abriera, que estaría cubriéndolo desde la sombra; eso había dicho: desde la sombra.

Abrió.

La verdadera sombra era la del hombre que acompañaba al más pequeño. Casi no pasaba por la puerta y si chocara contra el marco lo arrancaría de cuajo. Pep nunca había visto algo de semejante envergadura. Tensó los músculos instintivamente, pero el gigante parecía pacífico, al menos su mirada estaba colmada de dulzura y despiste. Mientras el pequeño habló, se limitó a contemplar con curiosidad las paredes vacías y las cajas apiladas.

—¿Usted es amigo de Julito? —preguntó el pequeño con gentileza.

—No, trabajo para él, soy su empleado. Espere que le busco el bolígrafo y el papel.

Había estado curioseando en los cajones de Antúnes. Trajo papel y un lápiz de mina extraíble.

—¿Me puedo sentar aquí, sí? Muchas gracias. Veamos, uhmmm...

Se puso a escribir. Lo hacía con concentración y cada tanto apartaba la mirada del papel, demostrando que reflexionaba.

Pep miró al otro; seguía de pie, aparentemente ausente y aburrido, pero cuando advirtió que era observado sonrió y afirmó con un gesto de la cabeza, como queriendo transmitir que todo estaba bien, que el bajito sabía lo que hacía. Tanta complicidad dio a Pep la idea de que esa montaña humana no sabía leer ni escribir, y que su aspecto imponente era el parapeto de una gran simplicidad de espíritu. Grande como él mismo era, aunque su envergadura no resistiera comparación con la del otro, tuvo un sentimiento de solidaridad corporativa. Quizás en un enfrentamiento pudiera vencer al iletrado, no por fuerza, sino por rapidez.

El otro hombre seguía escribiendo. Se interrumpió para formular una pregunta:

—¿Está seguro, quiero decir, segurísimo de no saber adónde podemos localizar a Julio?

—Estoy seguro, señor. No sé dónde está.

El pequeño mostró un cambio sutil de talante. Ahora de su sonrisa se filtraba un poco de malicia, como si estuviera pensando «vamos, picarón, lo sabes y no me lo quieres decir».

Terminó de escribir, miró el papel como si hubiera hecho un dibujo y le gustara y se lo extendió a Pep.

—A ver qué le parece.

La letra era cuidada y menuda: «Querido primo Julio: aquí hay un pelutudo que quiere hacernos tragar que no sabe adónde te metiste. No te vamos a hacer nada porque veinte años de cariño no pueden borrarse de un plumazo, pero te pido que la próxima vez pongas a uno que sea un poco menos gil que este melonazo puro músculo y nada de materia gris. Se le nota a la legua que es un aprendiz de pesado, un lumpenazo de quinta categoría a un punto del descenso.»

—Qué tal, ¿digo la verdad o no?

Pep se preguntó dónde estaría Fuller. Quizás en la entrada trasera que daba a la cocina desde el patio. O en el piso de arriba después de haber accedido desde la misma cocina. O dentro de un armario. Necesitaba de su presencia.

El presunto analfabeto había separado sus piernas de coloso de Rodas y Pep evaluó sus posibilidades instintivamente: un golpe en las pelotas y un giro rapidísimo hacia el pequeño, que seguramente tendría una pistola. Pero, ¿por qué toda esa comedia de escribirle una carta a Julio Antúnes? Habían logrado confundirlo.

Dijo vacilante:

—Si lo que quería era decirme eso, ¿por qué, o sea, se está quedando conmigo?

—Aquí a Mono y a mí nos gusta la diversión. Sabemos que tu jefe va a volver tarde o temprano y pensamos quedarnos a esperarlo.

El grandote se alejó dos pasos, sabedor de que peligraba su virilidad. El pequeño sacó la pistola y Pep no percibió el movimiento.

Entonces supo que eran profesionales.

—Ahora estáte quieto, con la piernas bien separadas y las manitos en la nuca, que Mono va a proceder al manoseo. Adelante, Mono.

Pep obedeció mansamente, sabía que Fuller acabaría con aquello de un momento a otro. Mono lo cacheó con delicadeza y rapidez; cuando terminó se retiró a su segundo plano y dijo:

—Nada.

—Muy bien —dijo el pequeño—, así me gusta, nos vas a hacer más fácil el trabajo. Bien, bien, bien, te voy a hacer las preguntas por orden y me las vas a contestar en el mismo orden, no te va a ser difícil: ¿Quién sos? ¿Cómo te llamás? ¿Por qué estás aquí? ¿Cuándo y para qué te contrató Antúnes? ¿Adónde está, cuándo va a volver y qué cosas te contó? —El hombre sonrió abiertamente, parecía causarle gracia su propio formulario.

Aunque el don de la memoria le permitiría responder a las preguntas en orden y con precisión, prefirió guardar silencio y rogar «Señor Fuller, ¿a qué está esperando?»

—Mono, el bolas de humo este se quedó mudo, ¿qué te parece si le damos una ayudita?

Mono dijo que sí con la cabeza.

Invirtiendo el orden que había imaginado, Pep lanzó una patada rapidísima hacia la mano del hombre armado. El pequeño aulló y la pistola voló por la sala hasta caer detrás del único sillón.

Antes de recibir el primer puñetazo de Mono, Pep ya sabía que Fuller no estaba en la casa. El impacto fue tremendo, nunca le habían dado algo así. Cayó de culo y se golpeó la espalda contra una de las cajas. Mono le dio una patada en la planta de un pie y Pep echó mano de un cenicero y lo arrojó a la cabeza del monstruo.

Había centrado el blanco pero era inútil.

Aparentemente repuesto, el pequeño había recuperado la pistola y la sostenía laxamente con las dos manos. Se había sentado en el sillón y contemplaba la pelea. No había ninguna tensión en él: estaba completamente seguro de que su sicario acabaría con el empleado de Antúnes.

Pep se irguió como un resorte, se abalanzó sobre Mono y le colocó dos puños rápidos y certeros en la mandíbula. Fue como dárselos a una puerta de roble.

Mono sangraba y sonreía y el otro había empezado a reírse a carcajadas: lo hacía con un disfrute genuino.

Pep arremetió de nuevo. Dos golpes: uno al estómago y otro al plexo solar, pero ya carecía de convicción y empezó a hacerse a la idea de que sólo Mike Tyson podría acabar con el rinoceronte, no sin antes un trabajo de desgaste y ablandamiento.

Se sintió perdido pero tomó distancia de nuevo, como para medir la situación.

Mono miró al jefe y éste le dijo que sí con una caída de ojos. Se abalanzó sobre Pep, quien en un último esfuerzo de voluntad trató de darle un golpe fulminante, pero el brazo no le obedeció. Tenía un tendón desgarrado. A Mono le bastaron dos bofetones de la misma mano, del derecho y del revés para que Pep se derrumbara.

Sintió ganas de llorar; eran los mismos golpes que acostumbraba dar el director del asilo de huérfanos. Una vez se los dio cuando tenía diez años, entonces no lloró pero cayó de rodillas ante la autoridad.

El pequeño habló declamando:

—Bien, esto ha sido solamente el preámbulo y sirve para que contestés a la primera pregunta: ¿cómo te llamás?

Pep no respondió.

—Como ya habrás podido comprobarlo en carne propia, no tenés ninguna posibilidad de resistencia: sé razonable, boludo, no le ensuciemos la alfombra al señor Antúnes.

Pep le lanzó un escupitajo a la cara. Vio que el chorro era sangre. El otro sacó un pañuelo de algodón con parsimonia y se limpió.

—Mal, mal. Elegistes el peor camino y entonces te anticipo que al final del tratamiento vas a recibir un tiro en la nariz. ¿Sabías que hasta hoy eras un lindo muchacho, lo que se dice un buen mozo? Podrías haber elegido otro oficio con esa pinta de macho que tenés. Yo en tu lugar me lo hubiera pensado, bueno: no perdamos el tiempo en piropos. A ver Monito, si lo hacemos entrar en razones de una vez.

¿Qué podía haberle pasado al señor Fuller? Antes de que comenzara su calvario, a Pep se le reavivó la gratitud hacia quien había sabido sacarlo de un destino monótono dándole trabajo, seguridad social, vacaciones y pagas extraordinarias; ¿habría sufrido un accidente, el pobre?

Mono empezó a pegarle con saña.

En el hotel la situación había entrado en la normalidad. En menos de veinticuatro horas la planta quemada había sido sellada, los olores del incendio eliminados del resto del edificio, y las manchas negras, debidas al humo, borradas con pinturas de secado rápido. Ochenta y cuatro personas (todos hombres) trabajaron en la recomposición del establecimiento. Los huéspedes fueron indemnizados, aun aquellos que no sufrieron daños materiales. La compañía aseguradora estaba calculando con celeridad el alcance económico del siniestro: pagaría hasta el último céntimo. Aseguradora y hotel eran miembros de la misma sociedad de sociedades y, en virtud de una extraña e incomprensible ecuación, ambos saldrían ganando. La pura magia del dinero, algo que ni siquiera Gloria D'amico, con todas sus capacidades, comprendía; no estaba dotada de las virtudes que permiten activar las finanzas, ése era el territorio de su marido.

Para los medios de comunicación locales, Francesc Cordach i Claris era un personaje misterioso al que se llegaban a atribuir capacidades agoreras y pericias adivinatorias y hasta curativas. Toda vez que se referían a él, lo colocaban como protagonista de un enigma o centro de una pregunta sin respuesta: «¿Es Francesc Cordach quien realmente mueve los hilos de PROFENASA?»; o haciendo un guiño a la supuesta sagacidad de los lectores: «¿Quién es el artífice de la fusión entre PRODEME y la Inmobiliaria St. Jaume?» Hasta era patrón involuntario de un neologismo en forma de verbo: cordachizar, que significaba interrelacionar con el fin de acumular poder. Los partidos de izquierda y los sindicatos lo atacaban sin pruebas para acusarlo de nada, los otros le temían, y había uno que apoyaba cariñosamente la cabeza en su hombro. Gloria se preguntaba si era cierto, y cómo podía ser posible que su marido tejiera tantas tramas si, aparte de ser un inválido, casi nunca salía de su casa.

No había ingenuidad en las preguntas porque, además de sedentario, Francesc era un ser reservado y distante. Tenía, eso sí, personas de confianza que vigilaban y, hasta donde les estaba permitido, controlaban una parte de sus negocios. Uno de ellos, aunque sólo el más a la vista, era Oriol Domènech.

—Bueno, señora, comenzamos una nueva etapa.

A Gloria, Domènech siempre le había caído indigesto. Los modales untuosos del hombre de confianza, su don de ubicuidad y control absoluto de las emociones, si es que las tenía, hacían que le recordara a un batracio. No caben dudas de que Domènech compartía con aquella rama del reino animal la sangre fría, la tendencia a moverse a saltos, los ojos de huevo y hasta la sonrisa falsa, habitual en las ranas adultas. Era un trabajador infatigable y su discreción, erigida en virtud, hacía que nadie del hotel supiese nada de su vida privada ¿Estaba casado, tenía hijos, cuánto ganaba? Su nómina era depositada en una entidad bancaria mediante un trámite financiero al parecer automático, y no figuraba en los presupuestos del hotel. A fines contables e impositivos, Oriol Domènech no existía. Hasta el momento presente había llevado cuenta de las finanzas, ahora lo haría todo, salvo esa imprecisa representación adjudicada a Gloria por su marido.

Oriol Domènech tendría el poder absoluto, menos el de disponer sobre la presencia o no de Gloria en el hotel. Ella seguía siendo la directora.

Gloria estaba revisando los papeles: evaluación de daños, seguros, reparación, presupuesto. Levantó la vista y no respondió. Volvió a posarla en los papeles.

—No debe preocuparse de nada, señora, le aseguro que conduciré las gestiones de la empresa como usted misma.

—¿Está seguro de saber cómo los llevo, quiero decir, cómo los llevaba yo?

—Por supuesto, querida señora, este establecimiento mejoró sensiblemente su rendimiento desde que usted lo dirige, señora Cordach. Entre otras cosas logró algo que antes no se había conseguido: figurar en las más prestigiosas guías internacionales como albergue recomendado —Domènech tomó aire— para personas de alto standing. Yo creo, es decir, nosotros creemos que...

Gloria tapó los papeles con una carpeta.

—¿Nosotros quiénes?

—Es un modo empresarial de expresarlo. Creo que su experiencia en relaciones públicas y política de imagen, querida doctora...

—Aquí los abogados no son doctores.

—... querida señora, le ha hecho mucho bien a este hotel. Desafortunadamente ha ocurrido lo ocurrido, y quizá nos dañe un poco, pero ya verá como en poco tiempo volveremos a tener en nuestras manos el liderazgo del sector. Por ahora tendremos que resignarnos a que la competencia ocupe nuestro lugar, es decir, el lugar de la planta quemada —aquí Domènech pretendió reírse de su chiste. Tenía una risita incolora y sin volumen.

Gloria encendió un cigarrillo, dio dos caladas y miró al hombre.

—¿Y usted qué piensa del incendio, por qué pudo haberse producido? —le preguntó en plena consciencia de que evitaría comprometerse con opiniones.

Domènech se miró las uñas, suspiró, se pasó los dedos por las sienes y organizó su respuesta:

—Las investigaciones de la policía conducen a un huésped que no respondió a una citación rutinaria y que no ha sido visto en sus lugares habituales desde que se produjo el siniestro.

—Le he pedido su opinión, no que me tradujera la de la policía.

—No puedo arriesgar ninguna opinión, señora. Como usted comprenderá, se trata de un asunto muy delicado.

—Opiniones sobre asuntos muy delicados son las que cabe esperar de personas que asumen responsabilidades como las que usted tendrá desde ahora, ¿no le parece?

—Me limito a la información que tenemos.

—¿Y cuál es?

—Un huésped, el señor Julio Antúnes, extranjero pero con permiso de residencia en el país, perdón, en el estado. Ese señor es el único de los huéspedes citados que no respondió a los requerimientos que con toda cortesía se le han hecho.

—Usted sabe perfectamente que el señor Antúnes no es sólo un huésped sino un cliente habitual del hotel. Además, ¿qué motivos podía tener el señor Antúnes para ponerle fuego al hotel, a menos que se haya vuelto loco de repente? Da toda la impresión de ser una persona equilibrada.

—No nos corresponde preguntárselo.

—Dígame, Domènech: ¿la policía le preguntó a usted algo referente al señor Antúnes?

—Naturalmente.

—¿Y usted qué dijo?

—Nada más que lo que sabía, que es lo mismo que consta en los registros: que solía alojarse dos o tres veces por semana, por las tardes, y que quizás alguna noche no terminaba de usar nuestras instalaciones, retirándose antes de la hora de dormir.

—¿Y no pensó que a la policía podría resultarle extraño ese comportamiento del señor Antúnes?

—No. No pensé que podría resultarles extraño, porque algunos ejecutivos tienen por costumbre usar el hotel para un descanso de pocas horas. Me limité a contestar lo que me preguntaron.

Ahora no se miraban. Gloria apagó el cigarrillo y se puso de pie. Domènech se quedó sentado.

—Vamos a ver señor Domènech, hay algo que quiero que quede claro: soy consciente de que a partir de ahora el hotel será suyo. Con él señor Cordach ya lo hemos hablado, pero hay una parte, una partícula que todavía me pertenece, aunque sea algo tan impreciso como la «representación». Es poco pero usted sabe tan bien como yo que la famosa representación tiene algo de verdadero: son los contactos con el exterior. Cualquier declaración que deba hacerse en nombre de la empresa, salvo que haya un mandato judicial de por medio, se hará en mi presencia y con mi consentimiento. Usted conduce pero yo soy la directora.

—Nunca lo he puesto en duda.

—Y además quiero recordarle que entre nuestros objetivos está el de cuidar de nuestros clientes, y el señor Antúnes es un cliente habitual. Esto es un negocio, no lo olvide. Nada más, Domènech, puede irse.

—Señora, me retiro pero antes le quisiera aclarar algo: nuestro objetivo es efectivamente cuidar de nuestros clientes, pero no está escrito en ninguna parte que debamos cuidar de sus amantes.

Gloria avanzó hacia el hombre.

—¿Qué quiere decir?

Domènech retrocedió un par de pasos. Sonrió.

—Que por delicadeza y discreción nunca le insinué que estaba al tanto de sus encuentros con el citado cliente, y que llegó el momento de prevenirla que será mejor que guarde su lugar.

La mujer parecía reflexionar. Domènech siguió hablando:

—Por otra parte quiero aclararle que no tiene nada que temer, que no le he mencionado estos hechos a la policía ni los he comentado con nadie.

Ella recuperó la entereza.

—Muy amable de su parte. Vea: no le voy a ocultar lo que usted ya sabe, sus canales habrá tenido para averiguarlo, debí haberlo supuesto desde un principio, con lo poco que lo conozco. Muy bien, ahora me toca hacerle la pregunta de rigor.

—¿Qué pregunta?

—La que se hace en estos casos: ¿qué quiere?

—No quiero nada más que lo que ya tengo, y además quiero que no se interponga, que no me incordie.

—¿Y qué puede pasar si me interpongo e incordio, como usted dice? —preguntó Gloria con sorna.

—Que vaya a la policía y les dé un dato que me había olvidado, y además que se lo cuente todo a su marido. Le juro que esto último lo haría con el mayor de los pesares, porque el señor Cordach es una persona por la que guardo mucha estima.

—¿Estima? ¿Dice que estima a mi marido? No creo que usted estime a nadie, más bien está interesado en ocupar su lugar alguna vez; pero me parece que le va a resultar difícil: su estimado amo es mucho más que un pequeño arribista, es una persona dotada de inteligencia y una suspicacia que usted ni siquiera sabe que existe. Además, para ocupar su lugar, también tendría que conseguirme a mí, y eso, lamentablemente, lo veo más que difícil.

—Señora, no se meta en complicaciones , ¿es que no puede guardar la compostura?

—No me es fácil, por la sencilla razón de su asquerosa presencia.

Oriol Domènech sonrió:

—Si comenzamos con los insultos, yo también puedo ofenderla mucho. Me bastará con aclararle todo lo que sé de usted y ponerla al tanto de algunos detalles que usted considera íntimos y sobre todo, al menos hasta ahora, secretos.

—Bien, empiece. Estoy preparada.


—¿Y ahora qué hacemos, don?

Los dos hombres estaban de pie, junto al cadáver de Pep Carmona Fux.

—Sí, mirá, lo sentamos en el sillón, nos rajamos y esperamos a que la cana descubra el fiambre por el tufo, me parece lo mejor —dijo el más pequeño, mientras se convencía de lo contrario: no era lo mejor que podían hacer.

El otro respondió mecánicamente:

—Sí, don.

El pequeño siguió hablando, era evidente que no escuchaba al grandote y que pensaba en voz alta:

—El único problema es la moto. Es que alguien pudo haberla visto en la puerta, ¿no te parece? Alguien nos pudo haber visto cuando entrábamos. Sí, los problemas son dos: la moto y nosotros. Yo por ahí paso desapercibido, al fin y al cabo soy un tipo bajito pero normal, pero vos...

—¿Yo qué?, mi oficial principal.

—¿Cuántas veces te tengo que repetir que aquí no soy más tu oficial principal, Mono, ni vos el sargento Correa? Aquí somos solamente dos tipos cualquiera, dos personas con otros nombres y sin títulos... A ver si lo entendés de una vez para siempre, pedazo de animal.

—Sí, don.

—Sí, señor. Eso es lo que tenés que decirme.

—Sí, señor.

Mientras por enésima vez ponía en claro la fórmula de tratamiento que debía usar para con él el ex sargento Eleuterio Correa, alias Mono, de la policía federal de su país de origen, el ex oficial principal Mirco Korda, del mismo cuerpo de seguridad, había estado pensando en cuál sería la mejor forma de quitarse de enmedio a su ayudante. Su corpulencia excepcional, durante muchos años imprescindible en el trabajo en común, y hasta para la incolumidad de Korda, estaba empezando a ser nada más que un engorro.

—Sí, sí, sí, sí, sí, se me está ocurriendo una idea interesante, pero vamos a tener que desprendernos de tu fierro. No te preocupés porque mañana mismo te consigo otro. Mirá Mono: ponéle la pistola en la mano al boludo ése, así, bien hecho, como para hacerles tragar que era un cómplice del otro, del Antúnes.

La explicación ofrecida por Korda, deliberadamente oscura, no impidió que Mono obedeciera sin vacilar.

—¿Así, don?, digo, señor.

—Muy bien, así, bien agarradita. Ahora cerráme bien todas las persianas porque vamos a resucitarlo para que la dispare, ¿qué te parece, Mono?

A Mono no le parecía nada porque no entendía lo que quería hacer su jefe. Cerró todas las persianas mientras Korda permanecía al lado del cadáver, preparando la supuesta escena simulada.

Mono lo observó con la boca entreabierta.

Korda tenía su mano sobre la mano muerta de Pep. El dedo sobre el dedo que se apoyaba en el gatillo.

—¿Qué te parece, está bien?

—Sí, señor, usted sabe lo que hace.

—Así me gusta, Mono. Ahora ponéte ahí —le hizo una indicación con la cabeza—, no sea cosa que te meta un plomo.

«Ahí» estaba exactamente en la línea de tiro.

Korda apretó el índice inerte de Pep. La bala se incrustó en el pecho de Mono.

El gigante no se movió. Más que dolor, su cara expresaba perplejidad.

Korda volvió a disparar valiéndose del dedo de Pep. Esta segunda bala se metió en el cuello de Mono. El ex sargento cayó fulminado.

El segundo proyectil había sido ascendente y en su salida atravesó el cerebro de la víctima. Mono tenía los ojos abiertos.

Korda se puso en el lugar de la policía: los disparos los hizo el empleado de Antúnes después de recibir una paliza. ¿Quién es el gigante? No se sabrá nunca. Como Korda y en el mismo avión, había entrado en el país con documentación falsa que después fue destruida y sustituida por otra. Mono no era nadie. Dos amigos de Julio Antúnes se habían matado mutuamente en su domicilio; cosas de delincuentes.

Ahora a Korda le tocaba esconderse, o al menos desaparecer durante un tiempo. Lo ocurrido no estaba entre sus planes, pero al bestia de Mono se le había ido la mano con el tipo ese. Sí, lo mejor era esfumarse. Si algún vecino los había visto llegar en la moto, es que veía doble, porque Mono llegó solo. Korda sabía que su figura no era de fácil descripción.

Abrió la mirilla de la puerta de calle. Dos personas se aproximaban a la casa de Antúnes: una mujer alta y un poco aindiada y un hombre que caminaba saltando sobre un pie. Tenía el otro pie vendado y parecía estar sufriendo.

Tendría que escapar por la parte trasera.

Corrió hacia la cocina y antes de salir al patio escuchó el ruido de una llave que giraba en la cerradura. Esa gente tenía acceso a la casa. Si lo veían se vería obligado a enviarlos a hacerles compañía a Mono y el empleado de Antúnes, pero más explosiones serían peligrosas.

Saltó al jardín de la casa de al lado y se encontró con un espectáculo desconcertante: dos hombres jóvenes, completamente desnudos, se masturbaban mutuamente y se besaban en la boca.

Supo que no lo denunciarían.

—Perdón señores, soy un chorizo; si me permiten salir.

Los jóvenes se cubrieron con unas toallas y le señalaron la puerta aterrorizados. En su euforia amatoria se habían olvidado de quitarse los relojes y los calcetines.

Una vez en la calle vio que el hombre cojo y la mujer aindiada habían entrado en la casa de Antúnes dejando la puerta entreabierta. Ya estaba en la esquina cuando oyó un grito de mujer. Era el anuncio del descubrimiento de los cuerpos.

No tuvo prisa en llegar a la estación y mientras esperaba el tren compró un periódico. La noticia estaba en primera página, la policía relacionaba el incendio del hotel con la muerte de dos de sus agentes en una carretera provincial. El autor de ambos delitos sería, según todos los indicios, un peligroso lunático extranjero de nombre Julio Antúnes, de treinta y nueve años, ingeniero en caminos. «La policía especula sobre la posibilidad de que el sospechoso haya sufrido un brote de enajenación mental, ante la ausencia de motivos directos para la comisión de los delitos que se le imputan.» Korda advirtió complacido que el asunto de la mujer no lo mencionaban ni lo insinuaban de ninguna manera. Los ricos sabían cuidarse.

Se acomodó en el fondo de un vagón y pensó en el sargento Correa. Lamentó que no estuviera allí, como a quien de repente le falta una pared con la que está acostumbrado a hablar. Como las paredes, Mono no dialogaba y, sobre todo, no juzgaba; a diferencia de ellas, sabía obedecer. Habían estado juntos durante quince años. Lo conoció cuando él todavía era un oficial joven; era la primera época de la «guerra contra la subversión» y él era un experto en interrogatorios: el sargento Correa fue su ayudante desde entonces. Más tarde, la «organización» los contrató como mano de obra especializada. Interrogaron a más de mil individuos, la mitad de ellos mujeres. A Correa le gustaba mucho trabajar con «hembras» porque si les sacaba la información el jefe se las daba como premio. En el arte del secuestro de personas también fueron verdaderos maestros: en menos de diez segundos ya tenían al candidato dentro del coche, maniatado y encapuchado, y Mono comenzaba con la primera parte del tratamiento. Cuando llegaban al lugar de la entrega de la mercancía, muchos «paquetes» ya habían dicho todo lo que sabían y algunos hasta lo que sospechaban. Si el secuestro era en el propio domicilio del candidato, tenían barra libre con sus pertenencias materiales; no era robo, se decía, total no volvería a verlas. Después de tres años de trabajo ya habían hecho una fortuna; Korda administraba el capital de Correa y éste obedecía y creía. La sociedad obtuvo dividendos hasta que el trabajo de ambos no fue necesario y el país que lo promovió y fomentó decidió fingir que nunca nadie lo había practicado. Tuvieron que emigrar.

Ahora se había amodorrado por el movimiento del tren y pensaba en que él no era un torturador; nunca había puesto las manos encima de un detenido y le repugnaba la idea de tocar un cuerpo maniatado. Él había sido un interrogador que se valía de las manos de otro hombre: el sargento Correa. Ahora Mono no estaba. Comenzaría a pensar en una reconversión. Siempre supo que tarde o temprano ocurriría.

Si Julio Antúnes lo encontraba, no tendría más remedio que defenderse con el arma... «¡Qué pelotudez! —pensó—, si a ése lo conozco bien y no es capaz de aplastar una hormiga.»

Estaba tan tranquilo que hasta se permitió un sueño corto pero profundo. Se despertó cuando el tren arrancaba de la estación de Las Platas, donde había logrado despistar a Antúnes dándole al taquillero un papel verde donde había escrito el nombre de una localidad a la que decía querer viajar.

Volvió a dormirse y en la penúltima estación, mientras estiraba las piernas con placer, se acordó otra vez de Mono. Habían tenido que entregar sus respectivos capitales a cambio de los pasaportes y los billetes.

Llegados al país no tenían contactos ni dinero, pero supieron ganarse poco a poco la confianza de un ambiente naturalmente reacio.

—Pero nosotros no tenemos ambiente, Mono, acordate siempre de eso, ningún ambiente. —Recordó que le había dicho a Correa como quien, en algún rincón poco favorecido de su consciencia, vuelve a dialogar con alguien que por haber muerto se ha transformado en una pérdida irreparable, pero que en vida era poco más que un estorbo necesario.

Cuando bajó del tren ya había olvidado que él era el autor de la muerte de su ayudante y se puso a pensar en el otro, el que estaba en la casa de Antúnes. «Un blandengue, tres sopapos, nada más que tres sopapos del pobre Mono le bastaron para que se abriera el cráneo como una cáscara de huevo. Un flan con crema... Y el muy hijo de puta tuvo tiempo como para pegarle dos tiros a Mono.»

Subió por la escalera mecánica contemplando los glúteos de una mujer bien formada pero fea de cara.

—No se puede tener todo en la vida.

Acababa de mirarse en el espejo y le había sido difícil reconocerse. Tenía una barba de varios días.

—¿Cuántos?

Estaba demacrado y legañoso, y todavía no había podido superar el asco por sí mismo. Después de la crisis se había dormido y despertado con la sensación de que algo caliente y sinuoso pasaba sobre su cuerpo. Dio un salto: era una rata. El animal lo miró como diciéndole «éste es mi lugar, es mejor que te vayas»; después se retiró sin prisas ni temor. Echó mano de la Browning 6,35 pero se dijo que un disparo podría escucharse desde la calle.

Por el ruido del tráfico dedujo que era de día.

¿Qué pasaba con Fuller, por qué no se hacía presente?

Sonó un teléfono. Pensó que era en un local aledaño, pero era allí mismo, una prolongación de la línea del despacho del detective.

Estaba en un armario empotrado. Levantó el auricular pero no dijo nada.

—¿Antúnes?

No respondió.

—Antúnes, soy Fuller, puede hablar sin miedo.

La voz era la del investigador pero su cautela le indicó que tenía un acento fácil de imitar. La voz continuó:

—Entiendo su desconfianza, pero el problema consiste en que si no oigo su voz, no hablaré. Han ocurrido algunas cosas... —La voz había usado las mismas palabras que Gloria cuando le comunicó que había sido visitada por el intruso.

—Está bien, hable.

—Me alegra que haya tomado esas precauciones —ahora la voz de Fuller no podía pertenecer más que a su dueño—, escúcheme bien: no se mueva de donde está. Si no se siente bien puede subir a mi despacho, pero no abra la puerta ni conteste el teléfono. Cuando llame yo dejaré sonar tres veces, cortaré, volveré a llamar y esta vez lo haré sonar dos veces, la tercera será la verdadera pero igualmente descuelgue el tubo y no responda, como ha hecho ahora, hasta que yo le formule preguntas, ¿me he explicado bien?

—Sí, muy bien. Ahora cuénteme qué pasó.

Hubo una pausa. Seguramente Fuller estaba tratando de ordenar el discurso. Finalmente habló:

—En su casa hay dos muertos y, desgraciadamente, uno es mi ayudante. El otro es uno de sus perseguidores, no el que dice que le conoce sino el otro, el más corpulento. Todo indica que el pobre Pep mató al otro después de recibir una paliza fenomenal, ya le digo, todo lo indica, pero yo sé que no fue así.

Julio guardó silencio. No entendía nada.

—Mire, escuche bien: quiero decir que Pep no tenía pistola...

—¿Qué... qué quiere decir?

—Que Pep, mi ayudante, no tenía pistola, y que después de haber recibido la paliza que le dieron, porque tiene el cráneo fracturado, no podía estar en condiciones de apoderarse del arma del otro. Es un montaje, no sé si me entiende bien, una engañifa bastante burda para despistar a la policía y de paso comprometerle a usted.

—¿A mí?

—Sí, a usted. Casi le puedo contar cómo ocurrieron los hechos: el otro hombre, el que está atormentándole a usted, usó la mano de Pep para disparar contra su cómplice. Fue él porque a su casa entraron los dos. He tenido la ocasión de verle la cara, aunque no de cerca. No pude llegar en ayuda del pobre Pep porque sufrí un inoportuno accidente: fui víctima de la costumbre...

—¿Qué me está contando, Fuller? Todo esto es un delirio...

—Efectivamente. Su amigo de hace veinte años es un loco furioso, un verdadero psicópata.

—No es mi amigo, ya sabe.

—Para el caso es igual. Es una especie de asesino vocacional. Tenga mucho cuidado, señor Antúnes, préstame atención y haga caso de lo que le digo: es indispensable que no salga ni por un momento, ni abra la puerta ni atienda el teléfono, salvo que…

—Ya me lo dijo.

—Ya sé que se lo he dicho, pero es mejor repetírselo. Como no entiendo las motivaciones que pueda tener ese sujeto para actuar como está actuando, lo más sano es imaginar lo peor y tomar las precauciones correspondientes, ¿no le parece?

Julio tomó aire y cogió la Browning.

—Estoy armado, no se preocupe.

—Eso no me lo había dicho —el tono de Fuller había cambiado.

—No lo consideré necesario. Ahora se lo digo porque a lo mejor voy a tener que usarlas.

—A lo peor. ¿Ha dicho usarlas?

—Tengo dos pistolas.

Fuller hizo una pausa.

—Cálmese y siga mis consejos, ¿vale? —parecía alarmado, continuó como para sí—, vaya, vaya, dos pistolas.

—Está bien. ¿Cuándo piensa venir?

—Lo antes que pueda, sólo que estoy imposibilitado de caminar. Ya le he contado que sufrí un accidente inoportuno: tengo un dedo del pie fracturado.

Cortó sin despedirse.

Desubicadamente Julio se preguntó si el detective había fumado mientras hablaba con él. Los hechos se habían complicado en modo extraordinario pero no estaba asustado. Estas dos muertes legitimaban aún más su intención de pegarle un par de tiros al intruso.

¿La intención de matar a alguien él? Si solamente había sido una fantasía, la expresión íntima de un deseo.

No. Ahora era una intención.

¿Saldría a buscarlo o esperaría a que viniera? No vendría a menos que Pep Carmona Fux hubiese confesado cuál era su escondite. Pero si venía, mejor, lo liquidaría apenas abriera la puerta.

Por el momento seguiría el consejo de Fuller y permanecería en el local no obstante las mudas insinuaciones de la rata. La pequeña fiera no se había mostrado demasiado hostil, era sólo un peligro menor entre tantos otros: ahora, además, había un doble asesinato cometido en su domicilio. Si en el momento en que entró en el despacho de Fuller le hubiesen insinuado que algo semejante podría ocurrir, hubiera dado media vuelta, incrédulo como un pueblerino. Pero los muertos ya eran cuatro, dos de ellos policías.

La policía. ¿En qué punto estaría la investigación. Habrían ya relacionado el incendio con la muerte de los dos agentes? El temible Mora bien podría ser capaz de sacar conclusiones inteligentes... aunque equivocadas. No, la lógica y la verdad no siempre circulaban por el mismo camino, *no obstante la indiscutible integridad de las carreteras rectas y la irrefutable curvatura de los desvíos.*

*Yo era un ingeniero, un constructor de vías de comunicación entre la gente.*

¿Cómo iría a ser su nueva vida? Volvió a mirarse en el espejo: simplemente se trataba de otro hombre, ni mejor ni peor; esa certeza no lo atemorizó. Vestido así, y con una barba de varios días, hasta al intruso le sería difícil reconocerlo. El mejor escudo era la experiencia: en pocos días (¿o eran sólo horas?) había protagonizado más acontecimientos significativos que en toda su vida anterior, cuando llamarse Julio Antúnes no era un peligro.

Cogió el libro de la estantería. Recorrió las páginas con rapidez y sospechó que no sabría de qué hablaba. Se detuvo en el índice: conceptos como asfalto fluidificado, solubilidad del sulfuro, esfuerzos de compactación o drenaje O.B.R. no le significaron nada. Era como si nunca hubiera tenido que utilizarlos. No los había conocido ni había oído hablar de ellos.

Por alguna razón poco clara, se sintió feliz.


—Hannelore, hay que irse.

—¿Qué tices que hay que irse, ya?

—Andá preparando las cosas, hay que tomarse el raje, dale, movéte, ¿querés?

—¿Qué tices que terminaste, querido?

—Sí, terminé. Qué querés que te diga: las cosas no salieron todo lo bien que hubiera querido.

—¿Y Correa, tonde está? —preguntó ella, que pronunciaba mal algunas consonantes porque era austríaca.

—Kaput, se nos fue al cielo.

—¿Lo mataste tú, Mirquito?

—Yo u otro. No importa, lo mataron las balas y kaput, ya no está entre nosotros. Mejor: ya no nos servía para nada.

—¿Y la moto?

—Abandonada. No iba a venir con la moto, boluda, si sabés que no sé manejarla.

—Perro si vale como dos millionen, la hubiéramos podido vender y sacar algo.

—Ya tenemos guita, dale, prepará las cosas y salgamos a tomar aire. Apuráte porque se va a pudrir todo y no tengo ganas de encerronas.

—¿Y tonde vamos a ir ahora?

—Fuera, fuera. A tu país o a Italia.

—¿A mi país?


—Es un hombre de unos cuarenta años, pálido, con dientes grandes, bajo, no mide más de uno sesenta y cinco y pesará menos de sesenta kilos. Va acompañado de una mujer rubia y alta, de su misma edad. Tiene los pechos muy grandes, sin sostén y lleva vendas en las pantorrillas: tiene varices.

—¿Y dónde...?

—Eso es materia suya, pero daré una pista a ver si se despeja un poco: son personas habituadas a cruzar fronteras. Él es un inmigrante clandestino, completamente ilegal: entró en el estado en compañía de otro, el gigantón ese que usted me ha dicho que encontraron con dos balazos. Él tuvo que escaparse de su país por diferentes delitos y creo que la conoció aquí, no me pregunte cómo ni cuándo porque no lo sé. Ponga vigilancia en las fronteras, aunque creo que si se espabila tendrá suerte y podrá cogerlos en la pensión donde viven, ¿no le parece?

—¿Usted puede facilitarme la dirección?

—Claro, ya se la daré. Pero antes quiero anticiparle que el hombre podría tratar de desembarazarse de la mujer.

—¿Desembarazarse de ella?

—Una vez obtenidos los datos sobre el paradero de un capital que han ahorrado en sociedad, o de otro capital, vaya usted a saber. Lo más probable es que se trate de una cuenta corriente en Suiza o Andorra, pero de esto no puedo estar seguro, es solamente una suposición que me dicta la lógica.

—De acuerdo, trataré de pescarlos.

—Vamos a ver si nos entendemos. De «trataré», nada de nada. Me los pesca sí o sí, como que tiene usted una posición que podría perder con sólo una llamada telefónica. No sé si he sido claro.

—Creo que entiendo, sí, señor. Me parece que entiendo perfectamente.

—Entonces apunte la dirección.

# 4

# CABEZAZO

Reneé Ordaz, heredera involuntaria de un magnate del estaño, era una persona discreta. Cumplidos los treinta años supo que figuraba en el testamento de su tío y a los treinta y tres, después de la muerte de aquél, recibió una solemne notificación notarial donde constaba que la herencia era de tres millones, docientos cuarenta y seis mil dólares, cifra que desde hacía mucho tiempo, aún en vida del magnate, estaba colocada en un banco de Ginebra a un interés y una movilidad convenida directamente por el benefactor. Reneé no tenía urgencias de representación y le horrorizaba figurar en la lista de las herederas medianamente ricas del mundo. Gastaba el diez por ciento de los intereses que le rendía su capital y con eso vivía, según pensaba, dos veces por encima de sus necesidades reales.

Reneé era historiadora. Un par de veces al año viajaba a Inglaterra o Estados Unidos para consultar bibliotecas; la mayor parte del tiempo se encerraba a trabajar sobre el tema que la mantenía ocupada desde que terminara sus estudios académicos en una universidad inglesa: el descubrimiento de los metales preciosos en las culturas precolombinas de América, los aspectos de su utilización práctica por las poblaciones autóctonas y los orígenes y posterior desarrollo de la deificación de algunos de ellos. También indagaba, a modo de complemento emocional, sobre el impacto que tuvo la irrupción europea en la relación de las civilizaciones indígenas con el oro y la plata.

Vivía sola. Había tenido su última relación sentimental cuando estudiaba, a los veinticinco años, pero el hombre era un vivillo misteriosamente informado de algunos detalles del testamento de su tío y como la ambición se dejaba ver entre los recovecos de la alabanza y las gentilezas latinas, Reneé lo dejó aplacando su necesidad de amor con el estudio de los metales que brillan.

No tenía objetos de oro o plata, usaba un reloj digital de plástico negro, era moderadamente vegetariana y se masturbaba todos los días más o menos a la misma hora, un poco más temprano en invierno.

Un chalet adosado en un barrio nuevo y anónimo de St. Cufate, en la periferia de una ciudad mediterránea donde sólo hablaban su idioma a regañadientes y no conocía a nadie, era el mejor lugar que una persona como Reneé Ordaz pudo haber elegido para vivir. No estaba relacionada con ninguno de sus vecinos, aunque tampoco le parecía que ellos lo estuvieran entre sí. Al único que reconocería si lo viera en otro lugar sería al hombre solitario de la casa de enfrente. Nunca se habían saludado pero ella lo contemplaba por la ventana, lo veía entrar y salir. No tenía intención de hablarle ni darse a conocer; el suyo era un juego privado de amistad silenciosa y en una sola dirección.

Hasta que ese hombre maduro y también extranjero aceptó su ayuda, nunca nadie, aparte de ella misma, había entrado en su hogar. El hombre tenía fracturado un pie.

Su huésped se comportó con integridad, era una persona educada. Reneé le limpió el pie, le dio dos cápsulas de un analgésico potente, le colocó unas tablillas sirviéndose de dos espátulas de madera para cocina china ajustadas con una venda, le preparó café y cuando estaba por llamar a una ambulancia escuchó con consternación lo que le decía el herido:

—Señora, se lo agradezco mucho pero, por favor, antes de llamar a nadie acompáñeme a la casa de enfrente: hay un hombre en peligro.

Entonces se oyeron dos detonaciones apagadas pero nítidas. Eran dos disparos.

El hombre rogó:

—¡Por favor, acompáñeme!

—¿Es el señor que vive enfrente?

—No, no, ya le explicaré. Haga el favor.

El hombre se incorporó con vigor, sosteniéndose en el pie sano y apoyó un brazo en el hombro de Reneé. Ella se estremeció: hacía muchos años que ningún hombre la tocaba.

—Ahora caminemos. Le agradezco mucho todo esto que está haciendo por mí, y quiero disculparme por las molestias. Pero... bueno, ya me explicaré.

Cruzaron la calle con lentitud. El hombre no estaba habituado a saltar sobre un pie. Al llegar a la puerta del vecino sacó una llave del bolsillo y abrió.

Ella preguntó sorprendida:

—¿Tiene llave?

—Sí. El señor Antúnes me la dio. Trabajo para él.

Aunque la situación era inhabitual, en ningún momento Reneé pensó que podía tratarse de un montaje para raptarla. El manual de herederas desamparadas hubiera aconsejado un repliegue táctico, pero Reneé no lo hizo.

La casa olía a azufre. Aunque trató de evitarlo, Reneé gritó. Era la primera vez en su vida que se permitía una expresión de ese volumen.

Había un hombre muerto sentado en un sillón; tenía una pistola en la mano y la cara tumefacta. En el suelo había otro, una especie de gigante informe con los ojos abiertos, una perforación en el pecho y otra en el cuello; por la expresión de la boca podría pensarse que en el momento de morir estaba recordando algo gracioso.

La sangre había salpicado las paredes y el suelo. El decorado de la escena parecía de teatro de aficionados: gran cantidad de cajas de cartón cerradas y precintadas.

Reneé pudo contener un segundo grito. Su huésped fracturado estaba apoyado en el pie sano frente al cadáver sentado. Los ojos se le habían humedecido. Reneé se apresuró a sostenerlo otra vez.

—Perdóneme —dijo—, perdí el control.

—Perdóneme usted —dijo el hombre con voz apagada—, este muchacho era amigo mío.


—¿Quién le habla?
—Etchenique. Julio Etchenique.
—Un momento, por favor.
Gloria tardó más de dos minutos en ponerse.
—Sí, señor Etchenique, soy la señora D'amico, por favor déjeme un número adonde pueda llamarle más tarde —hizo una pausa larga—, en este momento no puedo hablar con usted.
La conversación podía estar siendo escuchada por un tercer oído.
—Va a ser difícil, es que estoy en una cabina y... un momento por favor. —Pensó que era improbable que alguien hubiera pinchado el teléfono de Fuller. Le dio el número—: Puede llamarme durante todo el día.
—Gracias, señor Etchenique. —Sí, Gloria suponía que alguien estaba escuchándola—. De todas formas le adelanto que las plazas para los finlandeses no podré confirmárselas hasta la semana próxima. Se habrá enterado que tuvimos un incendio en el edificio.
—Sí, me he enterado, lo siento mucho. —Julio se obligaba a seguir el juego.
—Gracias, no pasó de ser un percance. En fin, le llamaré apenas sepa algo; si no fuera posible en el Emperador, negociaremos el alojamiento en otro hotel, no se preocupe, gracias.
—Gracias a usted, espero su llamada.
Cortaron al mismo tiempo. La farsa había durado más de la cuenta ¿Quién podía estar vigilando a Gloria? Evidentemente no era la policía, sino no le hubiera pedido un número que podía ser intervenido en pocos minutos. Entonces era alguien de dentro del hotel. Sí, el señor Cordach tendría su red de espionaje, y tal como estaban las cosas, cualquiera podía ser sospechoso, hasta su mujer.
Decidió no pensar más en el asunto y esperar.
Alguien lo estaba mirando.

No es que los ojos de la rata albergaran más hostilidad que curiosidad, pero lo cierto es que era una rata y debía pesar cerca de dos kilos. Estaba en la puerta del pasadizo, inmóvil, como dando a entender que si Julio tenía intención de entrar, antes debería pedirle permiso.

Hizo un sonido con la garganta.

—Scuik.

Se irguió sobre los cuartos traseros y colocó las manitas en posición de defensa, agitándolas frenéticamente. Al menor movimiento que Julio hiciera hacia ella, le saltaría al cuello.

En ese local cerrado y polvoriento, la rata era dueña y señora y había sido perturbada en su intimidad. Se estremeció.

—Scuik, scuik.

La rata puso en tensión las patas. Sus dientes eran amarillentos y se les notaba el filo desde lejos. Julio dio un paso hacia atrás lentamente y cogió una de las pistolas a ciegas y con la misma lentitud que se tiene debajo del agua. Por suerte era la Browning. Tenía una bala en la recámara y no serían necesarios más que dos movimientos para disparar: montar el martillo y apretar la cola del disparador. Facilísimo... para quien estuviera acostumbrado. Además había que apuntar...

¡Y acertar! La rata era un blanco pequeño, estaba a más de tres metros y Julio no había disparado con una pistola desde la época del servicio militar.

Comenzó a sonar el teléfono. Fuller o Gloria. Si era el detective se interrumpiría al tercer timbrazo. Sonó en continuidad: era ella.

No podía levantar el tubo sin ser atacado por la pequeña fiera. El teléfono estaba exactamente arriba de la amenaza.

Apuntó. La rata se movió hacia él. Ahora chillaba sin parar.

El teléfono seguía sonando. Sería un desastre que Gloria desistiera.

—¡Bruta bestia hija de puta!

La rata chillaba devolviendo el insulto. Se diría que entendía, las ratas son muy inteligentes. Julio apuntó sosteniendo el arma con una sola mano y cerrando el ojo izquierdo.

La rata volvió a apoyarse sobre los cuartos traseros, dispuesta a dar el salto letal.

Julio disparó.

El estampido le produjo un silbido agudo y lacerante en los oídos. La rata yacía a sus pies con medio cuerpo deshecho. Gemía débilmente y mostraba los dientes manchados de sangre. El gemido parecía el lamento de un bebé afiebrado.

El teléfono no dejaba de sonar pero Julio no se atrevía a pasar al lado de esa cosa agonizante pero todavía peligrosa. Volvió a disparar. La rata se quedó inmóvil junto a su zapato izquierdo.

Saltó por encima de la carroña y se precipitó hacia el teléfono.

—¿Sí?

—Soy Gloria, estoy en una cabina.

—Gloria, menos mal, ¿es que no puedes hablar desde tu despacho, te escuchan las llamadas o algo así?

—Puede ser, lo hago por si las moscas. Es posible que me escuchen ¿Adónde estás?

—Muy cerca del hotel. Necesito verte y que hablemos —miró los despojos de la rata—: hay complicaciones, quiero decirte que hay más complicaciones que las que había.

La voz de Gloria no disimuló la alarma.

—¿Qué quieres decir?, bueno, sí, ya sé: es mejor que lo hablemos personalmente.

Julio se quedó en silencio.

—¿Qué pasa? —preguntó ella.

—Estoy pensando que si puedo... —dudó—, bueno, mira: sobre el mismo bulevar, mano izquierda subiendo, verás un cartel que pone Nello Fuller.

—¿El detective privado?

—Sí, ¿lo conoces?

—No, pero vi mil veces el cartel y me acuerdo porque el nombre es raro, ¿estás en su despacho?

—Sí, te espero aquí. Es un lugar seguro, pero procura que no te vean entrar al edificio.

Cortó.

Abrió la puerta del pasadizo y encendió las luces. La hilera de bombillas escuálidas daba una idea engañosa de la longitud del túnel, haciendo que pareciera infinito. Antes de cerrar a sus espaldas pensó en la rata: lo que quedaba de su cuerpo se pudriría en el local abandonado; no sería la primera que moriría en esos encierros. No se había animado a tocar con la punta del pie una masa inerte que hasta pocos minutos antes, en vida, había sido un apremio. Gracias a la rata había tomado confianza con una de las pistolas. Sonrió. Ahora sabía que era capaz de disparar: la vida del intruso no era más valiosa que la de la primera víctima de su pulso firme. Lejos de hacerle desistir, el episodio había dado más fuerzas a su determinación de deshacerse del asesino del semblante pálido.

*Hace veinte años que no nos vemos... y no me verás más.*

A un lado de la puerta ya cerrada vio el grifo que le mencionara Fuller. Era muy grande, como de desagüe, o del tipo que los bomberos usaban antiguamente. Si el caudal correspondía al diámetro, el pasadizo podría hacerse intransitable en menos de diez minutos. *Muy inteligente. Un auténtico recurso de ingeniería de guerra.*

Empezó a caminar. Cuando llegó a la mitad del recorrido vio que no se distinguía ninguna de las dos salidas, como si el túnel careciera de extremos.

Empuñó la Beretta, montó el martillo y siguió caminando hasta que encontró la puerta de salida. Antes de cerrarla escuchó los chillidos de una, o quizá fueran dos ratas que corrían enloquecidas en su dirección. Los cuerpos chocaron contra la puerta cerrada.

Tenía una taquicardia agobiante y respiraba con dificultad. Solamente obligado por una necesidad extrema volvería a recorrer el pasadizo. Subió las escaleras de caracol y entró en el despacho de Fuller a través del armario simulado.

No había nadie, no sonaba el teléfono ni llamaban a la puerta, pero el lugar había disfrutado de la visita de personas tan curiosas como desordenadas.

Después de forzar la puerta sin sutilezas se habían dedicado a romper todo lo frágil. Quizá ni ellos mismos tuvieran una idea precisa de lo que buscaban. Era obvio que no habían sido ladrones.

Tendría que salir de allí apenas llamara Gloria.


Desde la ventana del salón de la casa de Reneé Ordaz, Fuller contempló la llegada de la policía. Él mismo la había llamado:

—Soy Fuller —dijo.

—¿Cómo? ¿Es que está de pie? —preguntó alegremente Mora.

—Estoy fenomenal, solamente me hace cosquillas cuando salto. Estoy esperando a que se me cure del todo para patear una cabeza que yo sé.

—No te pases, gilipollas —contestó Mora.

Él no se estaba pasando. Abandonó los circunloquios.

—En el domicilio de la persona que está buscando con tanto afán hay una sorpresa para usted. No me interrumpa. Lo que voy a decirle no es un favor personal sino un descargo para Julio Antúnes: el autor de los hechos es un...

—¿Hechos, qué hechos?

—No me interrumpa más. Es un hombre de unos cuarenta años, pálido, de aspecto débil pero sumamente peligroso. Tal vez se trate de un asesino maníaco, de los que empiezan pisando pies.

—Un momento, voy a tomar nota —Mora parecía no haber captado la alusión.

—Y yo seré gilipollas, pero no a tal extremo, especie de incompetente —respondió Fuller.

Colgó antes de que el inspector tuviera tiempo de localizar la llamada.

Le había contado toda la historia a Reneé Ordaz, guardándose el detalle de la relación de Julio Antúnes con Gloria D'amico. Era delicadeza para con la mujer y fidelidad a su cliente.

Ella parecía decidida a creerle. También quería ayudarlo. Tenía un coche y se ofrecía a llevarlo donde quisiera.

—Perdóneme por el grito, señor Fuller. Es que no estoy acostumbrada a ver muertos.

—Nadie se acostumbra, Reneé —Fuller adoptó aires doctorales mientras se palpaba los dolores reflejos en la rodilla—; el que diga que está habituado a espectáculos así es que está mintiendo. Yo mismo no grité porque me da vergüenza, pero le prometo que no me faltaron ganas. Pep era una buena persona, alguien que no tuvo suerte.

—¿Y ahora qué hará?

—Estoy ordenando el pensamiento. En primer lugar tengo que rescatar a mi cliente de una situación peligrosa. Pienso que a pesar de estar en el local abandonado que le describí...

—Sí. No entendí muy bien lo del local.

—Es natural. Lo entenderá una vez que lo vea. Es una escapatoria y un escondite; algo muy ingenioso que hicieron probablemente durante la guerra.

—A lo mejor lo hicieron después.

—Quizá después, ¿por qué no? Mucha gente tenía motivos como para esconderse. Como le estaba diciendo, aunque el señor Antúnes esté en el local, me parece que ese individuo puede encontrarlo, y si ocurriera ya no se trataría solamente de una molestia, como decir, psicológica, aunque no me guste nada usar ese término, sino que sencillamente irá a por él, querrá matarlo. Ahora Antúnes sabe demasiadas cosas sobre él, y a ese hombre, por alguna razón, se le ha ido la mano.

—Y usted, señor Fuller, ¿tiene alguna idea de cuál pudo ser la intención de ese hombre?; me refiero a la primera intención que tenía, cuando empezó a molestar al señor Antúnes con el argumento de que se conocían pero hacía veinte años que no se veían.

—No, Reneé. No hay una explicación lógica, emanada de la superficie de los hechos, porque aunque le hizo una serie de exigencias, como que se estuviera quieto, que no hiciera ningún movimiento en falso y otros requerimientos por el estilo, no le pidió nada en concreto. Como sabe tantas cosas de Antúnes no puede ignorar que no dispone de riquezas materiales. La casa en la que vive es de alquiler, aunque cara, es de alquiler. No tiene propiedades inmobiliarias ni un patrimonio que pudiera ser ambicionado por nadie. Ese hombre persigue algo inextricable, sí, algo... a no ser que...

—... que esté actuando a las órdenes de otro.

—¡Excelente!... ¡Ayyy!

—¿Qué ocurre, señor Fuller?

—Una punzada en el dedo, perdone. Volviendo a lo nuestro, la felicito: es la misma conclusión a que estaba llegando yo.

—Pero se encontrará o ya se encuentra con una dificultad adicional, algo que no cuadra totalmente: la argumentación que el... el hombre ese usa para presionar a mi vecino de enfrente, o sea, que hace veinte años que no se ven aunque el señor Antúnes se empeñe en no reconocerlo. Aquí surge un problema de incompatibilidades, como entre los metales que no pueden aliarse.

—No lo comprendo. Me refiero a lo último que ha dicho, lo de los metales que no se alían.

—Tonterías: una referencia a mi trabajo.

—¿Es usted joyera?

Ella rió sinceramente. Después se tapó la boca como si no fuera congruente la risa con la situación que estaba compartiendo con el hombre desconocido. Dijo:

—No, me dedico a la investigación histórica y estoy trabajando en... —se interrumpió—, pero no, ya se lo contaré más tarde si tenemos la ocasión. Como le estaba diciendo, si sostenemos la hipótesis de que el hombre trabaja para otro u otros, y a la vez usa la argumentación que usa, es posible, ¿por qué no?, deducir que el supuesto otro, u otros, también conocían al señor Antúnes desde hace veinte años, ¿no le parece razonable?

Fuller suspiró.

—Me parece interesante, pero el propio señor Antúnes sostiene, mejor dicho, afirma que no tiene ni la más mínima idea de quién puede ser el individuo, y parece una persona lo suficientemente equilibrada como para mantener un control más o menos normal sobre su memoria. Dice que no hay oscuridades en su pasado; asegura no tener cuentas pendientes con nadie. Yo mismo, en algún momento consideré la posibilidad de que estuviera sufriendo de una amnesia parcial, pero después decidí desestimarla.

—¿Por qué?

—Muchos años en el oficio o confianza en mí mismo, llámelo como quiera. Usted pensará que soy un poco vanidoso, pero simplemente deduje que si Antúnes guardaba algo en su memoria o desmemoria, no hubiera acudido a mí. Hay ciertas pulsiones interiores que empujan a las personas y las obligan a poner en evidencia sus problemas, si tienen la más mínima consciencia de tenerlos. Una amnesia anterior, en otra época de su vida, bien podría servirle a mi cliente como referencia de la que yo pretendía que estaba sufriendo en la actualidad, no recordando al hombre que afirma conocerlo; la constatación de un estado amnésico previo podría servirle como dato para este nuevo olvido, pero no: definitivamente Julio Antúnes no conoce a ese hombre.

—Pero no hemos tenido, perdón, usted no ha tenido en cuenta a la otra persona.

—Inclúyase, por favor, me hace ilusión.

—Gracias. Hasta ahora lo hemos visto como a un arquetipo, como a algo fijo e inamovible, eterno y soberano. No sabemos nada de él, salvo que se manifiesta con violencia...

—¡Ay!

—¿Le duele mucho?

—Lo necesario pero no lo suficiente. Perdone y siga, por favor.

—Lo siento mucho. Bueno, decía que sabemos que se manifiesta con violencia en un modo bastante caprichoso. Tenemos algunas opiniones formadas sobre su particular código de conducta, algunos indicios, pero no sabemos nada de él; entonces yo me hago otra pregunta: ¿no es posible que él sí conozca a mi vecino de enfrente y que Antúnes, como él mismo afirma, no lo conozca a él? En tal caso nos hallaríamos frente a una dinámica muy particular de la verdad, donde el sentido relativo de los hechos cobraría un protagonismo insólito, algo no calculado, un producto de la casualidad, si quiere.

—Es posible —dijo secamente Fuller. Había empezado a ponerse nervioso: estaba fumando el último cigarrillo que le quedaba y la perspectiva se le hacían intolerable.

Ella preguntó:

—¿Le ocurre algo? ¿Ha vuelto el dolor fuerte?

—No, no. Se aguanta perfectamente, tiene usted unas manos maravillosas... quise decir que me ha curado muy bien. Además tiene unas manos muy bonitas, no lo tome a mal.

Reneé se ruborizó. A continuación dijo algo que a Fuller le pareció poco menos que un milagro:

—¿Quiere que vaya a comprarle cigarrillos?

Pero antes que cupiera una respuesta, con toda seguridad temeraria, se oyó una sirena y una frenada con ruedas chirriantes: en la acera de enfrente cobraban cuerpo los seriales televisivos. Él mismo los había llamado.

—Ya están aquí. Le aseguro que lo que encontrarán es mucho más de lo que esperan; pobre Pep. Le juro que a Mora le gustan los muertos, pero esto va a ser demasiado para él.

Mora estaba saliendo del coche con falsa parsimonia. Un uniformado ya había entrado y salido de la casa y vomitaba sobre la tierra de un tiesto. El inspector lo miró con desprecio.

—Se hace el duro —comentó Fuller—, es un pusilánime pero tiene que mantener el tipo ante los suyos.

Otro policía, que se había quedado a custodiar la puerta, entró obedeciendo a los groseros requerimientos de su jefe. Inmediatamente salió y se puso a vomitar en el mismo tiesto que su compañero, dándole abono extra a una glicina.

El siguiente en entrar fue el propio Mora. Salió a continuación y le vociferó algo a un agente que se había quedado en el coche. Con la calle de por medio su frialdad parecía impresionante, pero Fuller sabía que el cuerpo del inspector estaba bañado por un sudor frío y repelente. Su máscara se descompondría apenas tuviera la oportunidad de transformar la aprensión en cólera.

Fuller tuvo otro pensamiento de gratitud y compasión hacia quien había sido su ayudante: ¿le apetecería a Mora pisar los pies de los cadáveres? Rogó que no lo hiciera con los que fueron de Pep.

Llegó otro coche patrulla precediendo a una ambulancia.

—Vendrán a preguntar. No los haga pasar. Dígales, si le parece, que usted no ha visto ni oído nada. Es riesgoso porque cualquier otro vecino pudo haberla visto cuando me ayudaba, o cuando entramos y salimos de la casa de Antúnes. Aunque, para decirle la verdad, en esos momentos eché un vistazo general y no vi movimiento de cortinas; esto es el Sahara.

—Todavía es un barrio dormitorio. En general no hay nadie a estas horas. Por supuesto que les diré que no sé nada, porque la verdad es que no sé nada.

Fuller sonrió complacido.

—Se lo agradezco mucho, y también gracias por el ofrecimiento para comprarme cigarrillos. Usted me gusta, ¿está dispuesta a ayudarme?

Reneé volvió a ruborizarse y, aunque no pensaba en un altar, dijo:

—Sí, quiero.

—No se preocupe de nada —dijo Fuller, y agregó en modo extravagante—: nadie nos ve, los dos somos extranjeros.

Sonó el timbre y rompió la intimidad. Los de Mora ya habían comenzado a hurgar en las inmediaciones.

Con gracia y naturalidad Reneé se dirigió al recibidor, cerró la puerta que daba a la sala y abrió la de calle. Fuller se sentía razonablemente seguro: a no ser que la empujaran, esa mujercita no los dejaría pasar del zaguán; según la ley vigente hasta ese momento, no estaba obligada a hacerlo. Tampoco sospecharían de ella, ¿qué motivos podía tener para ocultar la verdad? El pensamiento de Mora era unidireccional. «Por esa razón él es policía y Fuller un investigador privado —pensó el detective en primera persona—; él sabe para quién trabaja y qué tiene que defender, Nello tiene que averiguarlo cada vez.»

Se oyeron voces. Venían del recibidor pero Fuller no distinguió las palabras. La de timbre estridente era la del inspector. Por un instante sintió miedo de que en un arrebato de entusiasmo el policía tuviera la tentación de masacrarle un pie a la chica. Pero Mora no era tonto, nunca perdía el control ante desconocidos.

No trató de adivinar de qué estaban hablando. Ya podía suponerlo.

Se permitió un desvío: esa mujer le gustaba. ¿Cuánto tiempo había estado solo?: siempre, casi siempre, intermitentemente, mal acompañado, equivocado. Pese a la muerte de Pep y al dolor del pie, se había sentido atraído por Reneé. Llegó a pensar: «Si se queda conmigo, dejo de fumar. O mejor, dejo de fumar hasta que demuestre interés y después vuelvo a dejar de fumar. Yo puedo dejar de fumar cuando quiera». Sabía que esto último era una falsedad, pero cuando se trataba de este argumento no se escatimaba mentiras.

Ahora, por los sonidos se notaba que Mora había entrado en la etapa de la intimidación. Dentro de medio minuto comenzaría a gritar como un energúmeno. Pero Fuller no quería oír, aunque se entendiera, porque ya conocía el contenido de la arenga, el orden de las obscenidades, el torpe arte de amedrentar que Mora pretendía saber conducir con palabras ajustadas a cada caso y, a veces, con manos exquisitas.

Gloria se presentó a las dos horas. Por todo saludo formuló una pregunta obvia:

—¿Qué pasó?

—No lo sé. Visitas, ya ves.

—Y tú, ¿dónde estabas?

Julio le contó su estadía en el escondite sin entrar en detalles. Era difícil de explicar, tuvo que mostrarle el acceso oculto en el fondo del armario. Tampoco le habló de los tiros a la rata, ni de las otras ratas golpeándose contra la puerta.

—Tenemos poco tiempo —dijo con frialdad—, o te lo cuento todo y te vas tranquilamente, o me ayudas a salir de aquí y después veremos qué pasa.

Ella parecía ausente.

—¿Quién hizo los destrozos, el hombre ese?

—Puede ser, es lo más probable. Aunque si fue él, me da la impresión de que está en todas partes.

—¿No eran dos y una mujer, la que te amenazó por teléfono? Pudo haber sido cualquiera de los tres.

—De la mujer esa no volví a saber nada, y el otro, el que manejaba la moto, está muerto.

Gloria se tapó la boca, preguntó:

—¿Cómo muerto? ¿Quién lo mató?

Julio le contó todo lo que Fuller le había dicho por teléfono. Gloria estaba alarmada.

—Estás en peligro. Es peor de lo que imaginaba. Por un momento pensé que lo de los dos policías frente a mi casa podía ser el último acto de toda esta locura... me parece horroroso lo que está pasando... ¿Qué haremos, Julio? ¿Qué podemos hacer?

—Tu estás a salvo. Tu posición te inmuniza...

Ella casi gritó:

—No me inmuniza para nada. No te olvides que todo lo que ocurrió fue «alrededor» mío.

—Cálmate, por favor.

Ella le hizo caso.

—A veces pienso que ese hombre es dueño de una inteligencia maléfica. ¿Te acuerdas de lo que dijo de «rodear de amenazas»?, es exactamente lo que ha hecho conmigo. Nada me pasa directamente por encima, todo me roza, pero me lesiona. Mi marido se dio cuenta enseguida de la falta de las pistolas; es increíble con la cantidad de armas que tiene, ni que fuera todos los días a contarlas; lo cierto es que ocurrió. Creo que sospecha algo.

—¿Algo de qué?

—No estoy segura. También mencionó lo de la presencia de un técnico en calderas en casa; le pareció extraño que se hagan revisiones en esta época del año, y tiene razón.

—Pero no habrá pasado de ahí...

Gloria se pasó la mano por la frente.

—A raíz del incendio, o porque sí, me eximió de cualquier tarea de responsabilidad en el hotel, salvo la representación; es decir: me dejó con nada de nada. Puso a un personaje horrible que tiene como hombre de confianza, un tal Oriol Domènech... y ese hombre conoce tu existencia.

—¿Qué quieres decir?

—Que está perfectamente al tanto de nuestros encuentros, que tiene pruebas: probablemente conversaciones grabadas o hasta vídeos o fotos.

—¿Te chantajeó?

—No. Al menos no de modo clásico. Me dijo que si lo dejaba hacer su trabajo en paz y no interfería, no le haría llegar nada de eso a Francesc. No te imaginas lo asqueroso que es...

—Las cosas han cambiado —dijo Julio no sin melancolía.

—Sí, pero no te preocupes, no tienes la culpa. Ese Oriol Domènech ha estado trabajándose el puesto desde hace años; es la típica víbora ambiciosa y traidora.

—Entiendo. Tuvo la fortuna de encontrarse con una persona como tú, que ofrecía flancos débiles —comentó Julio con crueldad.

Gloria no pareció captarlo.

—Trabajaba para Francesc desde antes que yo asumiera la dirección del hotel. Estuvo en otras de sus empresas. He llegado a pensar que lo puso allí para vigilarme. Ahora sospecho de todo el mundo.

—Menos de mí —agregó él sin convicción.

—Menos de ti. Estás perdiendo tierra firme tanto o más que yo, ¿cómo podría desconfiar de ti?

—No sé. Hace poco me cortaste toda tu confianza. Tenías tus razones y comprendo que algo en mí te daba la sensación de egoísmo. Está bien: me gustaría contarte algunas cosas sobre mi persona, aunque creo que ya es demasiado tarde.

A Gloria le temblaba el labio inferior.

—No. No es demasiado tarde, pero estoy empezando a tener mucho miedo. Vámonos.

—¿Quieres decir que vas a ayudarme?

—Vamos a ayudarnos, Julio.

Ella se le acercó y lo besó. Fue un gesto fugaz, idéntico al que en el vestíbulo de la mansión él había considerado como un regalo.

No intentó abrazarla.

—No es conveniente que salgamos juntos, ¿qué te parece si usamos el famoso pasadizo secreto? —dijo Gloria, inconsciente de su temeridad.

Julio guardó silencio y se mordió los labios.

—¿Qué pasa, no dijiste que había una salida a la calle Blanes, la puerta de una librería abandonada?

No podía ocultárselo:

—Sí, sí, pero es... en fin: hay ratas y son agresivas.

—Peor es tu amigo de hace veinte años o quien sea que estuvo antes en este despacho.

Sonó el teléfono tres veces. Cortaron. Volvió a sonar dos veces. Cortaron. Empezó a sonar sin interrupción.

—Ése es Fuller, si contesto tendré que decirle que estoy por irme y que estás conmigo.

—Si no respondes, es que ya te fuiste. Te ibas a ir, ¿para qué vas a contestar?. Vámonos, por favor.

—A lo mejor tiene alguna novedad, no sé...

—No respondas. Salgamos.

Traspusieron la puerta falsa y comenzaron a bajar las escaleras de caracol. No había ruidos; la adversidad estaba royendo otros menesteres, o quizá procreando para volverse un ejército y terminar de una vez y para siempre con los invasores.

Llegaron al principio del pasadizo.

—¡Qué lugar espantoso! Y ese declive...

—No te agites: es un truco. Del otro lado hay una boca de agua por si te persigue alguien; se ahogaría en pocos minutos. Esperemos no tener que usarlo.

No ratas. No perseguidores. En el túnel solamente había el ruido de los pasos de ambos. Todo parecía tranquilo y el terror vivido por Julio apenas unas horas antes, se le antojaba sólo como un mal sueño. ¿Qué parte de todo aquello no lo era? Desde el principio hasta el final, aún incluyendo este viaje por las sombras en compañía de Gloria ( de quien había tratado de olvidarse sin conseguirlo).

La irrealidad se había apoderado de su ingenio, dando paso a una cadena de incertezas: ¿sería o ya era otro hombre?

Gloria caminaba detrás, en silencio. No dijo nada cuando sacó la Browning, montó el martillo y la dispuso como para que una de sus balas precediera los pasos que estaba dando hacia la supuesta salvación.

Llegaron a la entrada de la librería.

Julio susurró sin volverse:

—Hay una rata muerta. Le pegué dos tiros.

Cuando abrieron el local dos ratas enormes giraron sus cabezas hacia ellos y a continuación siguieron con su trabajo: devorar las entrañas de su congénere. No parecían molestas ni atemorizadas por la presencia de las dos personas. Julio y Gloria se quedaron de pie, mirándolas.

—Vámonos de una vez, tengo la sensación de que nunca podré salir de aquí —dijo Julio. Gritaba en un susurro.

Tendrían que pasar al lado de las comensales.

—No me animo —dijo Gloria—, no puedo, les tengo mucho miedo.

—Tápate los oídos.

Julio apuntó a la que estaba más cerca y disparó. El cuerpo del animal retrocedió de un salto y se estrelló contra la base de una estantería, abierto en dos.

Ahora el problema era la otra rata y ella lo sabía. Tal como lo había hecho su predecesora se irguió sobre los cuartos traseros y empezó a mover las patas delanteras, mostrando los dientes y chillando. Pero ésta era más grande, más rápida y no tenía dudas: había visto cómo moría su prima hermana y sabía que si no atacaba terminaría igual.

Gloria empezó a llorar.

La rata desvió sus ojos llameantes hacia la mujer y fue su perdición. Desde menos de un metro, Julio disparó dándole en una pata delantera. El animal se retrajo pero no interrumpió la práctica de un rito amenazante, programado para ocultar la vulnerabilidad: todavía estaba en condiciones de saltarle al cuello a su agresor, pero se sabía perdida. En un gesto que era la síntesis del horror y la soledad, separó las manitas como si ofreciera su pecho.

Julio disparó otra vez y la mató.

De entre los libros de una estantería apareció la cabecita de una tercera rata, pero de inmediato se escondió.

*Las ratas son muy inteligentes, como el tipo que me conoce desde...*

Julio bajó el martillo de la pistola, se la puso en un bolsillo del mono y cogió una mano de Gloria.

—Vamos. Ya pasó todo.

Ella se sopló los mocos.

—Vamos —repitió él—, ya pasó.

Salieron a la calle. Ya era de noche.

Un fontanero desastrado y una señora elegante harían una grupo excéntrico. Julio elaboró un plan de fuga.

—Ve tu adelante. No somos una pareja lógica.

Gloria obedeció. En la primera esquina le hizo una señal a un taxi. Julio corrió hacia ella y subieron al coche.


Mirco y Hannelore viajaban hacia la frontera en un Ford Escort robado; conducía ella. Mirco no entendía de motores y durante los últimos años su chófer había sido Mono. Recordó con nostalgia el Mercedes Benz color gris plomo que habían robado para que Julio Antúnes lo viera desde el tren. Fue nada más que un capricho, pero qué bien se lo había pasado Mono conduciéndolo; ahora evocaba en secreto la expresión infantil, el brillo de los ojos, la sonrisa de oligofrénico que se le colocaba en la boca toda vez que se veía abocado a un placer. La moto era de ellos, comprada al contado; no podían arriesgarse a andar siempre por ahí sobre cuatro ruedas pertenecientes a un desconocido.

—Despacio y tranquila. No van a pasar la denuncia a las unidades de carretera antes de seis horas. Estas cosas van siempre muy lentas. Y ahora para cruzar la frontera ya no piden más los papeles del coche, ni el seguro ni nada, vos tranquila, rubia, como si fueras una turista más, ¿qué te parece?

—Si yo estoy tranquila, muy tranquila, si no estuviera tranquila no estarría contigo.

—¿Qué me querés decir, rubia?

—Que no le tenco miedo a nada.

—¿Ni siquiera a mí? —preguntó Mirco con una sonrisa maliciosa.

—A ti un poco tenco. Perro en la cama se me pasa, no sé por qué va a ser.

—Así me gusta, que me tengas un poco de miedo. Es sano que la mujer tenga un poco de miedo.

Se quedaron en silencio. Una patrulla de la policía estaba pidiéndole los papeles a un motociclista. Cuando la perdieron de vista, Hannelore dijo:

—Ahora quierro hacerte una pregunta.

Mirco no dudó, miraba por la ventanilla.

—Mejor no me la hagas. O si me la hacés, mejor pensátela bien antes, porque ya sabés que no me gustan las insolencias.

—Erra solamente una curriosidad, parra saber algo que no sabía antes.

—¡Cuidado!

Ahora la estaba mirando.

—No, si no es nada, es solamente una pregunta. No te fas a enfadar por una preguntita de nada.

—Bueno. Pero hagamos un trato: te la contesto si vos me contestás otra.

—Fale, fale. ¿De verdad conoces a ese hombre, a herr Antúnez?

—Antúnes, con ese.

—¿De verdad conoces?

Mirco le puso un dedo detrás de la oreja y apretó. La mujer no se quejó, esperaba la respuesta. Él dijo:

—Y ahora yo te hago mi pregunta.

—Perro no me contestaste la mía.

Dejó de hacer presión con el dedo y empezó a jugar con el lóbulo.

—Te la contesto cuando me contestés la mía: ¿cuánta guita tenés y dónde está?

Hannelore se quedó en silencio. El hombre notó que apretaba el acelerador. En pocos segundos el coche estaba a ciento sesenta.

—¿Y... qué te parece mi pregunta?

La mujer siguió en silencio. Había empalidecido y tenía la boca entreabierta.

—¡Bajá la velocidad, pelotuda de mierda! Ahora lo único que nos falta es que nos pare la policía por exceso. ¡Vamos, bajá la velocidad, carajo!

Hannelore obedeció. El coche dio un sacudón y volvió a ponerse a ciento diez. Habló con un hilo de voz:

—No tenco dinerro. Era una mentira.

—¿Ah, sí? —preguntó Mirco con tranquilidad fingida—. Ya me lo suponía.

En realidad nunca había sospechado que no fuera verdad y ahora mismo pensaba que ella estaba ocultándoselo. Agregó con tono seductor:

—¿Qué es peor para vos, rubia, que te deje o que te mate? Porque si es cierto que no tenés esa guita, alguna de las dos cosas voy a hacer, no sé si me explico bien.

Ella lagrimeaba y empezó a hipar. Ahora había aflojado el pie y circulaban a menos de ochenta.

—Pará en el primer descanso, de esos que ponen «P» de puta. Esta conversación merece un poco de tranquilidad.

Ella afirmó con la cabeza. Unas babas blancas le pendían desde la nariz hasta el mentón.

Pararon en un descanso. Ya era de noche.

—Apagá las luces y salí del coche.

Hannelore obedeció. Mirco bajó los respaldos de los asientos delanteros, miró a la mujer y señaló el habitáculo.

—Desnudáte y metéte ahí.

Ella volvió a obedecer. Su expresión había cambiado, transitando de la congoja a una suerte de dicha esperanzada. Entre los dos gestos hizo acto de presencia otro que delataba una estupidez profunda.

Él expuso:

—Nunca me trabajé a nadie personalmente. Para eso lo tenía a Mono, y antes que Mono a otros como él. Me voy a inaugurar con vos.

—¿Qué estás ticiendo, Mirco? —preguntó ingenuamente la mujer. No había entendido lo que el hombre le explicaba.

Él se sentó a su lado y cerró la puerta. A continuación le dio una bofetada suave.

—Que te va a ser difícil resistirte. Que vas a cantar hasta los valses de Estráu. Que me vas a decir dónde mierda está la guita y cómo se saca. A ver si me explico bien: ¿cheque o tarjeta, o las dos cosas? —volvió a darle un bofetón, esta vez fuerte—. ¿Ahora entendés qué estoy diciendo, boluda?

—Perro Mirco, si lo que te he dicho es verdad, Mirco.

Y Mirco Korda empezó a torturar a la mujer que hasta la noche anterior había sido su amante. Lo hizo con frialdad y aunque no disponía de los instrumentos pertinentes, que en otros tiempos él había ordenado usar y que Mono manejaba con soltura, no sintió asco por el cuerpo que comenzaba lentamente a ceder, ni le sorprendió la constatación de que los alaridos fueran consecuencia directa de la acción de sus manos y no de sus órdenes. Mientras hacía el trabajo de retorcimientos, quemaduras, golpes y cortes, tuvo la sensación de haberse equivocado en épocas pasadas, sirviéndose de Mono y de otros. Aquello era lo suyo, y era cómodo y relativamente limpio.

Cuando la austríaca se desmayó, el animal macho que había en él tuvo una erección. Se bajó los pantalones sin quitárselos y penetró el cuerpo inerme. Mientras sus glándulas estallaban jubilosas y renovadas, la mujer se despertó de su letargo defensivo. Aún dentro de ella, jadeante y casi laxo, prosiguió con su tarea de extinción parcial.

Le dijo al oído con voz de cantante de boleros:

—Te voy a dejar viva y más o menos sana para que me llevés a la frontera. Después te voy a hacer mierda.

Ella gimió:

—No... no... no tenco ese dinerro... fue una mentirra... una mentirra para engancharte... te lo juro. Nunca fui nada, nada más que una sirvienta en Austria... y en Alemania, te lo juro, Mirco...

Mirco estalló en una carcajada y dijo:

—Y yo a ese hombre lo conozco tanto como no lo conozco. ¿Contestada la pregunta?

La mujer sonrió con vacuidad y después empezó a reírse abiertamente. Mirco tenía la risa contagiosa.


Nello Fuller y Reneé Ordaz, que daban la apariencia de ser amigos de toda la vida, o primos, bajaron del taxi frente al portal del edificio de la oficina del detective. Era de noche. El oído agudo y especializado de Fuller creyó captar disparos en alguna parte de la zona, dos detonaciones confundidas con el ruido de un tráfico que nunca menguaba ni menguaría. En un alarde de profesionalidad dirigido hacia sí mismo, en riguroso secreto, intuyó o casi tuvo la certeza de que el ruido de los disparos provenía del local abandonado. Temió que el maníaco hubiera encontrado a Antúnes, pero sabía que después de la muerte de los dos gigantones en casa de su cliente la impunidad le estaba dando la espalda, y la vida se le había puesto difícil y fuera de control. Si así estaban las cosas, no podía tratarse de él. Y si no era él, entonces, ¿quién? ¿O era que el falso fontanero se había dedicado a dispararle a las ratas? Lamentó no haberle advertido que en el local pululaban; fue un no ponerse en el lugar del otro: pero él no era latino, no les tenía miedo.

Aunque la presencia de la historiadora le infundía tranquilidad, no pudo disimular alguna sensación de urgencia.

Subían en el ascensor.

—Estoy en la cuarta planta, pero bajaremos un momento en la segunda, tengo que retirar algo —dijo Fuller, consciente de estarse haciendo el misterioso.

Bajaron en la segunda planta. Fuller señaló un panel de medidor de luz en la pared. Aunque usaban tres sustentos, los dos pies de Reneé y el pie sano de Fuller, iban bastante rápido, como si lo hubieran hecho toda la vida. Se apoyaba en el brazo de la mujer, tratando de descargar la menor cantidad de peso. De tan delicado y cuidadoso, ni siquiera parecía corpulento.

Reneé no preguntó.

Detrás del panel, oculta tras unos empalmes falsos, había una puertecita de metal que Fuller abrió con una llave de seguridad.

—No se asuste —dijo sombríamente.

—No me asusto. No se preocupe por mí.

La pistola era una SIG Sauer P226, 9 milímetros. Fuller también retiró los cargadores suplementarios y volvió a echarle llave al escondite.

—¿Tiene más cosas allí dentro?

—Otra arma y dinero, francos suizos. Es mi testamento y mi legado, aunque no tengo beneficiarios. Le voy a hacer una copia de la llave a usted, lo digo en serio.

Ella no contestó. Pero íntimamente se regocijó por estar ayudando a este hombre bromista y generoso. En secreto haría lo mismo: le dejaría sus tres millones doscientos cuarenta y seis mil dólares, una suma absurda y en crecimiento permanente. ¿Cuánto tendría ahora?

Volvieron al ascensor y subieron al despacho.

Había forzado la cerradura. Fuller sacó la SIG Sauer y entró primero, dando saltitos y apoyándose en la pared. Encendió la luz.

Era el caos.

Reneé se puso a su lado y lo ayudó a tenerse en pie. Se miraron.

—Me equivoqué —dijo el investigador—, al asesino le queda cuerda. Vino a buscarlo a Antúnes y se entretuvo con la decoración.

Ella agregó tímidamente:

—Yo creo que buscaba algo más.

Fuller guardó la pistola en el cinturón. Se sentó e invitó a Reneé a hacer lo mismo, mediante un gesto de cortesía anacrónica.

—Por favor, marque el interno. A ver qué nos dice mi cliente. En este estado no voy a poder bajar las escaleras.

—Pero puedo ir yo —dijo la historiadora.

—Jamás lo permitiría. Entre otras perspectivas abyectas, está lleno de ratas.

Reneé marcó. Antúnes no contestó.

—Bueno, querida amiga, ya que es tan amable conmigo, tendremos que dar una vuelta a la manzana y entrar directamente al local por la calle Blanes, ¿qué le parece?

—Me parece que ustedes no se van a mover de aquí —dijo una voz cultivada.

Se volvieron hacia la puerta: un hombre canoso y con la piel brillante los observaba apoyado en el marco con displicencia. Detrás de él había otro; éste tenía pelo negro y bigote poblado, y de una funda de tela negra extrajo con parsimonia un objeto alargado: un subsufil.

Fuller opinó:

—Si me dice qué se le ofrece, quizá no tenga que recurrir a las ráfagas, ¿no cree?

—No se haga el cínico, Fuller, sabe perfectamente qué se me ofrece: quiero al hombre.

—Vale, ¿qué hombre?

—El que molestaba a su cliente.

Reneé suspiró. Fuller también.

—Entonces somos dos. Mi cliente me contrató para que lo buscara, ¿por qué no unimos fuerzas? Con mi inteligencia y sus armas modernas tal vez podamos complementarnos.

—No estoy de humor, ¿vale? Dígame dónde está y terminemos de una vez, vivillo.

—Si no es querer saber demasiado: ¿usted quién es?

El aludido hizo una señal a su ayudante. Éste levantó el arma y puso el primer proyectil en la recámara. Fuller vio que se trataba de un Heckler & Koch MP5, demasiado sofisticado para un tirador inexperto.

Reneé se abrazó a Fuller. El detective dijo:

—¿Qué, nos va a liquidar con la ametralladora; no le parece un tanto exagerado? Después de todo no hay dinero de por medio, se trata de un simple paradero desconocido. No inflemos los hechos, hombre.

El especialista seguía apuntando. Era incuestionable que ante la menor señal de su jefe apretaría el gatillo. Fuller sintió que la mano de Reneé, que ahora tenía la cabeza deliciosamente apoyada en su pecho, se deslizaba por su cintura. Esa mujer extraordinaria estaba por sacar la SIG Sauer.

—Además —prosiguió—, si nos matara perdería la última oportunidad que le queda de capturar a ese hombre. Soy el nexo...

Fuller no sabía muy bien qué estaba diciendo. Era el miedo, pero logró confundir al canoso, que en un momento vaciló y se volvió hacia el del subfusil.

Desde su cintura, mediante la delicada mano de Reneé, la pistola llegó a su mano derecha. El del subfusil lo advirtió, pero el cuerpo de su jefe fue un obstáculo y no tuvo tiempo de evitar que la detonación que invadió el despacho devastado de Fuller se convirtiera en un fuerte dolor en el codo. El Heckler & Koch escapó rumbo al suelo, blando como un pulpo muerto.

Nadie gritó.

Nadie vendría. A esa hora todas las oficinas del edificio estaban deshabitadas. No habría curiosos.

Una vez disipada la humareda, Fuller midió la situación: el peligroso de los bigotes yacía en el suelo, gimiendo débilmente y mirándose los destrozos del codo; Reneé se había apoderado del subfusil y lo traía hacia él, se notaba que le pesaba; el canoso no había cambiado de posición ni de gesto, era un tipo gélido, estilo sapo, pero el pavor se le veía en los ojos.

Fuller ordenó:

—Siéntese en el suelo, al lado de su amigo.

El otro obedeció.

—Supongo que ustedes hicieron el trabajito de antes, ¿o me equivoco?

El otro no dijo nada. Su aparente frialdad, coligió Fuller, era miedo a la muerte.

—¿Quiere un vaso de agua?

El herido se rió y a continuación perdió el conocimiento. En su mundo no se estilaban gentilezas como la de Fuller.

El canoso habló:

—Sí, sí, estamos buscando a Korda, no sé qué...

—¿Korda, quién es Korda?

—Mirco Korda, el mismo que está buscando usted, el que molestaba a su cliente, el Antúnes ese.

Fuller le apuntó a la cabeza.

—Vamos a ver si nos aclaramos un poco, y se lo pregunto buenamente: ¿quién es el tal Korda y por qué lo buscan?

El canoso temblaba:

—Yo recibo órdenes. Tengo jefes que me mandan. Yo no soy un delincuente, soy una persona honrada.

Fuller contuvo la furia en honor de su invitada.

—Las personas honradas no entran en los domicilios de otras personas, ni tienen ayudantes como el aquí presente, momentáneamente desvanecido. Las personas honradas usan de la palabra, preguntan, y si no les gusta lo que se les dice, van a la policía y ponen una denuncia; si la policía no les hace caso, pues acuden a mí; eso es lo que hacen las personas honradas.

—Yo, esto, es que...

—En fin, no creo que usted sea una persona honrada. Además irá directamente a la cárcel, no sé si me explico con claridad.

—Por favor, señor Fuller. —Como todo ruego abstracto, el del canoso era sinceramente desesperado.

—Ningún favor. Esto no es un juego, es intimidación, allanamiento de morada, son amenazas con armas de guerra, en fin, le van a caer unos cuantos años señor honrado, con suerte más que aquí a su amigo el bigotes, que puede esgrimir el atenuante de ser un mandado.

—Si es por eso, yo también...

—Viste usted muy bien para ser un mandado.

—Soy una persona honrada —insistió, parecía su única preocupación—, yo tengo unas responsabilidades.

Fuller le dio unos golpecitos en el pecho con la pistola.

—¿Quién es Korda?

—Es, es... un antiguo policía extranjero. En su país fue un torturador famoso, es un delincuente inmundo. Alguien le encargó un trabajo sencillo y se le fue la mano.

Reneé miró a Fuller interrogativamente. Éste asintió. Reneé tomó el relevo:

—¿En qué consistía ese trabajo que le encargaron a Korda?

—No lo sé exactamente, señorita. La verdad es que no lo sé en absoluto. Es que yo entré en la última parte, cuando se enmarañó todo.

El herido gimió, abrió un ojo y volvió a desmayarse. Ninguno de los presentes sintió compasión por él, ni siquiera Reneé quien, había comprobado Fuller, era persona humanitaria con los heridos.

La conversación estaba más interesante que los sufrimientos del hombre del bigote poblado, quien sólo había sufrido un accidente de trabajo. Reneé volvió a preguntar:

—¿Y por qué se enmarañó todo?, como dice usted.

El canoso tomó aire y, como Fuller había retirado la pistola, recobró algo de su compostura.

—Se complicó, según he sabido aunque no estoy seguro, porque dio la casualidad que Korda conocía al hombre ese. Algo le ocurrió entonces: se olvidó de lo que se le había encargado, que no sé qué es, y empezó a molestarlo y a molestar a otras personas.

—Molestar es un término un tanto inexacto —intervino Fuller—. ¿A quiénes, aparte de Antúnes?

—No puedo decirlo, compréndame. Si usted es detective privado, sabe qué es guardar el secreto de sus clientes. —No parecía estarse burlando, por su expresión se notaba que tomaba en serio cada una de sus propias palabras.

Fuller fingió condescendencia:

—Bien, bien, por ahora comprendo, más tarde veremos si sigo comprendiendo.

—Gracias. —El canoso mostraba una formalidad afectada, ahora había empezado a ajustarse el nudo de la corbata de seda. Agregó—: Korda hizo algunas cosas horribles. Le dio fuego a un hotel... el hotel Emperador, aquí en el bulevar. Mató a dos policías...

A Fuller se le alzaron las cejas como impulsadas por dos resortes:

—¿Cómo sabe usted que los mató él y que no fue el señor Antúnes, tal como afirma la policía?

—No puedo decirlo.

Fuller volvió a darle golpecitos en el pecho con la pistola.

—Me puedo volver muy malo.

Reneé sonrió sin demostrarlo. El canoso rogó:

—Por favor, no me haga daño. Mi posición...

—Su posición está acabada, usted está terminado, no tiene nada que defender.

Se hizo un silencio pesado. El canoso empezó a llorar. Parecía sincero en su desesperación. Reneé intervino sin piedad:

—¿Cómo se llama?

—Domènech, Oriol Domènech.

Hasta que Domènech no explicó quién era, ni cuál era su puesto en el cosmos, a Fuller su nombre no le produjo más que una moderada jocosidad.

El herido ahora roncaba. Algunas personas pueden pasar del desmayo al sueño; no deja de ser una virtud.

Antúnes y Gloria llegaron al aeropuerto y fueron directamente al stand de alquiler de coches. Escogieron una familiar. Si fuera necesario podrían pasar la noche dentro del vehículo sin tener que registrarse en un hotel. La idea había sido de ella, y Julio se sintió agradecido por su generosidad e inteligencia. La familiar era cómoda y olía a plástico virgen. Gloria pagó con tarjeta de crédito.

—No pienses mal, no es dinero de Francesc. No tengo intención de apoderarme de lo que no es mío.

—Lo suyo es tuyo, estás casada con él.

—Creo que dejaré de estar casada con él dentro de muy poco.

Julio no respondió. Estaban saliendo de la zona del aeropuerto y se dirigían a la autovía. En el aire predominaba el olor a mierda, cerraron las ventanillas.

Ella se había tomado una pausa:

—Cuando me quitó la posibilidad de seguir dirigiendo el negocio —agregó—, también me quitó mi única autonomía. Tú dirás que si me la quitó es porque no era verdadera...

—No, si yo no digo nada.

—Creo que tendré que buscarme la vida.

Apartó la vista de la carretera y la miró: tenía los ojos llenos de lágrimas pero la expresión era plácida, como si la constatación del estado actual de su vida le causara tristeza, pero no inquietud.

Ella lo miró. El volvió a poner atención en la carretera, escuchó:

—No quise reconocerlo, pero rompiste todos mis esquemas. Te confieso algo, muy sinceramente: cuando me casé con Francesc estaba loca por él, me imaginaba que podía ayudarlo a curarse, pese a que sabía que no se podía hacer nada, yo creía que podría hacerlo. Tuve una devoción absoluta hacia su persona hasta que te conocí. Nunca antes tuve un amante, nunca. No necesitaba suplantar, ocupar de alguna manera ese espacio que él no podía darme, porque tarde o temprano, cuando se curara gracias a mi ayuda, me lo daría. Pero cuando apareciste entendí que era imposible, que era un sueño de adolescente que se cree que puede cambiar el mundo, te juro que yo era así, una nena.

—Entonces... todo lo que me dijiste...

—Todo eso era verdad. Lo sentía; si te refieres a cuando te dije lo que pensaba de ti. Desde un primer momento me di cuenta de que eras egoísta.

—Pero yo me había creído que nuestro encuentro era, no puedo encontrar la palabra... era funcional, eso es, creí que era funcional, y que lo era tanto para ti como para mí. Creí que me ponía fuera de lugar cuando empecé a enamorarme como un imbécil.

—«Funcional.» Ese tipo de razonamiento era el que me sulfuraba.

Julio pensó que ella misma lo había puesto así con sus planificaciones, el invento del señor Etchenique y los encuentros vespertinos. No dijo nada. En algún momento había llegado a intuir que si ella lo hacía de esa manera era por su situación particular, la especie de encerrona en la que se encontraba.

Pero había algo ilógico y cruel. *Durante muchísimos años esta mujer no estuvo en la cama con ningún hombre.* Preguntó en modo infantil:

—¿Y ahora qué hacemos, Gloria? Estoy completamente perdido, ¿estamos huyendo o persiguiendo a alguien?

Ella sonrió. El pensar la quitaba de la pesadumbre:

—Las dos cosas: huimos de alguien concreto y perseguimos a alguien abstracto. —Se rió de su propio juego mental. Aquello empezaba a no tener ningún sentido. Agregó—: Podemos irnos lejos, abandonarlo todo.

Julio se animó:

—¿Quieres decir que te quedarás conmigo?

Ella dijo con malicia:

—Si me dejas.

Apretó el volante con regocijo, se reacomodó en el asiento, miró por el retrovisor y fingió tranquilidad mientras respondía:

—Lo que ocurre es que ahora ya no soy Julio Antúnes, no

tengo casa, trabajo, conocidos ni nada que me relacione conmigo mismo, quiero decir, con quien era hasta hace muy poco.

—A lo mejor eres menos egoísta que el otro; me dijiste que tenías cosas que contarme.

No contestó.

Atravesaron la ciudad en silencio, rumbo la salida del norte. Ella fumó dos cigarrillos. Él se dio cuenta de que no tragaba el humo, no lo había advertido antes. Cuando estaban entrando en la autopista meridiana dijo:

—Se trata de algo, un síntoma, una cosa que te parecerá desagradable: nunca se lo conté a nadie ni pensaba contarlo; así que, aunque te dé asco, tendrás que considerarte privilegiada. —Hizo otra pausa e introdujo el problema como una pregunta—: ¿Oíste hablar alguna vez de la bulimia?

—¿Bulimia?, no, ¿qué es?

Él ya lo había definido muchas veces ante sí mismo, se había puesto en el lugar de otro.

—Una adicción, pero no permanente. Es algo que no necesita de dosis de mantenimiento, algo inconstante. Lo tienes y en el momento menos oportuno (siempre es un momento poco oportuno) aparece la necesidad, que es incontrolable y debe ser saciada enseguida. La sensación es de urgencia.

Gloria no preguntó con qué se saciaba.

Él prosiguió, sorprendido de su propia naturalidad:

—El alcoholismo tiene un aura romántica si el adicto sabe manejarlo socialmente; puede generar pena y solidaridad, como algunas veces ocurre con las toxicomanías graves, en fin, la bulimia no, porque la sustancia que sacia y el modo que tiene el adicto de saciarse es repugnante... quiero decir: puede volverse repugnante.

»Sobreviene en cualquier momento, y es como un mareo, una sensación de angustia profunda, un desasosiego. Si no logras calmarlo antes de pocos minutos, pierdes la razón, o el conocimiento: comes sin control todo lo que puedes, sin que te importe nada el sabor o la calidad, y cuando el organismo está a tope, lo vomitas; después sigues comiendo y vomitando hasta que te gana el cansancio. Una vez que ocurrió te sientes sucio, repelente, absolutamente reprobable. Te sientes como alguien que no tiene ninguna posibilidad de ofrecerle nada a nadie; entonces te encierras en tu esfera privada, te mudas de ciudad, cambias de trabajo, alquilas una nueva casa pero no abres las cajas de la mudanza; conoces a una mujer que te gusta más que ninguna otra mujer en la vida, alguien que te hace sentir vivo, pero te encuentras con un obstáculo: no estás en condiciones de mostrarte tal cual eres porque a ella le daría asco y te rechazaría. En consecuencia mientes no explayándote. Mientes aunque no digas una sola mentira. Sientes que estás mintiendo todo el tiempo y que no te queda otro camino que seguir mintiendo durante el resto de tu vida, porque te convences de que lo que tienes no se te va a ir nunca, de ninguna manera, porque tampoco sabes de dónde viene ni por qué vino. Te sabes rechazable y piensas que cualquier sentimiento de atracción que notes que alguien tiene hacia tu persona, es solamente producto de tus mentiras, de tus omisiones. Entonces te ataca la angustia, y es tan grande que sólo puedes mitigarla con la única arma de que dispones: tu adicción. No deja de ser un recurso, ¿no te parece? Comes y vomitas. Entras en cuatro restaurantes y en cada uno haces una comida completa y abundante, te levantas para ir al excusado y vomitar en mitad de la comida, vuelves a vomitar antes de salir del local o antes de entrar al próximo. No terminas de quitarte el gusto a vómito de la boca cuando ya estás sentado otra vez en un restaurante nuevo, pidiendo un menú que garantice la rapidez absoluta. Para eso sirven muchísimo las hamburgueserías, los «*fast foods*», o los de pollo frito: está todo hecho como para que puedas ponerte a vomitar apenas terminas de comer, además puedes repetir con la garantía de que nadie te mira, que cuando los camareros te sirven por segunda vez ya se han olvidado de tu cara.

»Sales a la calle, te sientes miserable, una piltrafa que no tiene derecho a seguir viviendo, lamentas no haberte muerto ahogado en el vómito, llegas a creer que el suicidio será el único modo de terminar con la bulimia, pero la sola idea de la muerte te produce tal grado de angustia, una nueva, que el juego comienza otra vez, desde cero, como si tuvieras el estómago vacío después de haber hachado robles durante ocho horas seguidas. Así hasta que un día te mueres, o crees que te mueres pero te encuentras con la evidencia de que sigues vivo, de que te rodea la normalidad, y sabes que parte de esa normalidad está hecha de la esperanza de que no te vuelva a venir una crisis. Sí, es una esperanza estéril. Te dice: "Fue la última, te juro que fue la última, no volverás a tener otra." Y comienzas a recomponer tu vida dentro de la normalidad, fabricándote una serie de protecciones que garanticen que nada la altere, hasta llegas a olvidarte que eres un bulímico, pero de repente, sin avisar, allí está otra vez el enemigo. Creía que nadie sabía esto. Una vez lo consulté con un médico, ¿sabes que ignoraba que existiera el problema? Es increíble pero cierto, y el tipo me juzgó mal, lo noté en la mirada.

»Yo suponía que nadie lo sabía hasta que el tipo ese me dio a entender que estaba perfectamente al tanto. ¿Cómo se puede estar al tanto de una enfermedad que el interesado directo ha estado ocultándole a todo el mundo, incluido él mismo?

La voz de Gloria delató congoja:

—Te siguió. Bastaba con que te siguiera un día en que tuviste una... crisis de ésas, y que te viera entrar en varios restaurantes. No es difícil.

—No. No lo había pensado. Me siguió y me vio. Sí, es lógico. Además, si realmente me conoce desde hace mucho tiempo, como dice, yo no tuve ningún síntoma antes de emigrar. Pero no me conoce, estoy seguro.

Ya estaban saliendo de la autopista meridiana.

—¿Adónde estamos yendo? —dijo Gloria.

—No lo sé. El instinto me lleva al lugar de los hechos, a las inmediaciones de tu casa.

Pero no tenía ganas de cambiar de tema. Retomó el asunto:

—Es lo que tenía que contarte. Era mi secreto, ahora podrás explicarte muchas cosas sobre mi persona.

Ella sonrió.

—No necesito explicarme nada, estoy muy complacida porque me lo has contado.

—¿Complacida? ¿No te da asco?

—No, tonto, no me da asco, no me da absolutamente nada de asco. Te ocurre algo y vamos a tratar de solucionarlo juntos. Pero ahora quiero hacerte una propuesta: ¿por qué no paras un momento en cuanto puedas?

Estaba anodadado. Su secreto no repugnaba: ¿esa anomalía era, luego, una forma de normalidad? Entonces, ¿por qué la había perseguido con tanta perseverancia? Buscar la normalidad lo había llevado a sentirse ridículo y, sobre todo, solo. Había vivido una vida de idiota, un discurrir poco menos que vegetativo consistente en buscar atajos, que terminó por conducirle a no confiar en nadie. Y de repente: esa mujer. Si se había enamorado era porque algo en ella le indicaba otras salidas. Ahora, esta conversación, mientras viajaban hacia la casa donde Gloria había decidido no vivir más, se lo confirmaba.

Un anuncio indicaba un descanso a un centenar de metros.

—Allí hay un área —susurró ella.

No volvieron a hablar hasta que la familiar se detuvo. El horizonte anunciaba una tormenta eléctrica y en un instante todo el espacio de la noche se llenó de descargas y ruidos. Era un espectáculo bello y amenazador.

—Me dan miedo.

—¿Quiénes?

—Los rayos, sobre todo si estoy sola. Me dan mucho miedo, es algo que no puedo controlar, como tu... bueno, como lo que me has contado. No puedo hacer nada para mitigarlo, no hay nada que me distraiga cuando empiezan los rayos.

—No estás sola.

—Tengo mucho menos miedo... hasta sería capaz de desnudarme.

Empezó la lluvia. En la zona de descanso había otro coche con las luces apagadas. Aparcaron en el otro extremo. Julio bajó los respaldos del asiento trasero y el vehículo se transformó en una cama enorme, quizá más grande que ninguna cama de verdad.

Se desnudaron en silencio, mirándose. Aunque era un calco de los pasos previos dados tantas otras veces, ahora había algo diferente y estaba en la indefensión del lugar, en la amenaza de los rayos, en el tronar de la tormenta de verano y en la certeza compartida.

Algo muy simple y a la vez difícil estaba comenzando a ocurrirles: el milagro del conocimiento recíproco más allá de las máscaras. Ambos tuvieron la sensación de estarlo haciendo por primera vez juntos, pero no se lo confesaron. Ganaba la certeza de que aquello no podía ser interrumpido por el miedo a los rayos o a la bulimia, ahora transformados en amenazas estériles.

Una luz invadió la familiar.

No tenían con qué cubrirse más que la propia ropa. El haz de luz recorrió el cuerpo de Gloria, después hizo otro tanto con el de Julio.

Se vistieron rápidamente.

Se oyó una risa forzada. Después otra. Un mínimo de dos personas compartían el espectáculo gratuito.

—¡Fuera! —gritó una voz empañada por el ruido de la lluvia contra el techo—. ¡Fuera! —repitió.

Era el inconfundible tono de un policía.

Julio pensó en las pistolas: la mejor era la Beretta, no se acordaba de cuántas veces había disparado con la Browning. ¿Qué pensaba? *Olvídate de las pistolas. Se acabó tu carrera de pistolero, ya te ensañaste con las ratas.* Estuvo a punto de hablar pero se mordió el labio.

Gloria no parecía asustada. Aún no había dejado de ser una persona que podía hacer valer su poder en cualquier circunstancia.

Bajaron. Había dejado de llover y no podían distinguir a los policías. La linterna era tan potente como un reflector. Julio bajó la mirada tratando de acostumbrarse a la oscuridad no invadida por el haz.

Nadie dijo nada. Esa gente estaba disfrutando de la situación, eran amigos del suspense.

Que pidieran lo que quisieran. Les diría que la señora era casada y él también y que, «señor agente, ya sabe, es una situación de mierda, usted me comprende, esto se arregla fácilmente».

Pero seguían deslumbrando y sin hablar.

No se veía ningún coche más que el aparcado en el otro extremo. Habían salido de la nada. Así era la ley: estaba en todas partes y era mejor cuidarse.

Gloria vio que uno de los asaltantes llevaba faldas y tacones. Era un atuendo poco adecuado para un agente de policía en una noche de tormenta en el área de descanso de una autopista. La otra figura era la de un hombre. La luz era tan fuerte que no lograba distinguir quién de los dos sostenía la linterna.

Les pareció ver que el hombre se inclinaba para decirle algo a la mujer. Ésta comenzó a avanzar hacia ellos.

Se oyó una voz:

—Buenas noches. El azar, o mi astucia, hizo que finalmente te encontrara, Antúnes.

No pudieron creerlo: era el intruso. Siguió profiriendo saludos. En la humedad de la noche su voz era cortante y parecía pronunciar cada sílaba por separado. Gloria sintió un mareo y se repuso. Nadie lo advirtió.

—A ver, rubia: dale un par de soplamocos a este botarate, para que se vaya enterando.

La austríaca se colocó frente a Julio, se afirmó sobre los tacones y le dio dos bofetadas convincentes.

—Ahora hacé lo mismo con la putita esta, que después se las va a ver conmigo. Dale, rubia, ¡dale sin asco!

La rubia golpeó a Gloria con más saña.

No reaccionaron. El hombre tenía un arma.

—Ha llegado el momento —dijo solemnemente.

—¿El momento de qué? —se atrevió a preguntar Antúnes, sabiendo que no obtendría una respuesta directa.

—De que te devuelva el favor, ya sabés.

—No sé nada. Se lo dije desde el primer momento: yo a usted no tengo el gusto de conocerlo. Nunca lo vi en mi vida. Está loco, completamente loco.

—¿Oíste eso, rubia?: dice que estoy loco... Éste es el tipo que te conté que se mete en un restaurante detrás de otro y vomita todo lo que come, el muy hijo de puta, y ahora tiene el atrevimiento de decir que yo estoy loco. Mirá, pedazo de boludo, te voy a dar una pista, a ver si te dice algo. Es una pista importante, ¿sabés? Me jugaría mucho dándotela si no estuviera seguro que de ésta no vas a salir vivo.

—¿Piensa matarnos? —preguntó Gloria con un hilito patético de voz.

—Estoy hablando con el dueño del circo y no con la mona Chita, pedazo de puta. No, si todo lo que te dije cuando tuviste el honor de recibirme no era más que un puñado de verdades, ya vi cómo se la chupabas al otario este. ¿O pensás que estuve presente solamente desde que se encendió la linterna? La doiche y yo somos silenciosos. Además, yo estoy en todas partes y todo lo veo, como aquí puede comprobar mi amigo el rey de la cordura, ¿no es cierto, cuerdo?

—Por desgracia es cierto, no puedo dejar de reconocerlo.

Julio miró a Gloria. Quería transmitirle que en la caja de herramientas estaba la Beretta, y que ahora estaba dispuesto a usarla.

—Nadie te ha dado autorización para que la mirés —dijo el intruso con tono divertido y poniendo en evidencia sus dotes de mando—. Como te decía, te voy a dar una pista, a ver qué te parece. Mientras tanto vos, rubia, registrá la camioneta a ver si encontrás fierros.

—¿Fierros, qué fierros? —Julio reconoció la erre de la mujer que lo había amenazado por teléfono.

—Armas, pedazo de turra. A ver si estos angelitos tienen armas.

—Fale, Mirco, allá voy —dijo la austriaca.

—Ya ves, mi socia te dio la primera parte de la pista. Mirco Korda, ¿te dice algo mi sugestivo nombre? ¿Ahora te acordás o no?

—Honestamente, no mucho, aunque quizá me suene —le dijo Julio, a quien el nombre efectivamente le sonaba.

—No hay nada. Es un coche de alquiler —dijo Hannelore.

—¿Estás segura?

—Segurrísima —dijo ella casi ofendida. Tenía la cara llena de moretones y cojeaba un poco. El tratamiento que le había aplicado Korda una hora antes era de los que presentan efectos secundarios.

Ni se le ocurrió sospechar de la caja de herramientas, pensaron al unísono Julio y Gloria. Ahora a ella también le era familiar el nombre que se adjudicaba el hasta el momento presente conocido como intruso.

Julio lo recordó de repente y un estremecimiento le recorrió el espinazo. Sí, sabía quién era, pero no había tenido el disgusto de conocerlo más que a través de la prensa. El descubrimiento no solucionaba el problema.

—Sí. Leí su nombre en la prensa.

—¿Ah, sí: solamente eso? Eso lo sabe cualquiera, te lo puedo repetir ahora mismo por si aquí la señora no se acuerda: "Mirco Korda, ex oficial de la policía federal del país de tres de los aquí presentes, acusado de secuestro de personas, apremios ilegales", o sea torturas, señora, "asesinatos, robos, extorsiones y desaparición de personas", exactamente cuarenta y tres, todo realizado al amparo de un estado gobernado por una "camarilla corrupta y genocida", y estoy repitiendo las palabras del señor fiscal que tuvo el honor de investigarme y ponerme la captura. No tuvo suerte, su vanidad se fue a la mierda: yo ya estaba aquí, eso sí, previo pago de una suma que superaba con creces lo aparentemente robado, o ilegítimamente apropiado, según dicen. Eso es lo que se podía leer en la prensa y reproducía más o menos fielmente las acusaciones. Y bien, putita mía —la putita era Gloria—: no tengo ningún empacho en reconocer que parte de lo antedicho corresponde casi totalmente a la verdad, menos los adjetivos y la cifra de los chupados, es decir, desaparecidos gracias al buen trabajo profesional del aquí presente y su ayudante fiel, el recientemente fallecido sargento primero, ascenso póstumo, Correa alias Mono, que era quien ejecutaba las órdenes.

»Me complace reconocer que los citados esfumados fueron ciento seis, con lo que el fiscal fue injusto, adjudicándole la diferencia a otros distinguidos profesionales del ilusionismo. Sí, señora —se puso solemne—, estábamos limpiando el país de escoria infiltrada, pero tuvimos que interrumpir por razones que no están del todo claras. Volveremos, de eso pueden estar seguros. O volveré solo, porque Correa murió en combate.

—¿Y a mí no me llefarás? —preguntó la austríaca.

—Ya veremos, depende de cómo te portes de ahora en adelante —dijo Korda sin dejar de vigilar a sus presas—. Ya vamos a seguir hablando cuando termine con estos dos, además todavía no arreglé mi desacuerdo con el botarate. Qué te parece Antúnes, ¿lo arreglamos o no?, porque ya te habrás dado cuenta de que perdí la paciencia.

—¿Y qué es lo que tenemos que arreglar? Yo todavía no sé qué quiere, salvo que reconozca que lo conocía. Le repito que yo a usted no lo conozco ni lo conocí nunca. Y ahora que sé quién es, me es más fácil no ponerlo en duda. Una persona como usted no pudo haberse contado entre mis amistades —dijo Julio con inoportuna afectación.

—Amigos, lo que es amigos, yo no dije que fuéramos nunca. Solamente que hace como veinte años que no nos veíamos.

Julio gritó con una energía inesperada:

—Como quiera. Si yo lo recordara de repente, entonces eliminaríamos la primera parte del problema, pero no el problema, que puede sintetizarse en una pregunta: ¿qué mierda quiere de mí?

Korda se rió.

—¡Ay, rubia, sostenéme que me caigo! —dijo groseramente. Ahora se le veían el arma y las ganas de usarla. Todo en él era risa, espontaneidad y soltura, menos la tensión y firmeza con que sostenía la pistola.

Gloria se fijó en el objeto: era el mismo que Korda había usado en su despacho del hotel para hacerle demostraciones obscenas.

—Cuando me pidás perdón —se dirigía a Julio y lo apuntaba—, va a ser de rodillas. Te lo juro, me vas a pedir perdón de rodillas.

—Con tal de no verle más la cara, yo encantado —dijo Julio.

Gloria lo miró. Korda gritó:

—Ya se te va a despejar la croqueta, vas a ver, como que hay dios que se te va a despejar.

Antúnes decidió que era una situación sin arreglo. Sabía que ese hombre era capaz de matarlos allí mismo; lo más aterrador era la falta de motivos. Había que actuar con rapidez, pero, ¿cómo?

—Está bien, señor Korda, como usted quiera. Solamente necesito que me ayude a recordar.

Gloria se dio cuenta de que estaba ganando tiempo, pero la caja de herramientas estaba muy lejos.

Hannelore intervino entusiasmada:

—¿Qué les hago, Mirco?

—Cerrar tu inmunda boca y sentarte al volante de la camioneta —dijo Korda con voz seductora.

Julio no sabía a qué atenerse. No todo el tiempo tenía miedo; se dijo que era un modo de terminar, miró a Gloria y también pensó que quizá valiera la pena salirse del problema. Si Korda los obligaba a viajar en los asientos traseros, sería el principio de una posibilidad de salvación: la caja de herramientas estaría a mano. Sorprendido comprobó que ya tenía un plan para abrirla.

—Pongan el asiento bien y siéntense atrás —dijo Korda como si hubiera recibido el mensaje.

Gloria había encendido un cigarrillo.

Levantaron el respaldo trasero y se sentaron. La caja de herramientas quedó entre las pantorrillas de los dos. Korda se sentó adelante, al lado de su amiga. Se volvió hacia ellos apuntándolos. Los asientos de atrás no tenían puertas de acceso.

Julio fingió que temblaba. Korda se complació.

—¿Qué te pasa, recién ahora te viene el cagazo? ¿Te fijaste, rubia?: es de efecto retardado.

—No, perdone —dijo Julio con voz entrecortada—, es la enfermedad... que tengo, lo que usted sabe... son las ganas que tengo... la necesidad de comer algo...

Gloria lo miró e instintivamente se separó. Él siguió rogando:

—Si me dejara... en esta caja tengo un montón de comida, la traje por si acaso.

Korda le clavó la mirada y después sonrió. Se volvió hacia Gloria y con expresión soez, mientras acariciaba el cañón de la pistola, gruñó:

—Ahora vas a ver por quién te hiciste clavar, puta barata, vas a comprobar qué agradable es verlo masticar a este asqueroso de mierda, ya vas a ver. —Y se dirigió al mencionado—: Será un placer contemplar cómo te calmás, adelante, adelante.

Julio se agachó hacia la caja de herramientas y la abrió con cautela. La Browning no era segura porque podía haber gastado todos los proyectiles con las ratas. No recordaba si la Beretta tenía o no una bala en la recámara. La tanteó y montó el percutor.

El ruido fue peligrosamente delator, pero Korda estaba muy interesado en presenciar el festín.

—¿Te trajiste los cubiertos? Dale, adelante, que queremos ver el espectáculo.

—¿Y ahora que hago? —preguntó Hannelore con sujeción.

—Date vuelta y mirá. Total, es gratis. Pero por favor no me vomites el traje que es nuevo.

—Gracias —dijo Antúnes con una humildad convincente.

Nunca hubiera creído que algo así pudiera ser posible. Lo ayudó la confianza en sí mismo que había demostrado Korda, quien ansioso por ver el espectáculo de cerca, se había olvidado de que su arma era un elemento disuasorio y la acariciaba sin apuntar hacia ninguna parte.

Fue una fracción de segundo: Julio sacó la Beretta, la apoyó en el hombro derecho del ex oficial y disparó dos veces.

Gloria vio la sorpresa en la cara de Korda, y después vio que cerraba los ojos y hacía un gesto como de tragar saliva. El arma del policía cayó a sus pies, pero no se molestó en recogerla.

Hannelore estaba dispuesta a presenciar algo divertido, aunque no tenía muy claro cuál sería el argumento. Un ruido la aturdió y vio cómo Korda parecía dormirse.

Cuando Korda sintió que las dos balas le quemaban la carne y le destrozaban la clavícula, dijo:

—Perdí.

Se refería a algo abstracto, pero lo que perdió fue el conocimiento.

Quien en ese momento pasara por la autopista vería una camioneta familiar con las luces apagadas y más allá un Ford Escort, también a oscuras. Pensaría en lo incómodos que son los coches para la intimidad. Seguiría su viaje hacia el norte y no llegaría a ver que la camioneta también se ponía en marcha en la misma dirección.

Nello Fuller, Reneé Ordaz y Oriol Domènech fueron a la finca de Cordach en taxi. Llegaron pasadas las once de la noche y Domènech se hizo anunciar por el guardia de turno.

—El señor pregunta que qué quiere.

—Dígale que es urgente, es decir: vital. Que es importantísimo, dígale eso: que es importantísimo.

El guardia transmitió respetuosamente el mensaje y esperó respuesta. Dijo:

—Pregunta el señor que quiénes son las personas que le acompañan.

—Páseme el teléfono, por favor. —Domènech lo cogió, miró a Fuller como esperando un asentimiento, bajó la cabeza y dijo—: Señor Cordach, es importante, por favor déjenos entrar.

Ahora la voz de Cordach se oyó en un pequeño altavoz; usaba varias vías de comunicación:

—Déjeles pasar.

Volvieron a subir al taxi y avanzaron por el camino ajardinado.

—¡Jo, si parece el casino! —exclamó el taxista. En algún modo había acertado con la comparación pero sus pasajeros no le hicieron caso. Domènech pagó.

En el vestíbulo un sirviente les dirigió palabras secas:

—Esperen aquí. —Había recibido la orden de no ser cordial.

Se quedaron solos. Fuller fingió admiración por el decorado. Afirmó con la cabeza y un gesto de la boca:

—Le va bien en los negocios a su amo, ¿eh?

—No es mi amo, es mi superior —aclaró Domènech, que ahora se mostraba más seguro, casi insolente.

—Casi son sinónimos, depende del carácter del que obedece, ¿no cree, señor honrado?

—No entiendo —dijo Domènech y les dio la espalda.

Reneé miró a Fuller y éste contestó con la mirada que todo estaba bien. En realidad nada estaba bien ni mal. Habían ido a la finca del magnate porque era la única referencia que les diera Domènech. Al margen de la similitud fonética, no era concebible que al menos directamente el señor Cordach tuviera ningún tipo de relación con Korda. Aquélla era gente que se codeaba con el espejo y tipos como Korda no eran un reflejo estimulante; probablemente Domènech tampoco, pero era un claro caso de subordinación. Les había contado que el señor Cordach le ordenó que se ocupara de localizar a Korda, «el loco ese»; refirió que dijo su jefe que al ex policía le había sido encomendado un trabajo sin importancia a través de una de las empresas de las que era accionista, y que Korda había perdido la razón escogiendo como víctima al tal Antúnes, que a la sazón era amante de la señora de la casa, detalle que Domènech creía que su jefe ignoraba. Los motivos de la búsqueda estaban encaminados a salvaguardar el prestigio de la empresa (importación, exportación, fabricación), y cualquier vínculo que pudiera establecerse entre los actos del incontrolado y la misma, podrían ser perjudiciales «para el equilibrado crecimiento del negocio», dijo, repitiendo las palabras usadas por Cordach. Interrogado con ferocidad por Fuller y observado inquisitivamente por Reneé, Domènech reconoció que de esa empresa no tenía más idea que la de su existencia y nombre, y que ignoraba el género de negocios y mercancías que controlaba. Ante la pregunta de Reneé (más rápida que Fuller, lo cual aumentó la admiración de éste hacia la historiadora) sobre la misión específica encargada a Mirco Korda, Domènech dijo —sollozando— que no sabía, que simplemente tenía que localizar a Korda. Llamó a un oficial de policía que le debía favores y le tenía miedo a Cordach y lo conminó a que buscara al extranjero. El policía dijo que se pondría inmediatamente a buscarlo, pero además le facilitó un pistolero colega suyo, el hombre del subfusil, ahora abandonado en plena calle, con su codo destrozado pero con facultades para pedir ayuda.

Allí estaban. Fuller le preguntaría a Cordach cuál era el trabajo encomendado al tal Korda, para empezar a desmadejar el hilo. Poca cosa.

Se abrió una puerta y el dueño de casa apareció en su silla de ruedas. Estaba vestido con elegancia y llevaba unos zapatos ingleses de los que cuestan cuatrocientas cincuenta libras en las rebajas. Reneé se preguntó el porqué de esos zapatos, el porqué de cualquier zapato en un pie que no camina.

—Buenas noches, señorita, señor. Buenas noches, Oriol. No tengo el gusto de conocer a tus amigos.

Era encantador.

Domènech se inclinó.

—Buenas noches señor Cordach, y ante todo disculpe la molestia. El señor Nello Fuller...

—¿Cómo ha dicho? —preguntó Cordach. Apenas disimulaba la sonrisa: el nombre del detective le resultaba gracioso.

—Nello Fuller, señor —dijo el aludido—, y la señorita Reneé Ordaz. En el extranjero también nos parecen ridículos sus nombres.

—¿Ah, sí? —preguntó Cordach levantando un poco un ceja—. Nunca he estado en el extranjero. Por favor, pasen a la salita, si les apetece beber algo...

—No, gracias..

Domènech interrumpió al detective:

—Señor Cordach: han ocurrido cosas imprevistas, desagradables, no sé cómo explicárselo.

—Pues tendrá que hacerlo, sino no veo el motivo de presentarse en mi casa a las once de la noche con dos amigos.

—No son mis amigos.

—Peor aún. Por favor tomen asiento —el hombre era incorruptiblemente educado—, usted dirá, Oriol.

Domènech comenzó a hablar después de tomar aire:

—Tal como usted me encomendó...

—Lo que yo le haya encomendado, creo que era un asunto privado, ¿no le parece? —Se estaba poniendo tenso.

Domènech no respondió. Reneé volvió a dirigir la mirada hacia los zapatos ingleses: no se habían movido de lugar. O Cordach era realmente paralítico o tenía un gran control sobre su persona. Decidió que no fingía y sintió una piedad fuera de lugar hacia el multimillonario. En algún lugar de la cara, o quizá fuera en la expresión de la boca, le recordaba a su tío el magnate.

Estaba contemplando el pie vendado de Fuller cuando Domènech decidió continuar:

—Sí, señor; por supuesto, señor Cordach, es que he sido conminado por estas personas.

—A mí me parecen personas pacíficas y educadas, no obstante la poco pertinente observación del señor, ¿cómo dijo que se llamaba? —dijo mirando a Fuller.

—Déjelo, si no lo recuerda es mejor que lo olvide.

—De acuerdo, señor: ¿de qué manera presionaron ustedes a mi... empleado?

Domènech no pudo ocultar la humillación. Las mejillas se le enrojecieron y se acomodó el nudo de la corbata. Fuller pensó que al final de cada día tendría que tirar una corbata a la basura; un vicio caro dado que eran de seda.

—Señor... no recuerdo su nombre —dijo Fuller con tanta naturalidad que Reneé dejó escapar una risita.

—Cordach —aclaró Domènech.

—Gracias, Domènech —dijo Fuller—. El recién nombrado forzó la puerta de mi despacho...

—Perdone la interrupción —intervino Cordach—, ¿a qué se dedica usted?

—Soy investigador privado. Como le estaba contando, en mi ausencia forzó la puerta de mi despacho con la ayuda de un gorila bigotudo...

—¿Un gorila?

—En sentido figurado, no zoológico. Destrozó el mobiliario y su contenido, y no conforme con su actuación volvió a entrar estando la señorita y yo presentes. Se mostró muy seguro de sí mismo cuando admitió que el autor de la primera visita también había sido él, le juraría que casi se jactó por los destrozos. El ayudante traía un arma semilarga con fines completamente intimidatorios, aunque no le sirvió de nada, pero no quiero adelantarme. Su empleado buscaba a un hombre llamado Korda, daba la casualidad que yo también, es decir, que nosotros también le estábamos buscando, aunque estoy convencido que por razones diferentes. Hasta ese momento yo desconocía el nombre de nuestro común objeto de búsqueda y su empleado de la corbata de seda tuvo la gentileza de facilitármelo, claro que después de haberse quedado solo, porque el bigotudo fue oportunamente puesto fuera de combate, con la ayuda de la señorita.

—¿Y bien? —dijo Cordach con firmeza.

—Según mi modesto punto de vista, la situación es la siguiente: usted envió a buscar a Mirco Korda y de alguna manera se llegó a mí; ya averiguaremos por qué si se hace necesario. Domènech confesó que Korda había sido encargado por una empresa de la que usted es dirigente para que realizara un trabajo; dijo, mejor dicho, insistió en que Korda perdió la razón. Dígame, señor Cordach: ¿acaso el trabajo consistía en matar a Julio Antúnes, amante de su esposa?

Cordach no titubeó.

—Señor, yo no actúo de esa forma. Si mi mujer y el señor Antúnes —sabía que el apellido terminaba con ese— tienen relaciones, es algo que hasta ahora pertenecía a la vida privada de ella y quizá también de ese señor. Presumo que es su cliente.

—No se equivoca.

Cordach hinchó el pecho. Por un momento Reneé creyó que iba a incorporarse, pero los zapatos seguían inmóviles. El tono de su voz había cambiado:

—Voy a pasar por alto su aire insolente...

—No tengo otro —dijo Fuller.

—...y las interrupciones, pero tenga en claro que no toleraré ninguna, pero absolutamente ninguna ingerencia en mis asuntos, señor Fuller —de repente también recordaba el nombre del detective—. Todas estas... estos acontecimientos de que me habla no tienen ninguna relación con mi persona, ni con mis negocios, señor. ¿Ha quedado claro? Espero que sí.

—¿Lo de su mujer tampoco tiene que ver con usted?

—Creo que ya he dicho lo suficiente, señores. Buenas noches.

Como si se tratara del fin de un consejo de administración, Cordach dio sus majestuosas espaldas a los presentes y empezó a rodar hacia la misma puerta por la que había entrado. Parecía genuinamente ofendido y perturbado en su intimidad.

—¡Francesc! —era una voz de mujer habituada a llamarlo por el nombre de pila.

Todos se miraron confusamente.

Cordach, Domènech, Reneé, Fuller, Antúnes y Gloria. Algunos de los presentes no se habían visto nunca.

Cordach hizo girar la silla y con tranquilidad se deslizó hacia su mujer. Dijo fríamente, con tono autoritario:

—Me parece que tenemos algunas cuestiones que tratar en privado.

Ella respondió con firmeza:

—Nuestras cuestiones ya no son privadas, Francesc: hay demasiadas personas involucradas.

—¿Involucradas? Yo no he involucrado a nadie. Te presentas aquí en compañía del técnico en calderas —señaló a Julio sin dirigirle la mirada— y antes recibo la visita de estos señores, que se atreven a opinar sobre nuestro matrimonio. Yo no he metido a nadie entre nosotros dos. Y espero que no vuelva a haber nadie. Señores, si me hacen el favor... —Era una nueva invitación a la retirada, esta vez menos convincente.

Julio pensó que algo en ese hombre estaba por quebrarse. Miró a Fuller interrogativamente y recibió de aquél una señal de espera, de que todo se aclarará en su debido momento.

Gloria dijo:

—Aparte de tu felpudo, no conozco a las otras personas, salvo al señor Antúnes. —El felpudo era Domènech quien, a juzgar por la inclinación de cabeza, parecía aceptar el dictamen. Ya no tenía nada que desvelar, había perdido sus armas: Francesc Cordach estaba al corriente de las andanzas de su mujer.

—Soy Nello Fuller, y la señorita Ordaz es mi... socia. —Reneé progresaba en el negocio de la investigación.

—Me llamo Julio Antúnes —dijo éste mirando los ojos de Cordach, pero no el resto de la cara.

—Me lo imaginaba. Una persona furtiva, inaferrable. Bueno, las presentaciones no quitan que quiero hablar a solas con mi esposa.

—¡Pero yo no! —gritó Gloria.

Fuller intervino:

—Si me permite, señora, creo que sería conveniente que usted hablara a solas con su marido. Yo, por ejemplo, quisiera hablar a solas con mi cliente.

Reneé no se sintió excluida.

Lo que quedaba de Oriol Domènech gimoteó:

—¿Y yo?

—Usted puede darse por despedido —dijo Cordach sin pasión—. Puede retirarse.

—No, señor —aclaró Fuller dando saltitos sobre el pie saludable—, su ex felpudo tendrá que responder ante la justicia. Así que no se irá de aquí.

—Como usted quiera —dijo Cordach, los cargos que pudieran imputársele a Domènech no tenían ninguna relación con su persona. Abrió la puerta y desapareció seguido de Gloria.

—No quiero que este batracio escuche lo que voy a hablar con el señor Antúnes, ¿tendrás la amabilidad de vigilarlo en el vestíbulo, cariño? —le dijo Fuller a Reneé sin ninguna sensación de estar cometiendo un abuso de confianza—. Basta con que lo mires y silbes si intenta deslizarse, aunque dadas las características de este búnker, me parece difícil que pueda ir más allá de la plataforma de coches.

Domènech salió acompañado de Reneé; ahora usaba la corbata para enjugarse las lágrimas.

Fuller abrió las manos con simpatía:

—Bueno, aquí estamos. Parece que hemos viajado en el mismo tren.

—¿Qué le pasó en el pie? —preguntó Julio.

—Fue un descuido, casualmente frente a su casa. Tuve la suerte de ser asistido por la exótica señorita que vigila a nuestro amigo.

—Claro, ese hombre: lo vi con Gloria y Cordach el día del incendio. Después volví a verlo, me seguía.

—Por supuesto. Le seguía para recabar datos sobre su relación con la señora, con el propósito de usarlos quién sabe para qué mezquina causa, seguramente en interés privado, lo que define su condición. Pero a partir de un momento también le seguía porque estaba buscando a quien ya sabemos, que ahora tiene nombre, ¿no?: Mirco Korda.

—Los tengo.

—¿Qué es lo que tiene, si no es mucho preguntar?

—A Korda, y a la alemana del teléfono. Los tengo allí afuera, en una familiar. Está herido, le metí dos tiros en el hombro; ella lo está cuidando.

Fuller puso cara de estar recibiendo una información obvia.

—Interesante. Veo que el sacrificio de mi querido pie no tuvo ningún sentido. No quisiera ser demasiado curioso: ¿cómo lo encontró y cómo hizo para reducirlo de esa manera?

Julio se lo contó. Fuller quería creerle pero le costaba:

—Ya, ya. —El caso se le había escapado de las manos gracias a la intervención de Mora—. Bueno, tendré que renunciar a mis honorarios.

—Señor Fuller: en mi casa hubo dos asesinatos, estoy acusado de provocar un incendio y se sospecha que maté a dos policías.

—Ah, señor Antúnes, mi testimonio y el de la señorita Ordaz le exculparán de los homicidios de su casa. Los otros crímenes también fueron cometidos por su viejo amigo Korda y eso será fácil hacérselo confesar: bastará con que Mora le ponga las manos, o los pies, encima; además la señora Cordach lo vio. No tiene por qué preocuparse. ¿Seguro que no lo conocía?

—Segurísimo. Personalmente no lo conocía, de nombre sí, como cualquier persona informada de los acontecimientos de su país de origen. Fue un torturador famoso, un asesino. Era oficial de policía en la época de la última dictadura militar, lo mismo que el otro, el que murió en mi casa junto a su ayudante.

—Me corroe la curiosidad. Me gustaría verle la cara si todavía no se le ha ocurrido desangrarse.

—Está bien, vamos, no creo que se desangre.

—¿Por qué?, si no soy demasiado curioso.

—Porque le pegué dos tiros con una Beretta 7,65 y tiene dos orificios de salida limpios, sin hemorragia.

—Pero debe dolerle. Es una buena arma..., ¿estuvo en la guerra?

—Es una de las pistolas de Cordach, la otra me sirvió para matar ratas en su librería abandonada.

—Perdone, omití mencionarle ese pequeño detalle.

—No es nada, además puede ahorrarse el sarcasmo. Korda se confió demasiado, no se le ocurrió que podría defenderme con los mismos métodos que usa él.

Fuller generalizó:

—Siempre les ocurre, por eso terminan perdiendo.

Salieron al vestíbulo. Domènech estaba sentado en el borde de una silla, como quien espera turno para dar un examen; tenía los ojos muy abiertos y sin brillo. Reneé miraba los cuadros distraídamente.

—Salimos un momento, dulzura. El señor Antúnes quiere mostrarme algo de interés. —Ella aceptó el cumplido con una caída de ojos que casi logró que al investigador se le doblara la pierna útil.

—Voy a tener que valerme de su amable hombro, joven. Como ve, todavía no me he hecho con una muleta. A propósito, ¿no tiene un cigarrillo?

—No, disculpe.

—Es curioso. Ni se cuentan las horas que hace que no fumo, en fin, vamos.

Salieron al aire húmedo de la noche. Olía a tomillo y a mierda de perro. La luz interior de la familiar estaba encendida y podía verse a la mujer inclinada sobre el asiento. Se la oía sollozar por sobre los gemidos del hombre.

—Dos que se la están pasando pipa —comentó Fuller.

Cuando llegaron al vehículo, ella alzó la cara y gritó:

—¡Por favor, por favor; se está murriendo!

—A ver, a ver —dijo Fuller con voz de médico.

La mujer pareció recobrar un poco de confianza y optimismo; era un ser lábil. Korda estaba echado sobre el asiento delantero y miró a Fuller aterrorizado.

«No —pensó el detective—, éste no se muere, resiste otras veinticuatro horas, después empezará la hidroseptisemia, vulgo: gangrena gaseosa.»

—Vamos a ver, Korda. Voy a hacerte unas preguntitas.

—No —dijo con convicción el ex policía.

—Bien sabes, porque es tu oficio, que nadie resiste ilimitadamente un interrogatorio, a menos que le sustente una convicción profunda, por ejemplo religiosa o política, y no creo que sea tu caso, ¿no?, Korda. Así que no me obligues a hurgarte los agujeros con el dedo.

—¡Nooooo!

—Mira, además, lo que voy a preguntarte no tiene casi importancia. Sabemos que mataste a los dos policías aquí mismo, frente a la impoluta finca de Cordach...

—...no, no... fue Mono... Mono, fue.

—Sabemos que le pusiste fuego al hotel. Sabemos que te cargaste a dos personas en el domicilio del señor Antúnes.

—¿Ah, sí? —dijo el herido, sorprendentemente entero—, ¿y cómo lo van a probar?

—Venga, Korda, no salgas con ésas, que estás perdido. Pero no quiero hablar de eso sino de dos nimiedades, es más, me conduce una curiosidad morbosa, es casi algo personal: ¿qué buscabas en lo de Antúnes cuando te volviste loco?

—Yo, no me... yo no me volví loco, judío de mierda.

—Ésa era la primera pregunta. La otra es: ¿por qué te dedicaste a martirizar a Antúnes? ¿Estás dispuesto a contestar o llamo a mis ayudantes para que empiecen a trabajarte?


—Señorita —dijo Domènech—, ¿cómo he podido meterme en esto?

Reneé salió del éxtasis producido por una estatuilla de marfil que debía valer tanto como la mitad de su herencia después de un regateo.

—Si no lo sabe usted; realmente no tengo experiencia en este tipo de cosas.

—Yo tampoco, es lo peor —otra vez se le llenaron los ojos de lágrimas—. Durante toda mi vida he tenido un solo objetivo y... perdone, es que no puedo contenerme.

—No. Llore tranquilo, no se avergüence. Si yo estuviera en su situación gritaría.

—Sí, ya me doy cuenta de mi situación... sí, creo darme cuenta. Durante toda mi vida tuve un solo objetivo...

—Eso ya lo dijo. —Reneé había comenzado a interesarse.

—Sí. Perdone, perdone, señorita, por favor... —Estaba mirando incrédulamente hacia el suelo: un charco infamante evidenciaba que se había orinado.

—No se preocupe, a mí me pasó hasta los catorce años, claro que en la cama y en Bolivia. Dicen los médicos que la altura no ayuda a contenerse.

—¿Puedo ir a limpiarme?

—No, señor, no puede. Si quiere hablar, soy toda oídos. Moverse, no; ya oyó lo que dijo mi socio. —Reneé apeló a una astucia desconocida hasta por ella misma—: Claro que si lo que dice es interesante quizá no trascienda lo de su incontinencia, ¿qué le parece?

La dignidad herida de Domènech no titubeó:

—¿Qué quiere saber?

Ella se le acercó.

—Señor Domènech, usted mismo se ha dado cuenta: lo tiene todo perdido, completamente todo. A lo mejor  si usted admite que algo de lo que ha hecho, lo hizo por orden de otra persona, se le aliviará la condena que le echarán, ¿no le parece?

Entre los pies de Domènech cayeron nuevas gotas; Gloria volvió a tomar distancia.

—El señor Cordach me...

—El señor Cordach se desentenderá de usted. Es más, ya se ha desentendido completamente. Comprendo que le sea difícil admitirlo, pero es así. No habrá más señor Cordach para usted.

—Tengo una pequeña fortuna. Me pagaré los mejores abogados del país, y si fuera necesario, hasta del estado.

—Le servirá para atenuar algo, claro que sí, pero saldrá absolutamente todo a la luz.

Domènech cerró los ojos. Parecía estar reflexionando hondamente, pero en un momento las lágrimas volvieron a hacer acto de presencia. Con un retazo de ánimo y valor se acordó de que tenía un pañuelo y no recurrió a la corbata para quitarse los mocos.

—Durante muchos años he sido la mano derecha del señor Cordach en todos sus negocios. Donde había problemas, allí estaba el Oriol Domènech y ponía todo su tesón para arreglarlos —empezó a hablar de sí mismo como si se tratara de una tercera persona—. Domènech arregló muchos entuertos; el señor nunca daba la cara ni el nombre. ¿Sabe usted que no tiene su firma estampada en ningún documento de ningún tipo? Nada. Ni siquiera figuran sus participaciones en las empresas, nada de nada.

—Algo de eso sé. Tuve un tío que era igual. Cuando se murió... pero eso no interesa ahora. Muchas personas potentes prefieren delegar, es la ley del juego. A usted no debió de parecerle tan raro, sino no habría trabajado para él, ¿hay algo que esté a nombre suyo?

—No, no, nada de nada. Me hice una posición ganándomela día a día. No tengo nada que no me pertenezca de verdad.

Después de un nuevo silencio, un nuevo llanto. Reneé sintió un poco de asco pero se mantuvo en el mismo lugar, tratando de no contrariar al hombre de confianza de Cordach. Era evidente que estaba por partirse en dos y que todo lo que dijera le sería utilísimo a Nello Fuller. El detective era una especie de oso con lengua feroz y mirada tierna, un hombre con el que quizá valiera la pena profundizar el conocimiento mutuo ¿Cómo besaría? Con esa sonrisa no podría no hacerlo bien. Además era dueño de una naturalidad irresistible. Ella era su «socia». Socia de un detective privado; eso no estaba en su programa, pero, ¿por qué no? Podría ser una interesante ocupación complementaria. Sonrió complacida.

—¿De qué se ríe? —preguntó Domènech con más vergüenza que enojo.

—No de usted. Estaba pensando en una cosa graciosa que me ocurrió, no lo tome a mal.

El hombre la miró con toda la intensidad que permitían sus ojos vacíos de contenido.

—Ese hombre me ha traicionado.

—Es evidentísimo. Me alegro que usted solo haya llegado a la conclusión.

—Entonces no tengo por qué protegerle —todavía parecía dudar.

—Yo en su lugar no lo protegería. Pero yo soy yo, y usted es usted.

Tenía que manejar la situación con tranquilidad. Algo había en Domènech que lo ligaba fielmente a su amo a pesar de todo. Reneé estimó que probablemente sería una síntesis entre la admiración y la envidia.

Domènech habló:

—Mirco Korda fue contratado para un trabajo de recuperación de mercancía extraviada, perteneciente a una empresa de importación y exportación en la que yo figuro como gerente general, aunque de la gestión real se ocupen otras personas. El señor Cordach solamente da órdenes verbales. —Suspiró; en el gesto había algo de nostalgia—. Tiene acciones de muchas empresas, pero de ésta no, aunque tal vez sea el verdadero dueño de todas las acciones, ¿me comprende?

—Sí, lo comprendo.

—Es el dueño de hecho y el que mueve todos los hilos. Éste es un negocio importantísimo en su facturación. ¿Sabe cuánto es mi sueldo nominal?

—No me interesa, me imagino que muy alto.

—No se equivoca, pero nunca he hecho gestiones directas, ni participado en los negocios ni en las decisiones.

—¿Nunca? —preguntó Reneé por llenar un hueco.

—Nunca. Ya ha visto la ligereza con que Cordach se me ha quitado de encima. —Ya no anteponía el «señor» al apellido de su jefe; se estaba independizando.

—¿Y nada, quiero decir, ninguno de los negocios de la empresa lleva la firma del señor Cordach?

—Ninguno. Es como si no existiera.

—¿Y son negocios legales?

Domènech se atrevió a ruborizarse.

—¡Oh, sí!, estrictamente, pero ya se sabe: hecha la ley... —escogió no completar el tópico. ¿Dónde estaría la trampa?

—¿Y dónde está la trampa?

—La importación y exportación de armas de guerra no está

permitida pero sí tolerada. Son divisas frescas que entran en el juego financiero, ¿me comprende? Si nadie lo ve, y esté segura de que nadie lo ve, los cargamentos entran y salen. Vienen del lugar de fabricación y salen hacia... hacia donde sea. Éste iba a Líbano, directamente a los chiítas esos.

—¿Este qué?

—Este cargamento, el que debía localizar Korda.

—A ver si me aclaro: ¿por qué Korda debía localizar un cargamento de armas; es que se había perdido?

—Korda es un, bueno, es uno de los tantos que contratamos para trabajos difíciles —Domènech aún se incluía, le sería difícil dejarlo.

—¿Cordach lo conoce?

—¿A Korda?, ¡qué va! Con los bajos fondos he tratado siempre yo, o ni siquiera yo, gente que estaba a mis órdenes. No, ese señor no se ensucia las manos, no se las ensucia nunca.

—Entonces no habrá cómo inculparlo.

—No. No habrá ninguna manera. Es una persona respetable en esta comunidad y tiene conexiones políticas.

—Eso me lo imaginaba. No se llega a una posición como la suya sin conexiones, ¿no cree?

—Ése fue mi error, yo no tengo conexiones, soy apolítico.

—El señor Cordach probablemente también. Un dictador de mi país es el creador de la frase «no somos de derecha ni de izquierda sino todo lo contrario». Volvamos al principio: me estaba por contar por qué ese matón debía localizar el cargamento.

—La compañía de transportes «La Flecha», que también es de Cordach, tuvo un despiste y entregó las cajas equivocadamente, contenían espoletas electrónicas para granadas de mortero de 81 mm y munición de 9 mm. parabellum. Parece mentira pero son cosas que pueden ocurrir. Supimos que las habían descargado en la casa de ese hombre, Antúnes, que acababa de mudarse. Las cajas eran iguales porque la compañía las facilita para las mudanzas y además esta mercancía no puede ir rotulada. A los almacenes de distribución llegaron las cajas con los efectos personales de Antúnes, allí se dieron cuenta y... Cordach me ordenó que recuperara la mercancía.

Reneé se quedó con la boca abierta. Ella misma había visto cómo descargaban en la casa de su vecino. ¿Es que Antúnes se había querido quedar con el cargamento? Era totalmente absurdo; claro que ignoraba que Antúnes no había abierto las cajas ni para mirar adentro. Sólo preguntó:

—¿Y por qué Korda no recuperó las cajas?

Domènech, que no lo sabía, afirmó:

—Porque se volvió loco.


Fuller y Antúnes se alejaron de la familiar. Lo último que escucharon de boca de Korda fueron los insultos que le dedicó a su compañera y, más precisamente, a su abnegación. Ahora volvían a la casa.

—¿Es verdad? —preguntó sorprendido el investigador.

—Como que me llamo Julio Antúnes, es cierto, aunque parezca mentira. ¿Y ahora qué haremos?

—Los pasos legales de rigor. Contar toda la historia, ir a los juzgados, acudir a las citas, en fin, lo que hay que hacer en estos casos, ¿no lo sabe? —Fuller estaba un poco irritado con su cliente—. Desvelado el enigma, me veo en la obligación de desdecirme y extenderle una factura.

—Por supuesto, naturalmente —Julio estaba contento.

—Mire, le están esperando. Le deseo... le deseo felicidad.

Gloria estaba en la puerta de la casa, los miraba con talante sereno y fumaba. Julio recordó el momento en que escondido detrás del ficus benjamín la había visto en la misma posición.

Fuller entró. Reneé lo esperaba, estaba sola.

—¿Y nuestro gusano?

—Adentro, con su jefe. Me ha revelado cosas extraordinarias, ya verá.

—Puedes tutearme, no me disgustaría.

—A mí tampoco.

Reneé le relató las revelaciones de Oriol Domènech. Fuller hizo otro tanto con las de Mirco Korda.

El caso estaba cerrado.

Desde su silla de ruedas, Francesc Cordach i Claris escuchaba lo que Domènech estaba hablando por teléfono, de pie y con los talones juntos.

—...dentro de dos horas irán unas personas a cambiar las cajas por otras iguales. Ninguna pregunta, ningún obstáculo, ninguna curiosidad de su parte ni de la de sus hombres. Bastantes problemas ya hemos tenido por su incompetencia en el asunto Korda: tuvimos que buscarlo por nuestra cuenta. Dígame: ¿para qué sirve la policía?

—No se extralimite —indicó Cordach en dirección al oído libre de Domènech.

—Entiendo, entiendo... bien, bien. Una vez que las cajas estén recuperadas, consideraremos que su trabajo estuvo bien hecho y seguiremos en buenas relaciones. Nada, nada, lo hizo todo Korda. Ese infeliz de Antúnes no tuvo arte ni parte... Ya sé que tiene que justificar, pero es su trabajo, no el mío... Sí, dije dos horas como máximo. Irán directamente tres hombres de la compañía de transportes «La Flecha», no será nada extraño para los vecinos con la policía presente allí. —Hizo una pausa larga. Aparentemente su interlocutor le estaba hablando de algo nuevo—. Sí, lo contrató Antúnes. No, no sé. No sé preocupe, usted está limpio, cuenta con nuestra completa protección como siempre, pero ponga un poco más de astucia, porque la próxima vez no vamos a tener tanta paciencia, Mora.

Colgó sin despedirse.

—¿Lo hice bien?

—Para ser tu último trabajo no está mal.

—¿Y ahora qué haré yo, señor Cordach?

—En tu lugar, yo me suicidaría, pero antes escribiría una confesión completa de los delitos que pudieran imputárseme. Lo harás ahora mismo. Después estarás en libertad de no seguir mi primer consejo.

Domènech escribió una confesión en la que reconocía haber irrumpido en la oficina de Fuller, causado destrozos y amenazado al investigador y a una señorita con la ayuda de un matón. Lo había hecho por iniciativa propia, en un exceso de celo. El nombre de Cordach no figuraba en ninguna de las tres páginas.

La policía se llevó a Korda al hospital regional y a Hannelore detenida. Trataron con mucha deferencia al señor Cordach,
dando por sentado que si los acontecimientos habían tenido lugar en su finca e inmediaciones, era por obra de la casualidad.

Después de varias horas de declaración, Gloria, Julio, Fuller
y Reneé salieron de la comisaría de policía. Eran las ocho de la
mañana de un día soleado. El detective y su socia cogieron un
taxi y se dirigieron a la casa de ella. Antes de ponerse en marcha,
desde la ventanilla, Fuller le dijo a Julio algo que Gloria clasifi-
có como una excentricidad:

—Gracias a usted y a sus problemas he dejado de fumar.

—¿Qué hablaste con tu marido?

—Hablamos de la separación. Le dije que renunciaba a mis
derechos materiales. No trató de retenerme.

—¿Nada más?

—Quería saber dónde estaban sus pistolas. Le dije que las
tenías tú, que gracias a ellas habíamos salvado la vida; pareció
alegrarse y quiso saber gracias a cuál. Le dije que a la más grande, porque con la otra habías matado ratas. Se rió, pero me dijo:
«Quiero recuperarlas, quiero tener mi colección completa.»
¿No te parece rarísimo?

—Si te parece a ti, que estuviste tantos años con él.

—Sí, me parece raro. ¿Dónde están las pistolas?

—Las dejé caer en el jardín cuando nos íbamos, ya no servían.

—¿Estás seguro?

—Estoy seguro. Korda irá a la cárcel y la alemana esa no es
nadie sin su patrón.

—Me ibas a contar lo de Korda, lo que dijo en el coche
cuando Fuller lo interrogó.

—Es algo muy extraño, una casualidad. Como sabes fue
contratado para hacer el cambio de cajas, ¡piensa que yo no las
había abierto! Bien, Korda tenía que vigilar mi casa y hacerlo o
encargarse directamente de mí, si me había apropiado del contenido. Pasó bastante tiempo desde la confusión y no les fue

muy fácil localizar al dueño de los efectos personales de las otras cajas. Mi nombre no figuraba por ninguna parte pero finalmente llegaron a mí. Korda me vio y me reconoció.

—Entonces te conocía.

—Sí, claro que me conocía, pero yo a él no lo había visto nunca.

—No entiendo.

—Porque cuando nos vimos, hace veinte años, él tenía la cara cubierta. Fue durante el servicio militar; yo era el encargado de la enfermería y Korda estaba internado, con la cara vendada por unas llagas que le salían, no sé exactamente qué era. Parece que aquella vez no fui muy cordial con él, tal vez me haya burlado de él, ya sabes, cosas de cuartel. Se quedó con la espina clavada. Me imagino que durante años su única ilusión era encontrarme y mira por dónde se le cumplió: una casualidad en este país. Si tenía algo de cordura, la perdió, ya conoces su historia de los últimos años...

—Y se olvidó de la recuperación de las cajas y empezó a matar...

—Sí, me parece que matar no le cuesta nada. ¿Adónde vamos?

—No sé. A alguna parte. A pasear, a dormir sobre el césped.

—En esta ciudad no hay un solo parque donde se pueda dormir sobre el césped.

—Entonces vayámonos.

—¿Para siempre?

—¿Por qué no? Afuera hay más mundo.

Y Julio Antúnes supo que nunca más tendría una crisis.

# ÍNDICE

INTRODUCCIÓN .......................... 9

1. LA CABEZA ............................... 11

2. EL DOLOR DE CABEZA ................... 79

3. EL ANALGÉSICO Y EL ROMPECABEZAS ...... 97

4. CABEZAZO ............................. 163